晚安，我亲爱的人

午歌 著

韩寒 监制

全新修订版

湖南文艺出版社
HUNAN LITERATURE AND ART PUBLISHING HOUSE

博集天卷
CS·BOOKY

晚 安 ， 我 亲 爱 的 人

蘸满夜色的墨水，写下发光的句子

午歌

记不清多少个夜晚，我在网上更新完故事，总要在最后向读者们道一声"晚安"。关上电脑，夜色已深，想到在遥远的都市里，那些即将酣然入眠的读者，我的心中掠过淡淡的暖意。这样的书写，于我而言，更像是在静默时空里一场旷日持久的修行。

我是一个根正苗红的理工男。从小到大都是数学课代表，本科和研究生读了自动控制，毕业后进入一家理工科的研究院，成了一名高级机械工程师。我的写作生涯始于检验工地。

2012年春天，我带领一队技术人员检验象山港跨海大桥主桥墩上的塔式起重机。当时风大浪急，我和几位工程师搭乘冲锋艇，一路劈波斩浪，摇摇晃晃了1小时才登上大桥的主桥墩平台。

当时海上刮着7级大风，我决定先一个人攀上塔机查看情况。我搭乘升降机，到达150米高的旋转平台，又徒手攀缘了20分钟，才登上200米高的塔台中心。塔顶摇晃得很厉害，我也愈发紧张，豆大的汗水从额头上渗出来，"呼呼呼"便被疾风卷进脚下的汪洋。

我缓缓推开悬在半空的司机室门，一个面容姣好的女司机映入眼帘。

"你——你害怕吗？我今天要做塔机全载荷试验的。"我问。

"不怕。俺就是干这个的嘞。"女生说。

"我看风会越来越大，我们抓紧开始吧。"

"好啊。"女生仍是一脸镇定。

我用对讲机指挥平台上的同事迅速准备吊重。海风越来越大，对讲机里传来"沙沙沙"的啸叫声。按照我的测试步骤，女生熟练地操作着塔机，有时还不忘提醒我，要考虑风向因素，适时地改变起重臂转角、转速，确保安全。

我俩配合默契，顶着强风，操纵着塔机巨大的钢铁身躯，在怒海之中摇摆，终于颤颤巍巍地完成了全部的载荷试验。海上平台传来了同事们的欢呼声。女生也终于长舒了一口气，靠在操作椅上，脸颊泛起了红晕，额头上竟然汗涔涔的。

哦！原来她也是害怕的。刚刚塔身摇晃得吱吱作响的时候，她一定也非常紧张吧。我正酝酿着说几句感激的话，对讲机里忽然传来一阵喊话声：

"小伙子，你太拼啦——你们研究院的老板给你多少钱，让你这么拼命啊？！"这是现场安全队长的声音。

女生望向我，粲然一笑，一口皎洁的白牙闪亮而出，像偶然划出云彩的一弯新月——我想我差点就爱上她了！

风更大了，我招呼女生和我一起返回海上平台，心中禁不住地想：多好的一个女孩啊！如果不是她的勇敢、坚持和强作镇定，今天的检测试验一定要取消了。下次登塔，不知能在何时？或许，整个建设工期都要被拖后了。

我忽然灵光一现，想到应该把这样的好姑娘写进一个故事里，让更多的人知道她。对！当时就是冒出来这样一种近乎天真而痴狂的想法。

从小学到大学，我陆陆续续地得过不少作文比赛的奖项。我一直喜欢写故事，但毕业后真正开始动笔写作，却是因为这样一个普通而美好的女生。2013年3月，我在豆瓣上注册了账号，怀揣巨大的深情，开始了懵懂的写作之路。

每天晚上，从处理好所有技术工作开始，一直写到凌晨，我沉浸在一种简单而充盈的兴奋中。那段时间，工作很忙，检验、评审、谈判，连日的出差，连日的大酒——我就在车船辗转、觥筹交错的夹缝里抽身写作。我有时能一口气写到东方破晓，第二天会生出一股灵魂出窍的快意：走到哪儿都觉得晃晃悠悠的，不真实，好像是大脑的处理器卡壳了，连世界的正常像素都加载不出来。

幸运的是，我收到了很多读者的反馈。他们说我写的故事荷尔蒙四溢，却又澄静美好；他们说我的文字不但暖心，还能暖床，就像在抱着黑夜里一团柔软的光。几个月后，我幸运地成为"ONE·一个"的签约作者，也收到多家公司的出版邀请。第二年春天，我的小说集处女作顺利上市，半年内竟热卖了50万册。

　　我被生活中的美好感化而书写，却因写作彻底改变了生活。此后的几年里，我乘胜追击，又陆续出版了新的小说集和长篇小说。这些作品被翻译成日语、英语、越南语，远播海外。多篇作品还被翻拍成了影视剧。有广播电台约我开了一档读书类节目，随后我又受邀成为一家电视台文化访谈节目的主持人。甚至，我还在一所学校内，创办了一家书店。而写作也已成为我日常生活中最重要的一部分。

　　我这个根正苗红的理工男，终于在跑偏的路上越行越远。

　　如今，我的小说精选集《晚安，我亲爱的人》即将面世。这本文集甄选了我自写作以来，最为满意、反响最为热烈的中短篇小说作品。故事风格从青春、热血到浪漫、隽永，从为爱痴狂到岁月柔情。为了便于读者阅读，编辑非常认真地重新梳理、修订了篇目中的人物称谓，使各个故事既相互独立，又微妙关联。精心的编订，让章节间的情感流变更加顺畅自然。

　　记得有位女读者说，她高考前压力大，常常失眠，每晚都会翻看我的小说，是我的"晚安故事"陪伴她走出生命中这段寂静而不凡的日子。有位男读者看了我写的《江户川的钢琴课》后，立志要留学日本，当下就去报了日语培训班，一年半后竟神奇地获得了去东京读研的机会。还有一位青年读者，他出版了自己的散文集后，第一时间寄给了我。封面上赫然写着：

　　"你的书曾给了我莫大的勇气改变自己。愿我们都有最初的梦想和不曾改变的勇气。"

　　如今，伴随着《晚安，我亲爱的人》的上市，我们又将在故事中相遇。我想，读着故事的你，可能微笑，可能大笑，可能落泪。而合上书时，愿你能拥有一小片纯净的幸福心情。

　　德国作家黑塞说："每个人的生命都是一条通向自我的征途。" 回首来路，最感念的仍是那无数个奋笔疾书的日子。蘸满夜色的墨水，写下发光的句子，我用一声轻轻的"晚安"封印故事。也希望看故事的你，能够循着光亮，找到心安的方向。

第一章 Chapter **1**

我有很多好故事，
想讲给你听

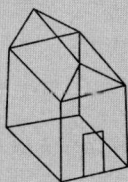

晚 安 ， 我 亲 爱 的 人

这个世界上的一切
都是胖子的

~~~~~

这世界上最好的爱情，并不是才子配佳人，也不是白富美找高富帅，而是你明明在等白马王子，却偏偏被个小混混给俘获了心。你本来非帅哥不嫁，却栽进对一个胖子的感情里难以自拔。如果你的心是一把锁，那就会有一把莫名其妙的钥匙来打开，根本不是成套的。所以，别给未来的爱人贴标签，爱谁谁吧！顺便提醒一句：别低估这世界上任何一个胖子。

1

如果一个胖子坚持练瑜伽，他会成为一个柔软的胖子；如果一个胖子坚持跑步，他会成为一个健康的胖子；如果一个胖子每天都节食，他会成为一个虚弱的胖子；如果一个胖子彻底地绝食，不久他就会成为传说中的"死胖子"。钱锺书老先生说："大胖子往往是小心眼。"这话起码证明了两条真理：其一是"胖子心大"的老话基本属于扯淡；其二是大胖子都有颗精细幽微的心，所谓猛虎嗅蔷薇，猛虎能干的事，功夫熊猫也成。

2

我平躺在折叠升降的病床上，试图不去想关于胖子的一切，可是推我去各个科室检查的两个小护士，分明在用狰狞的表情告诉我，病床上的这个大胖子着实让她们吃不消。

要进电梯时，我起身示意："不好意思啊，要不我试试看能不能自己走两步？"

憋足了气的黑瘦护士忽然对我的提议报以十分友好的眼神。她正要说话时，白净护士却插话道："那可不行，苏秦，你的腿伤具体情况还不知道，肺部还有裂痕，千万别动，不然我可没法向苏医生交代啦！"

3

白净护士说的"苏医生"，其实是我老姐苏瑾，她是宁波这家李惠利医院里一名从业十年的口腔科医生。我跟我老姐苏瑾有着同样的"基因元"，说得有科技含量一点，即我们是挂在同一个二元一次方程组里的两个解，仅仅因为xy染色体的配比问题，却造成绝对值的极大差异。记得我每次从学校放假回来，我那瘦如闪电的姐姐白我一眼后，总是大呼小叫地提醒全家人注意：大家看啊——才几个月的时间，苏秦又"胖若两人"啦！

大学毕业以后，我在一家电子公司里担任程序员，从名称上一看就知道，这其实是适合瘦猴儿干的职业。我挤在一群细竹竿式的"程序猿"中间，"风姿绰约"的身材实在是玉树临风。那时《功夫熊猫》在各大院线悄然走火，暗地里，我把阿宝奉为偶像，每天足不出户地躲在空调间里写程序，用虎鹤双形的手法架构逻辑，用弹指神通功法敲击数据。由于终年"不见天日"，人出落得"膏腴丰润、玉质白皙"，连老姐见了都禁不住问我："阿秦，这么白净的皮肤，哪个澡堂子里泡出来的啊？"

4

　　进医院的事我也感到很蹊跷。本来我是一米八三、一百一十公斤的大汉一个，除了有点"四体不勤，五谷不分"的小毛病，身体强健得宛如一夜能糟蹋三亩甘蔗田的野猪，怎么好端端的，一睁开眼睛，人就躺在医院里了？耳边响彻着我老姐热切的呼唤："我就说嘛，我弟肯定能醒过来。老天爷轻易不会为难一个胖子的！"

　　伴着我姐的呼唤，我的意识涨潮一般复苏过来，疼痛开始从头顶向下逐渐蔓延。我姐伏在我的耳朵上轻轻地对我讲："你出了车祸。不过，醒来就没事了。"

　　我尽量张大嘴巴，从腹腔疼痛的缝隙里挤出一句话："伤到人了吗？"

　　我姐抹了抹眼角的泪痕说道："阿宝大侠，受伤的只有你，你又一次拯救了全世界！"

　　我姐后来告诉我，听到没人受伤的消息时，我再次陷入昏睡，口水晶莹地搭在唇边，颤巍巍地滴答着，睡相风骚，气质冷艳。

5

　　我和我姐从小在部队大院长大。我姐大我三岁，我俩却在同一个星期里过生日。在我正式出道行走江湖之前，我姐一直担任我的授业恩师和精神教父（或者叫教母），带我在部队大院里混场子、占地盘、立牌子。她虽然不是御姐型的女人，但是因为人生得鬼马精灵，常让我这个闷冬瓜弟弟佩服得五体投地。

　　有次我跟我姐到军备仓库去玩，看中了仓库外一根光滑细长的竹竿。我说："姐姐，咱们偷回家去做晾衣竿吧！"

我姐迟疑了片刻说："你偷，我给你放哨！"

我扛起竹竿刚要往家里跑，我姐一把拉住我说："猪头！大白天你就这么偷啊？"

我问："那还能咋的？"

我姐说："这样吧，你扮熊孩子往家里跑，姐在后面扛着竿子追你。"

我问："为啥？"

我姐反问："你想不想要竹竿啦？"

我说："想啊！太想要了！"

我姐说："想要的话，就听姐的。你给我使劲往家里跑，别回头，能哭多大声就哭多大声！"

就这样，我跑在前面又哭又闹，我姐在我后面挥舞着大竹竿，又打又赶，嘴里还不住地骂着："打死你这熊孩子！"

岗亭上的解放军叔叔看到我们，远远地好心劝我姐："小朋友，小心啊，注意安全啊！"家属院的容嬷嬷看见我们，同情地比画着双手："二胖整天被他姐揍，真没天理啊！"

就这样，我姐追赶着我，一路疯跑，一路号叫，一路把长竹竿护送回家，在那个军备物资管理严格的年代，居然没引起丝毫怀疑。

这事还没完。回到家，我姐并没有为我家添置新家当的意思，她找来我爸的工具箱，用一根小锯条把细竹竿锯成长短不一的几段。她挑了一截长而粗壮的做金箍棒，顺便用剩下的一截长的和几截短的绑了一个钉耙给我，并从此为我的人生定制了"猪悟能"的角色。

♥

6

再次苏醒过来已经是第二天的上午。我老姐苏瑾在口腔科查完房，就赶到我的病房看我。我被安排在一个双人病房里，对面是一位摔伤入院的阿姨，七十多岁，眼神不大好，看我醒过来，便和我姐搭话说："这孩子命真大，摔得肿成这样还能醒过来！"

我姐说："嬷嬷，他平时就挺肿，这次一出事，除了脸大点，身材保持得挺好！"

我说："给我照照镜子行吗？"

我姐说："照啥？好不容易醒过来，照个镜子再吓昏过去怎么办？"

我问："我是怎么受伤的，我怎么一点印象也没有呢？"

我姐说："不急，可能是轻微脑震荡，暂时性失忆！"

我好奇地问："是不是什么时候原地再撞一次，就能彻彻底底地恢复记忆了？"

"你丫国产脑残剧看多了吧！"我老姐顿了顿，觉得不过瘾，继续补充道，"你能问出这么缺心眼的问题，证明你脑子基本已经恢复到正常水准了！"

我说："是吗？我在你心里就这位置吗？"

我姐说："姐不吓唬你，核磁共振的结果出来了，轻微脑震荡而已。你的肺部有裂痕，暂时需要卧床休息。"然后她顺势瞄了邻床的老太一眼，粲然一笑，"这孩子，命是挺大的！"

接着，我姐向我引荐了小陈护士，我姐说，"这一阵子，姐科室的手术特别多，这是小陈护士，姐姐特别从自己的科室里转借过来照顾你的！你以后要听她的话啊！"

　　小陈护士就是后来推我去检查的那个白净护士，我当时头上裹着厚重的纱布，并不能完全看清她的样子，只是听到邻床的老太一直夸她长得白净。

　　我姐把小陈护士拉到我的面前，生怕我会认错人似的向我介绍。其实我当时根本动弹不得，我知道我这个猪头脑袋一定让小陈护士印象深刻，就算人海茫茫，我俩也绝不可能相忘于江湖了。

　　我姐临走前用手指戳了我的脑袋几下，神色诡异，然后转身腾云驾雾一般驾着她那身白大褂就飞走了，甚至连那句"俺老孙去也"都没来得及说。

7

　　说起来，我的人生一直是我姐帮我规划的。高考填报志愿时，我本想像她一样报考医学院，可是我姐说："医生太劳碌，你这个懒人就甭跟着掺和了。"

　　我说："我其实也挺喜欢口腔医学的！"

　　可我姐说："你这个吃货，难道这辈子真要跟'嘴'干上了？"

　　一句话，说得我哑口无言。遵从我姐的推荐，我学了计算机，毕业后，本来我是很想去考公务员的，我姐又来劝我："公务员有什么好的，就是一只'猿'啊！"

　　我说："'程序猿'不也是'猿'吗？"

　　我姐说："那不一样。首先，'程序猿'是技术工种，再说'程序猿'的工作多淡定啊，每天除了动动手指，其他器官都原地休息，这也符合你屑然不动的敦厚气质啊！"

　　就这样，我在我姐的规划下，顺利地成为了一名"程序猿"。而我的老姐，苏瑾，为了能让她兄弟在胡吃海喝的同时坚守住一副好牙口，毅然决然地在大学毕业后，成为了一名口腔医生。

在病房里，我问我姐："我怎么就这么巧又落在你手里了呢？"

我姐说："你开车到四明山上看杜鹃花，半道上对面车道有车子冲过隔离栏，你躲避不及出了车祸，人被救护车拉到我们医院。急诊收治的医生来过咱家，亏得你那五大三粗的标志性身材，人家一眼就认出了你，姐姐才在第一时间赶到病床为你检查了牙口！"

我问："我的牙齿有受伤吗？"

我姐说："没有啊！"

我问："那你给我检查这个干什么？"

我姐淡定地说道："姐姐就会干这个啊，还不抓紧给你救助一下！"

我姐见我被憋得半晌说不出一句话，便打趣地问我："你觉得小陈护士怎么样啊？"

8

一贯为我规划人生的姐姐，怎么会不在恋爱婚姻这样的大事上积极主动地为我出谋划策呢！

现在能想起来的，我姐起码给我介绍过八个女朋友，这些女孩子加一起，一桌打麻将，剩下的还能凑合一桌下四国军棋。当然这些女孩个个都不错，37.5%的人在一面之后就被我岿然不动的冷艳气质折服，从此老死不相往来，50%的在几面之后，为我闷冬瓜一样的才情动容，从此再不愿摧残我八竿子打不出一个响屁来的意志与品格。

老姐急得像热锅上的蚂蚁，完全不顾及自己大龄剩女的尴尬身份，一遍一遍地喟叹："这个世界的女孩都怎么啦！我这个善良敦厚的好弟弟啊，能有这么好的老公天天欺负着，日子过得也会有滋有味啊！"

可惜时不我与，绝无仅有的第八个出现了。在我姐苦口婆心的劝说下，善良的八姑娘终于肯多跟我接触几次了。在吃过几回饭、聊过几番人生观、世界观之后，我和八姑娘的爱情故事因飞来的车祸而夭折——时至今日，我已经完全想不起任何关于八姑娘的故事了，甚至连她的声音和相貌也记不得了。至今那模糊的印象就停留在和她一起分享的几餐美食上，只有饥饿来袭时，残存的记忆才会像舌尖上的味蕾一般悄然绽放。

"你觉得小陈护士怎么样啊？"我姐反复地问我。

"已经第八个了，甭跟我谈姑娘了好吗，老姐，我戒了！"

"那你丫就是一真正的猪八戒啦！"我姐说着，驾着筋斗云又离开了。

9

在小陈护士的照料下，我的身体顺利康复。她是个很细心的姑娘，大多时候都让我感觉很熨帖、很舒心。可是每天上厕所就比较尴尬。起初几天，我卧床不起，尿管插在身上，小陈护士帮我更换尿袋时，我佯装睡着，任由红脸蛋在纱布的包裹下恬不知耻地兀自燃烧。

十几天后，我可以短暂地下床行走了，尿管被拔掉，头上的纱布也逐渐变薄，我背身小便时，用肥大的身躯将小陈护士挡在身后，小陈护士踮起脚尖，用娇小的身体为我撑起一袋盐水，这个充满青春朝气的造型煞是动人，我每每陶醉其中，欲尿不成。此后，反复地酝酿情绪，随着尿柱在便池中敲击出一串华丽的音符，我的脸颊再次燃烧起来，仿佛关不住的枝头红杏，无限蓬勃地从纱布里拼命向外跳窜。

小陈护士做什么事都是行家里手，尤其是烧得一手好菜，勾引得我姐下班都要来病房蹭饭。起初我认为小陈护士只是烧得一手很好吃的红烧肉，因为在最初我的肺裂和骨伤愈合的日子里，小陈护士每天都炖很烂的红烧肉，插上吸管喂我吃。我起初吃得拘谨，就跟小陈护士说："你做得实在太好吃啦，可我要控制食量，不然我恐怕胖得没法见人了。"

小陈护士说："胖点挺好！胖点结实，耐用。"说得我好像是一块防护材料似的。

接着，随着我身体的康复、食欲的复苏，单一的红烧肉已经无法满足我强劲的胃动力了。小陈护士开动脑筋，陆续研发了海鲜菜系、豆腐菜系和蔬菜菜系，并且在休息日为我做好甜点，连夜送来滋润我的胃囊。

我禁不住怀疑，我姐安插在我身边的小陈护士其实本职是一位厨子，而不是一名护士。我姐再问我小陈护士如何的时候，我只是笑嘻嘻地回答："都好，都好！菜烧得尤其好！"连邻床的嬷嬷都禁不住伸出大拇指称道："个小娘碧，交关赞！"（宁波话：这个小姑娘很棒！）

10

虽然我嘴上说已经八戒了，心里却禁不住痒痒起来，神秘的第八个，如今情归何处了呢？我让老姐帮我把摔坏的手机重新修好，然后翻出手机通讯录和微信好友，谢天谢地，我还存着她的名字：Eighth！

我翻看了我和Eighth的聊天记录，在车祸之前，我们似乎保持着高频率的互动，甚至一起分享过几次美食。从言语中，我发现她是个善良的姑娘，一点也没看出她对大胖子有丝毫的讨厌。我想，大约是我手机摔坏的缘故吧，错过了和她最近的联络。

我向老姐取经："在这种情况下，我是不是应该绅士风度一点，主动跟人家姑娘联络一下呢？"

我姐坏笑了一声说："就你现在这残废状态还绅士？能保住眼下的护士就不错啦！"

我纳闷地问："什么绅士护士的？"

邻床的老大妈看我实在不开窍，便点拨我说："孩子，深市今天跌了350点，沪市只跌了250点，你不炒股啊！"

我姐捂着肚子坏笑起来，继续说道："跟姐姐说句实话，小陈护士到底咋样？"

我说："哪儿都挺好的，就是有点小，有点矮啊！"

我姐说："你不老说要猛虎嗅蔷薇吗？怎么该动真格的时候，就腿软了呢？"

11

我说过，胖子始终是忠贞的，比如阿宝，他有自知之明，当狗屎运砸到自己头上的时候，不会觉得是理所应当，总觉得还有人比自己更适合这坨狗屎运。他的内心是美的，一个简单玄妙其实空洞的道理也能激励到自己，他很容易就上进了，就像他很容易又犯懒了一样。他没有使命感，他凑合着拯救了世界，如同他凑合着挤过两张桌子给人端一碗面，什么事情都不求完美，所以什么事情又都凑合着能做完。总之，这个世界上的胖子就像一碗泡面一样，简单而有韧性。扯了一大篇，明眼人都看明白了，其实我就是一个不撞南墙不死心的死胖子。我已经决定了，不管咋样，我必须要联系一下Eighth，甚至逃出去跟她会一次面，这样，即便被踹，即便撞死，即便引刀成一快，也不负"胖子头"！

我在微信上重新联系了Eighth小姐，我说："Hi，好久没联络了，最近好吗？"

Eighth小姐说："最近好忙啊，单位一大堆事情。你过得怎么样？"

我说："我出了一趟远门，好些日子才能回啊！"

Eighth小姐说："嗯，有事吗？"

我说："过几天我回来了，请你喝咖啡吧！"

联系上了Eighth小姐之后，我每每看到小陈护士就充满了歉意，小陈护士一如既往地对我照顾有加。我发现小陈护士其实长得挺文静的，柔弱中藏着一股清丽脱俗的书卷气，正是我喜欢的那种女孩。

12

我趁小陈护士去帮我取检查报告的时候，偷偷约了Eighth小姐见面。我套上紧巴巴的牛仔裤，穿着招展的大T恤衫，像一面迎风满张的风帆一样，颤悠悠地走出医院，踱出了天蓬元帅般的八面威风。大胖子苏秦同志，自此重返人间喽！

起初我还犹豫，Eighth小姐是否还记得我？紧接着，考虑到我标志性的身材在住院期间有所升级，于是便毫不犹豫地捧起一本杂志，淡定地点上一杯焦糖玛奇朵，开始守株待兔。约定见面的时间过了十分钟之后，我远远地看见我姐，身披五彩圣衣、脚踏七色祥云似的杀气腾腾地冲进咖啡馆，径直向我冲了过来！

我故作深沉地问："姐，你约了人啊，是不是相亲啊？"

我姐劈头骂道："相你个猪头啊！你说人家小陈护士刚刚对你有点好感，你怎么能玩劈腿呢？"

我说："你们偷看我的微信，这是我的个人隐私好吗？"

我姐继续彪悍地怒道："小陈护士就是Eighth小姐啊！你这个猪头，原指望你能早点想起来！小陈也真是的，肯定是用红烧肉把你喂傻了……"

我的智商在这一刻大口地喘着粗气。我禁不住打断我姐："你慢点，再说一遍，我跟不上！"

我姐说："小陈就是Eighth啊，你老姐给你介绍的啊。出事那天你们去四明山看杜鹃花，回来的路上出了车祸，你没系安全带，还好小陈及时帮你止了血啊！"

我说："怪不得总感觉她好面熟呢！"

我姐说："赶快回去跟小陈道个歉，以后可不能再劈腿了！买束花啊！买束花啊！"

我又大步流星地走进花店，问老板："让人久等了要送什么花啊？"

老板说："啊，黄玫瑰就行，一枝黄玫瑰就代表一心的等待。"

我买了一束黄玫瑰，走进小陈的护士站。小陈低着头，脸颊羞得通红。我姐从身后赶来，把我推到小陈的身边说："这个傻子又让人忽悠了，买了一束黄月季就过来道歉了！"

13

关于我和Eighth小姐的那段记忆，我始终无法在脑海中复原。由于国产脑残剧的先入为主，我一直盘算着再次带着Eighth去四明山看一次杜鹃花，如果气候适宜，条件成熟，顺道撞一下脑袋，也许就能找回久违的记忆。

我问Eighth小姐："那天的气候条件如何呢？听说复原记忆最好是能完全地复原场景！"

Eighth小姐说："那天啊，真是一个适合自杀的好天气！"

我说："你具体说说场景吧！"

Eighth小姐不好意思起来，慢慢地说："那天在四明山上，自始至终你就像个闷冬瓜似的没说几句话。虽然之前我对你有点好感，可是在山上，面对大好的春光，那些好感全部被你闷死在萌芽状态了！"

"然后呢？"

"然后我就在回去的路上睡着了，当然是假装睡着的。其实我一直在计划着编几句好听的分手理由下车讲给你！"

"接着呢？"

"接着，你看我睡着了，就伸手过来帮我系上安全带！"

"那你为什么不醒过来自己系呢？"

"我完全吓蒙了，我以为眼前这个死胖子要趁我睡着的时候偷吻我呢！"

"然后呢？"

"然后你太胖了，隔着大肚子，根本拉不到我的安全带。于是你先解开了自己腰上的那条，挤着大肚子把我的安全带先系上了！"

接下来，按照Eighth小姐的说法，国产电视剧中俗滥的那一幕出现了：一辆大货车从旁边车道迎面冲出来，我躲闪不及，车子撞在山崖的石壁上——管他呢，反正那天是撞了车，不管是开上了石壁，还是躲上了石壁，我都成了一个昏迷不醒的死胖子。

交警赶来现场进行事故鉴定，认定大货车全责。交警告诉Eighth小姐，这个大胖子身手极为敏捷，在大货车迎面冲来的一刹那，他出于本能，向一侧打偏了车子，接着，他为了保护副驾驶上的Eighth小姐，又以极快的反应，反打了方向盘，车子撞向山崖时，他又缓慢地踩了刹车，避免了车子侧向滑动过多而滚落山崖。

Eighth小姐满含泪水地说："苏秦，你知道吗？听完交警的话，我的心都碎了。我想，要是你永远昏迷不醒了，我就照顾你一辈子；要是你还能醒过来，我就嫁给你做老婆，这才是值得托付终身的好男人！"

14

出院的前一天，Eighth小姐最后陪我去做了检查。拍X光的那位医师，一眼就认出了我是上个月急诊送进来的那个昏迷不醒的大胖子。他指着我的肺部X光片说："你可真幸运，这么激烈的撞击，要不是你人长得胖，腹部的赘肉起到了良好的缓冲作用，一切就全完了！"

走出医院时，夕阳西沉，天幕中绯红色的晚霞像满山盛开的杜鹃花，我用手指轻触了下Eighth小姐的肩头，她没反抗，我便顺势箍紧了她。我说："你知道吗？这个世界上的一切都是胖子的。" Eighth小姐伸手过去，反扣住我的手腕，叹道："想不到我竟也终身和一只'程序猿'锁在一起，再也不分开了。"说着嫣然一笑，娇柔无限。

胃疼时期的爱情　　初恋就像一壶开水，不管曾经多么沸腾，放上一段
时间，终究会变成一壶凉白开。

～～～～

1

2001年，我十九岁，我考上了大学，我的情感世界热血沸腾。

九月，入校后照惯例开始军训，天气照惯例持续高温。大操场上，
我们2001级的新生，分成几十个队列，汗流浃背地练习站军姿和正
步走。

这种天气对一个胖子而言无疑是一种严重的煎熬。

其实，我本来不是一个胖子，高三一年，我熬夜冲刺，我妈每晚
用两个荷包蛋和一大碗挂面汤迅速送我"出栏"，一米八三的身高，
一百九十斤的体重，让我成为新生中的一个大号目标人物，一眼就被我
们的女教官相中，被任命做了班长。

那天，我和女教官并排坐在队列之前，休整过后，女教官要求大家
迅速起身立正。

由于军训的迷彩装不是量身定制，而我又恰巧跨入了微胖界——

伴着我起身挺立，"咔哧"一声，我的迷彩裤忽然开裆爆裂，我和女教官迅速被淹没在一片排山倒海的笑声之中。

我一时不知所措，红着脸跟女教官汇报："报告教官，我裤子开裆了。"

女教官镇定自若，她大胳膊一抡，仙人指路一般说道："到我宿舍去吧，抽屉里有针线，你自己简单处理一下。"

2

我迈着细碎的步子走过操场，挪到女教官的宿舍，做贼似的，快速从抽屉里翻出针线。

我根本不懂缝补衣服，能做的就是用大针脚对着开裆的迷彩裤做简单包扎。可是不管我用什么针法缝合，缝好后只要走上两步，立马就重新开裆。

如是几次，毫无进展。最后，正当我决定要把线穿进去，用双手打一个死扣的时候，隔壁床铺上忽然"扑哧"传出一声清脆的笑声。

原来我进门的时候太心急，都没看清宿舍前排的一张床上还躺着一个跟我一样花花绿绿的"迷彩妞"。

"你应该在线的一头先打个结。""迷彩妞"笑笑说。

我本来稍稍平静的心一下子又"突突突"地狂跳起来，我的脸像刚出炉的烤山芋，又红又烫。

好在"迷彩妞"很知趣，只是仰面注视着天花板，慢慢悠悠地指点我。我加快了缝合的速度，恨不得把自己的脑袋也缝进去。缝完后，我迅速地向她道谢："谢谢了！"

她终于抬起头向我笑了笑："我是2001级经管的张明俊。"那个笑容很甜，在那个湿热的夏天，像一块透明的水晶之恋果冻。

从女教官的宿舍快步冲向我的队列，裤子上的开口缝得很结实。我跑过一排茂密的白杨树，阳光斑驳在墨翠的树叶间，我觉得那景象美极了。

3

"你那天怎么会在教官的宿舍休息？"

"天气太热，我就假装中暑晕过去了。"

这是我们认识两年以后的事情，我问她的时候，她正在摆弄自己的新手机。她头也不抬地笑笑，继续说道："老天安排我在那里守株待兔呗！"

军训结束后我和罗子杰、吕浩还有刘国伟分到了一间宿舍。刘国伟进了学院篮球队，罗子杰和吕浩是文艺青年，每天在宿舍讨论组建乐队的事情。我成了一个在学校没有生存目标的摇摆人，有时候刘国伟拉我："走，跟我打球去！"有时候罗子杰和吕浩拉我："走，跟我们搞音乐的混，有前途。"

其实我一直特别好奇，不知道什么时候能再遇见那个女孩。有时候，心里有一种疙瘩是解不开的，而且不能抓挠，越抓越大，越挠越痒。

直到有一天午饭时，我听见校广播站的广播里传出了一个糯甜而熟悉的声音："大家好，我是2001级的张明俊。又到了午后的明俊时光了……"

罗子杰用胳膊搂过我的脖子，摸着我的下颌说："苏秦，快吃吧，你嘴张了半天不累啊？"

我说："你听，她就是那果冻！"

吕浩凑过来说："哥哥，恭喜你，你摊上好事了，那是经管的院花！"

4

三个月后，刘国伟代表学院拿了新生杯篮球赛的冠军；罗子杰和吕浩进了琴行做学徒，他们给未来的乐队起名叫"骡子和驴"。我还是一事无成，除了每天做着在学校各个角落偶遇院花的白日梦。

秋天到来时，校报记者团搞了一个"爱在无边落木萧萧下"的征文比赛，比赛的奖金并不优厚，但是获奖作品将会在学校广播里朗读。我想，就算我这辈子不能认识她，听她朗诵我的文章，应该也是一件无比美丽的事情。

我没有盲目自信，多年来，写作一直是我的强项，自打上了大学，刘国伟那些写给高中小师妹的情书都是我代笔的。既然小师妹对他文武双全的"伟哥"无比倾倒，我也有信心，我一定能得奖，起码能得一个小小的奖。

征文比赛的稿子我前前后后改了七遍，交稿的前一天晚上，熄灯后我点上蜡烛誊写了两次，刘国伟说："你要是拿出这劲头给我师妹写一封，我师妹肯定就驾着五彩祥云来找我了。"

比赛的结果是我获得了二等奖，并列获奖的那个人居然是张明俊。我们在文学的门槛上率先比肩了。奖金是校报记者团的团长亲自送到我寝室的，他说："苏同学，我看你的文笔不错，想不想加入校学生会，进校报做一名记者？"

要知道，校报记者团的办公室紧挨着校广播站，于是我迫不及待地回答："太可以了！"

　　团长话锋一转："你成了校报记者，就是自己人了，这次奖金其实没怎么到位，只能先给你一半了，你明天能到校报记者团报到吗？"

　　我又迫不及待地说："太可以了！"

5

　　贴了一百五十块钱，加上这次征文比赛的奖金，我请罗子杰、吕浩和刘国伟到肯德基大撮了一顿。

　　吕浩边啃鸡腿边说："听说这个院花样样都很优秀，围追堵截的男生很多啊，你得抓紧啊！"

　　我说："我没什么特别的想法，只是还有点好奇。"

　　罗子杰吐出嘴里啃了一半的鸡翅说："那个，好奇害死猫啊！"

　　刘国伟插话说："我代表院篮球队力挺你哦！那个，能再来份大杯可乐吗？"

　　其实我到了校报记者团以后和张明俊的接触并不多。她是中午的节目，一般上午下课后急匆匆赶到播音室，播完节目后，休息一小会儿又急匆匆赶去上下午课了。有时候，我到了她没来；有时候，她做节目，而我又被外派采访。

　　我们虽然已经认识，但大部分的时候，我们只是那种见面说声"嗨"，分开说声"拜"的普通学友。

6

　　绝佳的一次机会来了。我和张明俊被派去外校采访一个大学生辩论赛的最佳辩手，回到我们校区时已经过了食堂晚饭的时间。我便主动邀请她去吃饭。

张明俊果然是校园里的名人，我们在学校附近的姊妹饭店吃饭的时候，邻桌老有人主动跟她问好，饭吃到一半，有个肥得彪悍的男生，居然捧着一大束玫瑰花坐到了我们桌。

男生像握着一把菜刀一样握着玫瑰花，他说："交个朋友而已，没有别的意思。"

张明俊开始很淡定，让男生坐下来慢慢聊。我觉得我的脑袋热得发烫，烫得跟一个高瓦数大灯泡似的。

我用眼神询问张明俊，要不要把眼前这个不友好的"菜刀男"轰出去。

菜刀男软磨硬泡就是不肯离去，我看张明俊也越来越紧张，便坐到菜刀男的面前说道："同学，外面说两句怎么样？"

我说这句话的时候，故意无视菜刀男，头摇得很嚣张，爷们儿劲头十足。

菜刀男根本就不接我的话。

我壮着胆子站起来，走到菜刀男的面前，拎起他的衣领子说："外面说两句，有种出来吗？"说完，顺手把玫瑰也抄了出来。

菜刀男随我走出姊妹饭店，张明俊也起身要追出来，我示意她坐下，我一个人来摆平。

五分钟后，我信步踱回饭桌，气定神闲地坐在张明俊对面。

张明俊问："怎么样？"

我说："走啦，没事啊！"

张明俊追问："你怎么说的？"

我说："'我们俩都没带钱，你有吗？'他就头也不回地走了！"

张明俊哈哈大笑起来："苏秦，你肯定是骗人。"

我说："我没骗你，张明俊。"

张明俊说："嗯，你叫我明俊吧——算啦！还是叫我俊俊吧！我爸妈我姐都叫我俊俊的！"

后来吃饭的气氛一直很好，我开始"俊俊、俊俊"地叫她，感觉那晚夜色美好得一塌糊涂，直到俊俊说："其实，我特别不喜欢胖子！"

7

那天晚上，我当然没有跟"菜刀男"说我们都没带钱。我跟他说的是，张明俊是我女朋友！

我说："你他妈离她远一点。要是不服，熄灯以后来5号楼301找我单挑。"

这件事情，最后由刘国伟找院篮球队的朋友帮忙摆平，"菜刀男"和我各带了一票人在学校宿舍楼底下"站队"，只是我的队友身高都在一米八以上，而菜刀男找来的队伍，俨然是来参加拔河比赛的胖墩连。

我因此也认识了很多院篮球队的朋友。我下定决心，我要打篮球，我要减肥，我要成为俊俊心中的一个"瘦子"。

我减肥练球的计划比较魔鬼。第一是省掉了晚餐；第二是五千米慢跑；第三是每天坚持投一千个篮以及一百次折返跑加三步上篮。

我用晚饭省下的钱买两大杯可口可乐，拉着刘国伟陪我练球。本来我在高中时期有过一些篮球基础，又加上"惨绝人寰"的魔鬼训练，我的球技进步神速。

三个月后，刘国伟的投篮水平已经赶不上我；又过了两个月，我跟刘国伟玩"斗牛"（一对一三步上篮攻防），他已经完全不是我的对手。

刘国伟终于把我引荐进了学院篮球队，后来我成了球队的神射手。

8

这个时期，我生活的关键词是篮球。当然还有胃疼，由于长期不吃晚饭加上剧烈运动，每晚睡前我的胃都哀鸣不已。

吕浩说："你丫这胃忒凄惨了，求你啦，吃点吧，哥们儿！"

罗子杰说："你这胃晚上呼噜得比刘国伟的呼噜声都大！"

刘国伟说："他那哪儿是胃打呼噜啊，那是胃在叫，胃在叫春啊！"

我的体重从原来的一百九十斤直降到一百四十五斤，我已经瘦成了一个风筝架子，春天风大的时候，我都有一种逆风飞扬的快感。我们班的女生也大为吃惊，我们团支书甚至还问过我吃的什么特效减肥药。

吕浩插了一句："这孩子，让爱情滋润得就剩一把贱骨头了！"

我和俊俊的交往日益密切。由于我在校报做记者，有很多机会供稿给广播站，于是开始尝试着写一些现代诗。有一天，灵感乍现，我写了一组名为《我爱》的现代诗，每一篇诗都以"我爱"开头，内容里藏着明和俊俩字。

这些"居心叵测"的小破诗，伴着俊俊甜美的声音，在校园里，像明澈而温润的春光，像吹面不寒的杨柳风，像叽叽喳喳的灰喜鹊一样，将我暗藏的心事，播撒在希望的田野上。

不知道俊俊是毫无察觉，还是故意装懵，有一次她说："苏秦，你这个系列怎么没完没了，念得我牙都倒了，还酸个没底，你能来点直接点的吗？"

9

我常常和俊俊一起吃午饭，她是那种优雅的南方女子，猫食动物：几口饭、几筷子青菜就能吃饱。我眼里虽然饿出了火星子，可是，风卷残云地扒几口饭菜，就看见俊俊在对面玩手机了，于是我用大手一抹嘴说："走吧，我也吃饱了！"

青春期的时光充满了"馋意"，一个人的爱恋是胃上的隐隐作痛。

2003年的学校篮球赛，电气学院和经管学院争总冠军。决赛前，我作为电气学院队的队长接受校广播站张明俊同学的采访。

采访结束时，俊俊问我："你们有几成胜算？"

我说："是必胜！"

俊俊说："你还是低调点吧，不然稿子不好播，万一输了，也不好收场的。"

我说："还是必胜！"

俊俊说："谦虚点，又不会死人的。"

我说："那你播的时候说六成吧！"

俊俊说："这还差不多！输了你要请我吃大餐。"

我说："赢了你做我女朋友行吗？"

俊俊很害羞地笑起来，她说："我这里开着录音笔呢！不带你这样以公肥私的！"

我说："没事，这段可以掐了不播，我们电气是必胜的。"

比赛打得很胶着，比分交替上升。上半场的时候，我的心态还很放松，每打进一球，必要向场下找俊俊对视一眼，然后坏笑一下，双手比成一个"V字"。

因为是决赛，双方队员身体对抗非常激烈。到了下半场，我明显感觉体力不支了，但是咬牙坚持着，比分依然是交替上升。我们教练忍不住在场下骂："苏秦，给我往里冲啊，你老是比二干什么？"

到了第四节，我三步上篮的时候被对方挤了一下，落地时没站稳，一下扭到了脚踝，我坐在地板上疼得嗷嗷直叫，吕浩跟罗子杰把我抬了下去。刘国伟替补我上场。

我悔恨至极，眼看比赛还没结束却不能在赛场上搏杀。我不敢抬头，不敢去看俊俊，就一直低着头，瞪着我肿得跟茄子似的右脚踝。

最后三十秒，对方四次犯规停表，比分四十平。我把袜子拉起来，盖上茄子脚踝，咬着嘴唇跟教练要求返场，教练问："你行吗？"

我说："撑一下没事的，我比他们都准。"

接下来的剧情十分狗血，我替换刘国伟上场，站都站不稳，对方球员上来防守，我一抬步，就疼痛难耐，再次跌在地板上打滚。对方球员上来揪着我的衣领子怒吼："他装的！我根本就没碰他！"裁判判罚违体犯规，怒吼男被清场，我获得罚球机会。

球场上静得鸦雀无声，连啦啦队队员的喘气声都听得见——当然这是不可能的，在一片欢呼喝彩和稀稀落落的口哨及骂娘声中，我站上了罚球线。

这时候，俊俊居然站在电气学院的啦啦队里注视着我，我的心怦怦怦地狂跳起来。

最后，我比画着"二"字，被一批狂热的球迷簇拥着，高举起来。电气学院赢了，虽然剧情足够狗血，我又被打了鸡血，但是艰难的胜利，还是让我兴奋得手舞足蹈。最重要的是，人群散去之后，俊俊留了下来，自此成了我名正言顺的女朋友。

10

俊俊挎着我的臂弯在校园里招摇过市。我成了“名人”的男朋友，遇到有人跟俊俊点头问好，我也用眼神示意，甚至有点飘飘然的感觉。有一次，偶遇“菜刀男”，俊俊甩了甩飘逸的长发，紧紧地扎进我的怀里，让我一时间幸福得心花怒放。

当然我和俊俊也有分歧。比如她总是觉得我身上有点农民的土气，特别是一口“山东聊城”的大葱味普通话，让她很难接受。我闻过思改，立马就报了普通话学习班。又比如，她嫌我不懂音乐，我就主动要求加入吕浩和罗子杰的演唱组合。

刘国伟说：“我怎么感觉你始终追不上人家的进度呢？”

大三上学期的时候，“骡子和驴”演唱组合已经小有名气了，罗子杰弹主音吉他，吕浩是键盘手兼说唱。得知我要入伙，骡子和驴都喜出望外。只有刘国伟泼了冷水。他说：“苏秦来了，你们乐队得改名吧，叫什么好呢？叫骡子和驴和禽兽？”

罗子杰说：“还是叫畜牲组合吧？”

吕浩说：“畜牲太霸气侧漏了，还是牲口低调一些，叫牲口组合怎么样？”

我说：“就用Cattle这个名字吧，翻译成汉语是牲口的意思，美式俚语里代表女学生！”

骡子和驴异口同声地说：“这个好，这个好！”

11

加入Cattle合唱团之后，我起初的目标是做一名贝斯手，但是练了三个月，琴行的老师说：“你的手指头太粗笨，天分不足，玩不了这细巧的玩意儿。我看你的节奏感还行，改练架子鼓可能还有希望。"

可是琴行里架子鼓是不能外租的（因为生手经常敲破鼓），我又买不起架子鼓，只能成了Cattle合唱团里一个端茶倒水的闲人。

二十二周岁生日那天我收到了俊俊给我的生日礼物。她那天让我帮她去新华书店买一套英语六级的复习资料。

我回来以后，罗子杰叫我去机械学院绘图室的排练房里一趟。我以为是送茶水，拎着两个暖瓶蔫茄子似的就去了，谁知道在那里我看到了刚刚架装好的整套架子鼓——俊俊送我的二十二周岁生日礼物。

吕浩眼珠子瞪得跟牛蛋子似的跟我学舌："你那妮子，太血腥了！三千块钱划卡，眼睛都不带眨一下的！"

后来我知道，那天俊俊故意把我支开，拉着罗子杰和吕浩去给我买了架子鼓，三千块钱，那是她那年全优的奖学金。

Cattle合唱团排练的第一首歌是唐朝乐队的《天堂》，俊俊说我在和声"不再理会尘世忧伤，抛开一切走进天堂"那句时，样子嚣张极了，完全是拎着菜刀男出门PK的小痞子样，可是她很喜欢。

我用Cattle合唱团走穴的第一笔银子给俊俊买了一条爱马仕的丝巾，那款丝巾的名字叫"定音鼓手"，灵感来自雨果的诗《鼓手的未婚妻》。

俊俊围上丝巾开心极了，尽管她阅物无数，一打眼就知道那条是B货。为了掩饰兴奋，她故意低头摆弄手机。

我问她："大一军训那会儿，你那天怎么会在教官的宿舍休息？"

她懒懒地回答："老天安排我在那里守株待兔呗！"

12

因为排练安排得很频繁，我的功课逐渐落了下来，有时候为了去外地赶一个场子，不得不全天翘课。

俊俊开始挺支持我搞乐队，我准备英语四级考试时，还帮我做了复习提纲，把一本模拟题参考书上有深度、有难度的题目全部标记，方便我快速学习提高。可是，我为了参加冰力先锋的乐队选拔赛，最终错过了四级考试，这件事让她大为不悦。

大四上学期的时候，我跟俊俊第一次去她的象山老家。之前我只听说她家境不错，根本不知道她父亲居然是一个房产公司的副总。不仅钱多多，房子也特多。

我在宁波生活了三年多，基本的宁波话都能听懂，可是象山话比宁波话难懂十倍，每句话都像拐着弯儿在唱歌似的。吃饭的全过程，我像傻子一样，一句话也插不上，连俊俊在上海外贸公司的姐姐也故意讲弯弯绕的象山话难为我。

虽然俊俊的父母和姐姐没对我表达什么，可是态度上的忽视远比语言上的冷嘲热讽杀伤力大百倍。坐上回程大巴的时候，我有一种被羞辱的沮丧，一句话也没跟俊俊说。一路上，一个人"浸淫"于胃痛之中。

13

更大的分歧在考研这件事上。俊俊希望我能跟她一起考上海的研究生，可是我的家境并不好，父母能供我读出本科已经相当艰辛了。最终谈了几次，我还是决定放弃考研。

Cattle合唱团在冰力先锋的舞台上顺利过关斩将，成了浙江赛区的十强。我跟罗子杰、吕浩每天忙着乐队巡演的事情，错过了最后一次考英语四级的机会，还差点没完成毕业设计。

俊俊问我搞乐队是不是我最大的兴趣，是不是前途不要了，理想也不要了，爱情也不要了？我就莫名其妙地跟她争吵起来，似是有意释放在她家受到羞辱的愤怒。

我说："我不用你管，不用你养，不用这么瞎操心。"

她哭着跑回宿舍，半个月没搭理我。

毕业的时候，俊俊作为全校的优秀毕业生代表上台发言，她如愿以偿地考上了同济大学国际贸易专业。

我因为英语四级没过，进不了外企或者好国企，只在一家民营的电梯公司，签了一个修电梯的工作。

刘国伟奔着他小师妹回了北京。吕浩和罗子杰留了下来，也都是签的民企，乐队的事基本还能搞下去。

俊俊在台上发言的时候，吕浩一直问我："苏秦，那是你的女朋友吗？我怎么觉得离咱们这么遥远啊？"

刘国伟说："那个是大众的女神，苏秦，我看你丫从来没追上过人家！"

14

修电梯算是一个技术工作，因为涉及人命，公司要求员工二十四小时开机，随叫随到。这害得我周末都不敢离开宁波半步。过了三个月的实习期，又过了三个月的试用期之后，我用半年的积蓄给俊俊买了条铂金链子，请了两天长假，跳上火车跑去上海看她。

俊俊这半年的变化很大，人更加漂亮，衣服更加大牌。虽然我们每晚也通电话，可是看不到人，感觉不到体温，那种相隔千里的冰凉完全不同于朝夕厮守。大约用了一天磨合,我才找到大学的那种感觉。第二天,她送我回宁波,我们不停地说话,饭也没顾上吃,我在火车上一路胃疼,疼出了久违的幸福。

又过了三个月我去看她,她居然和一个男生在外面吃饭。当然,男生和女生吃饭没什么不正常,只是那个男的一看就是不怀好意的人。他看到我时,居然用一种得意扬扬的姿态来嘲弄我,我当时就想像对待"菜刀男"一样,把那个男的揪出来PK。

俊俊把我叫住了,歇斯底里地喊道:"苏秦,你住手!你能不能别整天就想用这种极端的方式解决问题!"

我第二次去看她,拿了第一次送给她的铂金链子回来,我知道自己做人很失败,我的胃也很失败,一路隐隐地疼回宁波。

吕浩和罗子杰开始劝我:"追自己喜欢的女人的脚步,是不是很累?苏秦,放手吧!你们已经不合适了!"

15

我和俊俊最大的分歧在于地域。

她当然希望我能去上海和她会合。我觉得上海人才济济,消费又高,很难立足。而且上海没有骡子和驴,也做不了摇滚乐。我希望她能回来,毕竟宁波是她的家乡,而且我在单位也越做越好,还当上了一个区域小主管。时间就这么一直拖着、耗着,争吵一直继续,我们的关系越来越僵化,直到俊俊研究生毕业。

俊俊进了她姐姐的外贸公司,当年就被安排去西雅图驻站学习。我猜她姐一定是有意为之,而问题的关键在于俊俊也很想去。

"多少同学挤破脑袋想去外面看看,都没机会,我是不会放弃的！"俊俊说。

"我希望你能在我和工作之间做一个抉择。"我说。

"苏秦，你不要逼我！"俊俊回答。

是不是爱一个人就要让她自由飞翔？

总之，最后是我妥协了，我选择了放弃。我和罗子杰、吕浩，在A8驻场的时候，排了一首新歌《有一种爱叫做放手》。那天我破天荒地做了一次主唱，唱得极high（尽兴），还喝了一箱啤酒。

借着酒精燃烧的醉意，在半睡半醒之间，我拨通了俊俊的电话，只说了一句："咱们分手，你去飞吧！"

俊俊回拨过来时，我正对着马桶狂吐不止。我听不清俊俊到底说了些什么，隐约觉得她哭得很厉害。最后，俊俊挂断了电话，我的胆汁把马桶染成了绿色。

16

时间是个好东西。

俊俊即将飞去西雅图的时候，我们已经能冷静地对坐下来讲和平分手的事情，冷静得好像两个局外人，在讲毫不相干的人的故事。

俊俊说："我们这就是真的分手了？"

我说："可不呗！那还能咋的？"

俊俊说："我先发个毒誓，我张明俊和苏秦自2008年11月1日正式分手，从此相忘于江湖，老死不相往来！"

我说："你真够绝情的！"

俊俊说："你也得发一个毒誓！你跟着我说——我苏秦今生今世只爱张明俊一个女人，今后不管娶妻生子、生老病死，只爱张明俊一个人，只对她一个人好，只对她动真感情！"

我说："你丫临走还要摆我一道，张明俊，你太贪心了，不带你这样的！"

俊俊进登机楼的时候，围着我送她的那条"定音鼓手"爱马仕。

我说："你甭嘚瑟了，这条是假的，还我吧，到那边买条真的去！"

俊俊说："我偏不，我就爱戴假货！"

我说："听说外国人在机场专查假名牌，万一你一下飞机就被抓了现行咋办？"

俊俊说："抓了我，就把我遣送回来呗，我本来就一大陆行货，回来咱俩就结婚，你也甭嘚瑟了！"

末了，俊俊说："最后了，再亲一个呗！"

我凑过去，俊俊在我的嘴唇上使劲地咬了一大口，我疼得嗷嗷直叫。

"我走了，以后不能再疼你了，一次疼足！"俊俊转身进了安检门。

我看见她转身时，分明在眼角抹着什么。

17

多功能礼堂里，大幕拉开，追光灯照在我金光闪闪的架子鼓上。

罗子杰用尖啸的声音高呼："张明俊在台下吗？这首《天堂》向你致敬！苏秦爱你，我们Cattle永远爱你！"

追光灯在人群里四下寻找，最终定格在俊俊的脸上。我脱光上衣，打出一套华丽的鼓点，键盘和主音吉他切入，我开始咆哮："不再理会尘世忧伤，抛开一切走进天堂！"

吕浩小声地嘀咕："太浪啦！太浪啦！哪个小妞能扛得住这个攻势？"

我被凌晨三点钟的闹铃拽出梦境。起床，洗脸，开电脑，上MSN（微软的一款即时通讯软件）。

大洋彼岸，有个丫头正在大言不惭地违背自己的毒誓："苏秦，网上聊天不算老死不相往来的！"

我说："分了就是分了，咱别老是黏着了行不？"

丫头说："今天我不能陪你多聊了，有外单进来，我得去工厂验货！"

我说："您老先忙吧，我去睡个回笼觉！回见！"

罗子杰劝我："分了就是分了，你们俩这是打算死乞白赖到天荒地老啊？"

吕浩此时也陷入热恋，顾不上多挤对我，他说："苏秦，你可以死心了。我就是搞不明白，全世界到处都是森林，你丫为什么非得在一棵树上自杀呢？"

2009年国庆之后，我和俊俊的联系越来越少，直到圣诞节，俊俊本来可以休假回家，可是她放弃了。

有一天，她问我："咱俩是真分了吗？"

我忽然有种不祥的预感，我说："你一直都是自由身！"

俊俊说："那我在这里找个男朋友，不算给你戴绿帽子吧？"

我说："我没那个福分，什么绿帽子、红帽子，我现在连你的蓝颜都算不上，你能抽空给我点颜色看看就不错了！"

2010年2月14日，西雅图的情人节，俊俊发了一张照片给我，她钻在一个白色巨人的臂弯里，像一个雕工精湛的东方瓷器。对了，那个白巨人，居然是一个死胖子。

2010年圣诞节，俊俊仍未回国。她说得对——我们要相忘于江湖，老死不相往来。圣诞节我跟罗子杰和吕浩去A8狂欢，喝得天昏地暗，吐得人事不省。

18

被骡子和驴拉进医院的时候，我的胃已经痛如刀割。

吕浩后来说："那个当值的小医生极其傲慢，她说没什么事，死不了，不用洗胃了！吊两瓶点滴就得了！"

"罗子杰说：'要是我兄弟有事，我绝饶不了你！'

"小医生说：'怕你兄弟有事，甭跟他喝酒不就得了！'"

吕浩后来又说："你家这个宋云简直太狠了，一句话没把我跟骡子都噎死！"

不好意思，我断片儿了，忘了交代宋云是谁。

纳兰性德说，人生若只如初见是最美妙的，照这个逻辑，我和宋云初见的那天一定美妙得要死，美妙到我都断了片儿，完全不记得那天晚上的事了。

一个月后我又去鄞州二院检查，我总觉得胃隐隐作痛，而且疼得很蹊跷，丝毫没有爱情的味道。

门诊上坐着一个梳着牛角辫的小姑娘。那天的太阳极好，阳光透过玻璃窗，照在小医生的脸颊上。她的脸上三三两两地散布着雀斑，鹅黄色纤细的绒毛密密匝匝地招摇着，一副青春期资深黄毛丫头的模样。

做完简单的检查，我问她："你刚大学毕业吧？"

她反问："那又怎样呢？"

"没什么，瞎问！"

"没事别老喝大酒了，忒伤胃！"

"没喝酒，我有老胃病，以前大学饿的。"

"小样儿，你换个马甲儿我就不认识你了？上个月半夜来要求洗胃的，是你吧！"

"是吧，我记不清了。是不是俩老男人送我来的？"

"先做个胃镜再说吧，这样查不出来的！"

"做胃镜是不是很痛苦啊？"

"你一个大老爷们儿怕什么？下个星期我就去胃镜室了，你留个电话，到时候，我约你做吧！最多下手轻一点，你犯不上害怕！"

"行吧……"

"我叫宋云，你留一个电话，可以叫外面的人进来了！"

19

没想到十天以后，真的接到了宋云的电话。我本来是想慢慢耗着自个儿在家休养——做胃镜，还是有点吓人，不过跟人家姑娘约好的事情，又不太好意思推辞掉。管他呢，反正死不了。

没想到，宋云人小小的，手法还不错，整个过程我基本没觉得怎么痛苦，微微有些恶心的时候，胃镜已经做好了。

做完后，宋云一脸严肃地跟我说："有点慢性浅表性胃炎，没什么大不了的，还是那句话，死不了。但要是想好好活着呢，还得把酒戒了。"

她正嘚瑟个没完，忽然电话就响了。她一接电话，马上暴露出资深黄毛丫头的原形："哎呀，那个火车票太难买了，我还是坐大巴到杭州中转吧！中国铁路真是该千刀万剐呀！"

我心想，如果哪天中国铁路得了胃病，我一定推荐它到你这儿来做胃镜，给你一个为民除害的机会。

"你胡笑什么？"宋云问。

"没笑什么！很巧啊，我刚好最近要去杭州培训。你哪天走？"

"腊月二十七。"

"那我尽量安排那天去吧，顺道捎上你！"

"靠谱吗？"

"靠谱，我开车还行的，最多下手轻一点，你犯不上害怕！"

宋云抄起电话又回拨过去："不用大巴了，基本搞定了！"

20

我跟宋云的事一直顺利得出奇，用刘国伟的话说，一定是老天看不下去你这个老男人整天闷骚，在你腚后踹你一脚，送你踏上一列开往春天的火车。

宋云是那种心直口快、知无不言的女孩，嘴里藏不住事。我只是问了一句："你家里人都怎样？"她就打开了话匣子，祖上三代都交代得门儿清。

杭州到了，她下车时跟我说："这回麻烦你了，年后回宁波请你吃个便饭吧？"

我说："年后我有个饭局，我老同学从北京带着老婆过来，搞家庭聚会，几个同学都和牌了，就我这儿还单钓将呢！要不，你过来，算给我随个份子？"

宋云说："靠谱吗？"

我说："靠谱，与会的都是资深良家妇女！"

宋云说："那成了！"

宋云微笑时十分可爱，那些雀斑灵动起来，在面颊上轻舞飞扬。不知怎的，她招手的样子让我想起了俊俊，一瞬间胃里翻江倒海，全是酸楚。

最终宋云跟我去参加了那个八人聚会，刘国伟带着他的小师妹，骡子和驴也都拖家带口。

罗子杰当场揭露刘国伟拿着我写的情书欺骗小师妹感情的故事。宋云瞪大眼睛说："苏秦，你还有这能耐？"

刘国伟趁机出来给自己解围说："他能耐大得很！他还会打篮球、唱摇滚，有一首《天堂》唱得可邪门了！"

这种相熟同学的家庭聚会，气氛十分诡异，前一刻还在聊幸福的生活，后一刻就聊到了性生活。

吕浩说："晚上大刘两口子去睡苏秦那儿吧！给他压压床、暖暖房，这个老男人太寂寞了！"

罗子杰说："就是！苏秦可以去宋大夫那儿凑合几天，宋大夫再给他治治老胃病！"

那天的氛围极好，大家又都喝了酒，宋云也没多推辞，我就住她那儿了。我们的事一直顺利得出奇，仿佛老天一直在背后有意撺掇。

后来我说："咱俩都老大不小了，你要是不嫌弃我，咱俩就搁一块儿先处着！"

宋云说："那成了！"

21

张爱玲说，也许每一个男子全都有过这样的两个女人，至少两个。娶了红玫瑰，久而久之，红的变了墙上的一抹蚊子血，白的还是"床前明月光"；娶了白玫瑰，白的便是衣服上沾的一粒饭黏子，红的却是心口上一颗朱砂痣。

爱情是个很累的运动。跟自己爱的玫瑰和爱自己的玫瑰在一起，都是一项很累的运动。

说到底，跟自己爱的玫瑰在一起，睡醒觉就要开始奔跑；跟爱自己的在一起，做梦都会想着追逐。

宋云说："苏秦，你就堕落吧，你就一辈子甭洗脸刷牙洗衣服做饭！"

可是俊俊一个电话说要见面，我就油头粉面、西装革履地瞎倒腾。

2011年的圣诞节，俊俊终于回国探亲，她说想到学校里再走一走，我就陪她回了趟宁大。双桥镇上的小饭店里，我俩肆无忌惮地在包厢里狂吻。最后，她说她晚上必须走，她先生在上海订了一套婚纱，第二天要拍外景。

我像是一枚铁钉一样，被她一锤子揳在双桥镇上，死不瞑目地送她远行。

2012年春节之后，俊俊要回西雅图，我跟宋云撒谎说单位在上海有培训，跑去上海又偷偷见了她。

俊俊说："你有宋云的照片吗？我想见识一下，完了我给你看看我的婚纱照吧！"

我说："不带你这么玩我的，以后，还是老死不相往来为妙！"

回到宁波之后，我又大醉了一场。这次喝得很大，直接胃出血，宋云大发了脾气："苏秦，你以后好自为之吧，再不戒酒，就不是两瓶点滴的事了！我看你这辈子就快完了！"

我低头认错。最后宋云还是原谅了我，她说："有些病是治不好的，要靠将养，以后我下班给你熬小米山药粥吧！"

22

2012年圣诞节，寒凉的西北风刺进了我的胸口，我的胃又隐隐作痛起来。

本来我不想去见俊俊的，正巧那晚宋云加班，我在家无聊得发慌，俊俊的电话就进来了："你有时间吗？万豪有意式的冰激凌大餐。"

待我油头粉面地装点齐整，收到了宋云发给我的短信。

接着我就彻底放弃了去见俊俊的打算，一个人打开电视机，打开天然气炉。

宋云在短信上说："粥在冰箱里，自己热！"

这只是一个俗套的爱情故事，每次在我胃疼的时候，我都能嗅到爱情的气息。

23

2013年，我三十一岁，换了新工作，情感世界尘埃落定。

门

这世界上有无数的门，每一扇门都连接着一个未知的世界。《马太福音》上说：你们要进窄门。因为引到灭亡，那门是宽的，路是大的，进去的人也多；引到永生，那是窄的，路是小的，找着的人也少。

1

我是做电梯维保的，每天的工作就是检查电梯的厅门：开门，关门；关门，开门。入行十年，我大约开闭了十几万道门，这些门连通着居民住户的门，每打开一扇门，就打开了一个不同的世界。

有人会在家门口堆上很多杂物：皮鞋、运动鞋、垃圾桶、废弃的餐具、老化的空调、绽出海绵衬的胸罩。有人会在门口放一把椅子：藤条的、塑料的、铝合金的。有人会在门口拴一条狗：沙皮、腊肠，或者是一条挂着哈喇子嗷嗷待哺的藏獒。总之，这些不重要，重要的是你永远不知道打开电梯门后，外面是怎样的世界，是张贴着喜字的大红门，还是插满白花的黑暗甬道。

我没有想过为什么，这一行我做了十年，却从来没有感到厌倦过。

2

大和跟我同年进单位，经过培训上岗，一起做了电梯维修工。因为同是外地人，新员工的薪水又少得可怜，我们便合租在老城区一个简陋的一居室内。这个社区里，除了一些本地的老年人，大部分都是像我和大和这样的外来打工者。社区靠近闹市，临街有很多KTV和洗头房，所以不少小姐也赶来这里安家落户。傍晚时分，花枝招展的小姐、莺歌燕语地结队而出；一脸倦色的打工仔，披着果粒橙式的暮光归来。两股人流，在社区大门口肆无忌惮地交汇，仿佛暖流与寒流交汇的渔场一样，迸射着狂野的交配般的精光。

"别死盯着看了，苏秦，回头我给你介绍一个好的——哈哈！"大和憨憨地咧开嘴——这是他招牌式的傻笑，玉白的牙齿上粉嫩的牙龈分外莹润，这种"粉白"的配色似乎总给人实诚的感觉，要不然大和也不会很容易地就和漂亮的姑娘好上了。

我眯着眼睛淡淡地答道："其实，我已经有了。"

3

图便宜，我和大和租住在毗邻铁路的一幢楼里。铁路旁长满了葱翠的水杉，白天看房时，我们惊艳于水杉树的俊拔风姿，加之黝黑的铁轨蜿蜒无际，好像上帝随手在俄罗斯风情的插画册里扯掉了一页，糊了我们的南墙上。夜里四下静寂，机车飞驰震颤，如吃了春药一般，挤穿水杉的树干，在房间里横冲直撞，癫狂欲仙。悔死的我和大和，在上帝安置的背景下，一遍遍惊呼着："Oh! My God（噢！我的上帝！）！"

❤

那年夏天，天气燥热不堪，我赤身睡在房间的地板上，几乎每天被午夜两点的剧烈震颤从梦境里生拉硬拽出来。此后，我渐渐有了心病，快到两点时，人便不自觉地挣扎在半睡半醒之间，火车的震颤袭来，仿佛有一双大手在推摇我的地板："醒醒，苏秦！快醒醒！"

忘了交代一句，我们对门租住着一对卖包子的山东夫妇，每晚十点，他们准时开始为第二天的生意做准备——和面，洗菜，剁馅。"当当当"的剁菜声，穿过他们家的房门，又穿透了我家的房门，一声一声地钉在我的耳膜里。往往是过了零点我才能安心地睡下。

这样算来，我的睡眠档期相当紧张，因此尤为金贵。大和总能没心没肺地睡着，偶尔才会被吵醒，和我简单聊几句，又飞快地睡下。

有天醒来时，我对他说："大和，你等等再睡吧。"

大和问："为什么？"

我说："陪我聊会儿，过会儿给你听好戏。"

忙完了一天工作的山东夫妇，常常在两点左右开始翻云覆雨。大概是仗着火车飞驰的轰隆声，那女人总是叫得肆无忌惮：大声、欢乐、浑厚、辽远……

我和大和屏气凝神地听完全程，期间各自吞咽口水，各自摆正了下体。

然后我说："天天揉面的手是不是特别有劲？"

然后我又说："为啥这叫声一点也听不出山东口音？"

然后我又说："真好！真想邀请他们来家里坐坐，喝杯茶……"

大和忽然打断我的话，一脸正经地跟我说："苏秦，我已经有女朋友了！"

那眼神极为坚定，穿过夜色，亮得惊人，仿佛在给我下最后通牒。我笑笑说："好事啊。别这么瞪着我！咱俩又不是gay！改天带来家里坐坐吧。"

4

大和把小孟带到家里前，我们彻彻底底地打扫了房间。当然，大和负责搞物质基础，拖地板、擦桌子、刷马桶。我则集中精力搞上层建筑，譬如在大和的床头上贴了一张*Penthouse*杂志的海报。

大和说："苏秦，你甭搞这个，俺们是老乡，不用整那些花里胡哨的！"

我说："老乡也要讲情调啊！"

大和说："小孟也是个实诚人。"

我问："她做什么的？"

大和顿了顿说："快速消费品吧。"

小孟长得娇小却身姿挺拔，花枝招展的装扮，让我一下子就想起每天在小区门口遇到的那些莺歌燕语的小姐妹，顿时打消了我的距离感。

过后，我问大和："这么美的妹子在哪儿捡回来的？"

大和说，有天晚上，一个通向酒吧的电梯出故障了，他赶过去救人。发现电梯轿厢里困着一个惊魂未定的姑娘。他把姑娘解救出来，一对口音，还是老乡，于是顺势就请姑娘吃了个夜宵。吃完夜宵，月色撩人，于是他顺势把姑娘送到了家。家门外的楼道里，黑夜正张开黑色的眼睛，于是他顺势把姑娘牵进了寝室。

我说："寝室里有一张舒适细软的大床，有没有顺势就把小孟睡到天明呢？"

　　"就不告诉你！"大和答道。我正要闹着逼问，对门的山东大姐却推门进来，端着刚出蒸笼的包子说："看到你们家里有客人，给你们尝尝今天的包子！"

　　"已经走了！不过我会带给她的！"大和说完，伸手过去，捏起一个白嫩的包子，塞进嘴里，然后用招牌式的笑容告诉大家，"真是不一般地香啊！"

　　那笑容如此实诚，以至于瞬间将我的注意力从小孟身上转移到包子身上，我也情难自抑地大吃起来。

5

　　大和和小孟的感情发展顺利，两个月后，大和偶尔会在小孟那边留宿。再后来，我和小孟也熟络起来，他们甚至会到家里来过夜。我和大和租住的一居室被大和用床单分成了两居室，然后他又用攒来的钱在房间里极奢侈地装了一台空调。就这样，我和大和被一道帘子阻隔在了两个世界里，只是，这不符合通俗意义上的围城理论，因为外面的人总想进去，而里面的人却不肯出来。

　　有天我急修电梯半夜才赶回来，大和似乎刚刚和小孟好过，正在卫生间里吹着口哨。门帘卷起了一角，我不自觉地向里张望了一眼，看见披散着头发的小孟，正拉开自己的皮包，从大和的床铺下抽钱出来。

　　我心中忽然被一阵冰凉的疼痛占据，先前那些对大和与小孟的好感荡然无存。

　　这事还没完，有天大和晚上加班，我独自睡在家中，半夜照例被吵醒，折腾到近三点还不能睡下。这时候，对面楼房间里的灯忽然亮了，我警觉地凑到窗前，看见一个披着浴巾的女孩在房间里夹着一根香烟。我的好奇心把我的眼珠子定在玻璃窗上，那女孩似乎很累，夹着香烟的手半天都不曾移动，然后她忽然举起香烟，一股脑儿将烟头吸尽，火光明灭的刹那我看清了她的脸，我几乎可以断定，她就是小孟。

6

夏末秋初，日子渐渐变得短小精悍，西风开始给窗外的水杉树做减法，减着减着，就把一篇散文减成了一首小诗。我打起精神来，我想我的爱情，真正的爱情，就要降临了！

大和要给我介绍女朋友时，我郑重地告诉他："其实，我已经有了，真的有了。"

说这话的时候，我颇为得意，像一个多年不孕不育的女人，忽然挺着大肚子岿然矗立在众人的面前："怎么着？老娘就是有了！"

大和问："什么时候的事？"

我说："上个月吧。她家装了一台别墅电梯，我经常去维保，一来二去就认识了。她还约我周六晚上去她家参加她的生日聚会。"

大和憨憨地笑起来，用他肥厚的手掌拍在我的肩头说："加油，兄弟！"

说实话，我对这件事也不太有底气。一个月前，我认识了这个叫锦荣的姑娘，每天找机会主动到她家去帮她做电梯保养。每次我都变着法儿地逗她开心，听她笑够了，再变着法儿地编个故障，为下次讲笑话埋下伏笔。此后，感情迅速升温，每天见不到她就像喝不到水一样让人焦

灼，我想她也是如此吧。因为她甚至还约了我参加她二十四岁的生日
party（派对）！

那时候还不流行"白富美"这个词，我觉得，用"白富"来形容锦
荣绝对不过分，至于美嘛，那是见仁见智的事情——即便她算不上美，
起码我还能欣赏她的身材，即便她的身材算不上婀娜，我还能陶醉于她
冷艳的气质，即便她的气质算不上……算了，我不屑于再做任何的假
设，当我从电梯里走出来，推开她家的那扇大门，那门后堂皇的世界让
我的心瞬间炽热起来——我已经不屑于再做任何关于爱情的假设。

7

好吧！我承认进入锦荣家的电梯时，我心如鹿撞。

为此我精心准备了一个白天，洗了澡，理了发，打上鞋油把皮鞋擦
得锃亮，甚至狠下心，买了一套太平鸟的西装。

一切准备妥当时，我接到了公司的电话，电话里说，南区大桥上索
塔里的电梯困了三个工人，让我马上赶过去放人。

大和抢过来说："我去吧！"

我说："不是你主管的区域啊。还有，你不是约了小孟吗？"

大和依然笑笑说："没事，路我很熟。再说我可能马上要用钱了，
放人的五十块津贴就让我赚吧！"

说罢，他跳上了电动车。而我，为了保持发式的整齐，坐在出租车
上时，竟然把车窗都摇了起来。

锦荣家的房门大开着，电梯门打开时，我径直走进了自己向往的
世界。

锦荣把我引荐给她的朋友们："这是苏师傅。我怕今天电梯会再出故障，特意叫苏师傅赶过来候在这儿！"

你们知道吗？人类一思考，上帝就发笑——锦荣的朋友们穿着随意自由，CK的T恤，普拉达的长裙，阿玛尼的短裤，爱马仕的腰带，MBT的人字拖……只有我，这个修电梯的苏师傅，傻兮兮地穿着一套太平鸟的黑西装，并且极为妥帖地戴着一条鸟屎黄的长领带。

我的手机就在这个时候尖叫起来，我逃命般掏出手机转身出门。

电话是老板打来的："苏秦，大和出事了，你在哪儿？你马上赶过去！"

8

我和大和的时空几乎是平行的。

我走出电梯门的时候，大和应该步入了索塔。索塔内漆黑一片，大和用电梯的三角钥匙打开了轿厢门，招呼工人从里面走出来。他转身迈向索塔内被腐蚀的检修平台，黑暗中从平台上破烂的丝网里跌落下来，撞在八米下的塔机钢梁上。

大和走的时候平躺在救护车上，我把耳朵贴在他的嘴巴上，他的呼吸沉闷而无力。他最后叫了小孟的名字，嘴角一直没有合拢过。

帮着大和整理遗物时，我在他的床垫下发现了很多张百元大钞，想起在客厅目睹小孟的那一幕，我忽然明白是我错怪了她，原来她是把自己的钱偷偷地放在大和的床下。那段时间，大和买了空调后，日子过得很拮据，是小孟贴补了我们的生活。想到这里，我瘫坐在了地板上。

此后，我再没有小孟的任何消息。我搬出了那个小区，也彻底地告别了半夜被吵醒的日子。

9

我做电梯维保这行已经十年之久，十几万次门的开关消耗着我的生命，我却从没对此感到过厌倦。《马太福音》上说："你们要进窄门。因为引到灭亡，那门是宽的，路是大的，进去的人也多；引到永生，那门是窄的，路是小的，找着的人也少。"可是谁又晓得，现实中门的宽窄，是不会轻易地暴露给一个俗人和他的肉眼凡胎的。

我坚持做好电梯急救工作，即便做了主管、升为了经理，如果在半夜接到电话，我仍会一刻不停地赶到现场，打开门，打开那扇门背后未知的世界。有时我痴心地觉得，某天我打开电梯门，会在那里遇到大和和小孟，抑或是那对恩爱的山东夫妇。

10

有天晚上，我接到一个求助电话，是公司一个新员工打来的。他说他遇到了一台带内门锁的电梯，电梯里困了两个人，门锁要在轿厢顶上拨开，他一个人没法完成操作。

我马上赶到了现场，从上面的楼层跳到了轿厢顶，拨开轿门锁，呼唤员工从外面开门放人。借着幽暗的灯光，我看到一位年轻的母亲，她个头娇小却身姿挺拔，手里牵着一个十来岁的小孩。那小孩听到我的呼唤，轻轻仰起头，用一个大大的笑容向我致意，憨憨的样子，让人感觉分外踏实。

门开了，温暖的光大把涌入电梯。

　　"哇哦！"小男孩惊喜地跳到门外，随即和母亲消失在门厅外的亮光中。

　　不知怎的，在门后，在那黑暗的井道里，我的眼眶难以自抑地温润起来，就在那一瞬间，我好像找到了《马太福音》中的那道窄门。

恬淡与虚无

"恬淡"是个好词。恬不知耻的恬，跟扯淡的淡混搭在一起，愣是能整出这样一个有"禅学"意味的词语，跟"恬不知耻地扯淡"风马牛不相及，隔着八千里路云和月。这也许就是所谓的"负负得正"效应。"虚无"这个词运气就不好，空虚加上无聊，还是空虚无聊的意思，为什么有的词能负负得正，"屌丝"逆袭？有的词就像苍蝇臭虫，一辈子翻不了身。可是，造词跟做人究竟是一回事吗？想起我丈母娘的那句名言："扯这些犊子干吗？"

1

"我觉得能吃臭豆腐的人，咬咬牙什么都能做！"三炮嚼着一嘴牛蹄筋，对我说，"苏秦，再说人家曹芳菲也不是臭豆腐，你听我的话没错，我安排你跟她见面，并不是让你去色诱她，谁色诱谁还不一定呢。到时候你拿到的不只是卖身钱，说不定你俩真能"火花"一把！"

三炮说这话的时候，我正和他坐在一家全牛馆悠闲地吃着牛筋面。已经是十一月了，宁波进入了雨季。

我轻声答道："行吧，我听你的，见见就见见。"

三炮笑笑说："对嘛！苏秦，你多久没碰女人了？"

我说："一年多了吧。"

三炮说："你小子还真能挨，离婚有两年了吧？"

我说："嗯，两年零一个月。"

"哈哈哈！"三炮大笑。他的牙齿又大又白，咬在牛蹄筋上发出

"咯吱咯吱"的声响，瞬间有汁液痛快地飞溅出来。

"见一见，咱不就为了把你这剧本拍成部好戏嘛。"三炮说着，把见面的事情，记在他随身的小本子上，我忽然有种尘埃落定的感觉。

2

我前妻吴茵茵上次回家过夜还是在十三个月以前。

那会儿她现在的老公到阿姆斯特丹出差，她说要回家找大学毕业证，准备办技术移民的手续。她来的时候都快十一点了，一边陪女儿玩，一边翻箱倒柜地折腾了半个多小时，还是没有找到毕业证。

吴茵茵说："苏秦，你是不是故意把它藏起来了？"

我说："我才不稀罕藏。"

她说："你说你是不是特别不希望我走？"

我说："是，不能亲眼看着你越活越抽抽，真是我生平一大憾事。"

吴茵茵故意扬起她的LV包，从里面抽出一条爱马仕的丝巾，拭去额上的汗水："我怎么越活越抽抽了？苏秦，你倒是说说你现在活得咋样？"

哄睡了女儿已经十一点半，吴茵茵说："苏秦，你这儿没中央空调太热了，我得洗个澡再回去！"

她不由分说地开始脱衣服，甚至比以前在家的时候还要大胆，还要随意。

当晚我们好了，吴茵茵叫得特别夸张。我起初想戴上套子，可是吴茵茵坚决不让。

我说："你老公经常出差挺危险的。"

　　吴茵茵说："怎么危险了？"

　　我说："外国艾滋病泛滥啊，尤其是荷兰，同性恋的天堂。你也得小心点！"

　　吴茵茵怒嗔道："怕死你现在就他妈的给我滚下来。"

　　可惜那晚我们的性生活无比和谐，当然我们两个从开始在一起时，性生活就无比和谐，甚至在离婚之前，乃至在离婚一年之后。

　　完事后我点燃一支烟，吴茵茵抢过来插在自己嘴里。我本来想问她什么时候学会抽烟的，她的手机在这个时候不合时宜地响了起来。

　　电话是她老公从大洋彼岸打来的，他说他刚刚跟朋友吃完晚饭，问她过得怎样，想他了没有，一个人寂寞吗。

　　我前妻一边抽烟，一边气定神闲地对着手机话筒讲了好半天自己多哀怨，最后她弓着背"咯咯咯"地笑了起来，那笑声很有弹性，仿佛有人在空旷的房间里撒落了一筐乒乓球。

　　本来我很想问她，她老公到了快六十岁这个年纪，那方面是不是已经不行了，可是我忍住了，我觉得这个问题实在很贱。

　　那天晚上，月光从窗帘的缝隙滑进卧室，倾倒在她冰凉玉白的背上，我忽然觉得吴茵茵，我的前妻，性感得流油。

3

　　安排我去见曹芳菲的事情，三炮已经是第三次跟我讲起了。

　　三炮是我在陪女儿去幼教中心时认识的朋友。女儿两岁的时候，我的前妻给她在市中心的幼教馆报了名。那时候吴茵茵的工作很忙，大多时候是我陪女儿去上课。送她进教室前，我先给她把好尿，上课后我在教室门口守上一阵，确定女儿进入状态后，就去早教中心楼下的星巴克喝一杯拿铁。

有一次在星巴克，我遇到了一个山羊胡子的"矬胖子"，矬胖子手里拿着和他"艺术气质"极为不符的一本安德烈·巴赞的书。我没忍住好奇，跟他攀谈起来。

矬胖子告诉我他是一个影视圈的皮条客：帮编剧遴选剧本，帮制片人筹资，帮导演潜规则女演员。只要有好处，有利润，他都不遗余力地放手一搏，用他的话说，他是圈里的一件皮条客套装。矬胖子就是三炮。名字的来路不明，大约和他"三得利"的职业信条有关。

接触了一段时间后，我把我业余时间写的剧本拿给他看。他看完后，大为震惊，说我是他见过的为数不多的有着敏锐"情感神经"的编剧。他把我的剧本卖给了一个制片人，我获利十七万，当然出于对"三炮"的感恩，我给了他四万块的酬金，这个酬金数远远高于圈里的皮条价。

我们从此成了朋友，矬胖子三炮几乎是我在剧本和小说创作方面无话不谈的朋友。

曹芳菲是一个宁波本地富婆，老公创业发达之后开始频繁在外面偷情，离婚的时候，送了她一个工厂和四套房子。曹芳菲不懂经营，每天忙着做SPA、shopping（购物），忙着光子嫩肤和水晶美甲，把自己捯饬得像刚从笼屉里端出来的蟹粉蒸包一样光鲜照人，搞得工厂的领导们见她这个CEO（首席执行官）跟见UFO（不明飞行物）一样难。当然此时我还没有见过她，对她百闻不如一见的美貌的想象，全仰仗三炮的三寸不烂之舌。

三炮介绍，曹芳菲是一个文艺女青年，特别喜欢读外国小说，看外国电影。她总琢磨着自己出资拍一部好莱坞式的爱情文艺片。于是有人介绍皮条客三炮同志跟她认识，帮她甄选剧本，运作电影的拍摄。

三炮把我最近的本子拿给了几个导演，可惜没一个让导演看上眼的。于是三炮想到了曹芳菲，如果她肯出资定制剧本，那我的剧本就不愁没销路、拍不成好片子了。

所以三炮说："介绍你俩认识，方便各取所需。不过你们孤男寡女，要是能对上眼，擦枪走火那是最好。"

4

我的前妻吴茵茵是我谈过的第三任女朋友。我的初恋在大学毕业后跟我分手，当时大家天各一方，彼此的相思抵不过岁月与距离的无情消磨。我和初恋和平分手，半年后有人介绍我认识了一个本地的小护士。

小护士哪里都挺好，就是洁癖到了病入膏肓的地步，比如说，不刷牙就别想睡觉，不泡脚就别想上床，不洗澡就别想跟她好。

每次我们好之前她都不厌其烦地检查，这里洗了吗？那里干净吗？全部OK之后，才启用亲热程序。偶尔她还会忽然神经质地疑心大起，对我说："苏秦，你确定下面洗干净了吗？"

我说："洗了，确实洗过了！"

她职业病爆发，把我推倒在床，褪下短裤，像做包皮环切手术前确认刀口位置一样，开始做精准的审查工作。

"不对，这个清洗液的茉莉花味儿我很熟悉，你肯定没洗过！"

"洗过。"

"没有！"

"会不会厂商忽然换了新香型？"

"胡扯，我肯定你没洗过！"

我顿时兴致全无，觉得眼下的性事索然寡味。功能性不举从那个时候埋下了种子，此后迅速生根发芽，不管我如何集中精力，不管小护士如何努力，我们都无法实现对既定欢愉的期许。

我和小护士的爱情像一台手术，手术前的准备无比精细，我洗干净，爬上手术台，平躺下来，千万盏无影灯照耀着我，医生操着手术刀向我微笑，然后我深度昏迷，然后我人事不省，然后我和小护士的爱情无疾而终地死在了手术台上。

我和吴茵茵是在野营俱乐部正式认识的，这说明我和吴茵茵在结婚之前还算得上志趣相投。当然正式认识之前，我们曾经有过一次短暂的偶遇，这为我俩后来关系的突飞猛进埋下了伏笔。

吴茵茵第一次遇到我时，我正提着十个派克水笔礼盒大步流星地走在天一广场的水街上。她穿着一条花花碎碎的长裙迎面走来，面容姣好。

"不好意思，先生，能用一下你的笔吗？"

大凡男女之间的那点"意思"，常常是从"不好意思"开始，到"真没意思"结束。我当时显然没有这个觉悟，何况眼前这个女孩还蛮漂亮，尤其阳光下，她脸颊两侧的细密绒毛发出让人无法拒绝的熠熠金光。

我拆开一个礼盒，她抽出一支派克水笔，一边接听着电话，一边迅速在手掌上记录着什么。她侧过身子，歪着脑袋夹住手机，嘴里不时发出好听的"啊、啊、嗯、嗯"的附和声，像在拉着一曲令人魂牵梦索的梵婀玲。总之，我是完全陶醉在她的曲调中了。

　　直到她还了派克笔，道了谢，远远地消失在人群中，我仍旧原地不动地陶醉在她的曲调中。

5

　　"那天真是要谢谢你！单位通知我面试时间和地址，我脑子一片空白，完全记不住，就看见你拎着几大盒子的派克笔走了过来，我一下子就觉得有救了！"

　　"是不是就像紫霞仙子看见至尊宝身披五彩圣衣，脚踏七色祥云那样式的有救了？"

　　"哈哈哈！"吴茵茵爽快地笑了起来，露出一对小酒窝。这是一个女孩酒量好的标志，我一下警惕起来，问她："我这么说，是不是有一点臭屁？"

　　"臭屁算不上，我觉得你拎着十盒派克笔大步走在街上特别有文化，真的，特别有文化。"

　　来参加这种野营聚会的多是宁波本地的大龄青年，大家交友招亲的目的性很强，因此野营俱乐部大半也变成了野合俱乐部。

　　当时吴茵茵从扎堆的屌丝男中一眼就认出了我，我说："那天我正好帮单位去买退休支部活动的纪念品，算你运气好，也是咱俩真有缘！"

　　同学总告诫我，我讲话自我感觉超级良好。其实我知道这是没有自信的表现，总之因为这个，我得罪了不少姑娘。可是那一天，我和吴茵茵坐在山坡上的夜色里喝完了二十四听哈啤之后，她忽然亲了一下我的脸颊。

七月四明山的南坡，月亮很大，夏虫很杂。两个酒气熏天的男女，开始在草垫子上肆无忌惮地碾压。酒精燃烧了我的双手，我大胆地解开了她衣襟上的纽扣，接着伸手进去……在我的另一只手朝她的底裤进攻时，吴茵茵抬起柔软的膝盖，猛然一顶，迅疾用一记飞脚将我踹出两米开外。

"这里还不行，我得问过我妈。"

后来，我才知道，我媳妇吴茵茵，大学时是练跳高的，竟然还是国家二级运动员。

6

在三炮的撮合下，我和曹芳菲终于见面了，她确实称得上漂亮。这让我觉得，就算是以后有机会"慷慨就义"，也并不显得那么悲壮。我跟她有一搭没一搭地闲聊着。三炮说，第一次见面，绝对不能说剧本的事情，先要赢得人家的好感和信任，就像小姐上床之前通常只展露风情而不出卖色相一样。

曹芳菲说到了她喜欢的几个外国作家，一口文艺腔："我真的很喜欢毛姆和耶茨哟。"

我揣着一脑袋疑惑问："是吗？"然后用得意的眼神打量着曹芳菲纤细的腰身说道，"我也挺喜欢这俩的。"

这口气极为淡定平常，淡定得能让曹芳菲坚信，昨天我刚邀请二老喝了下午茶并且打了八圈麻将。

我继续开始臭屁："不过，耶茨的文笔太过细腻了，着眼处都是精微毛刺，故事平淡稀松，没悬念也不刺激。你知道吗？耶茨的父亲曾怀有成为一名男高音的抱负，最终却只成为一名推销员；他酗酒的母亲梦想成为一名雕塑家，为了追求'艺术的自由'，在他幼年就跟他老爸离了婚。耶茨自己也嗜酒成瘾，尽管以前得过肺炎，一天还要抽四包烟。他还有躁狂与抑郁交替的精神症状。"

这种议论名人八卦的大妈闲扯方式显然发挥了巨大的作用，曹芳菲眼里开始泛出钦佩的精光。

我继续慢悠悠地唠叨："相比之下，毛姆显得更加文艺，不过他确实有一点娘炮，用他自己的话说，他是四分之一的同性恋，四分之三的异性恋。他是个清醒的人，这种事情都能精准地用比例来划分。每次他泡妞的时候，恐怕都会说，你是我的心，你是我的肝，你是我生命的四分之三。每次娘炮的时候，他只要说，你是我生命的唯一就行啦。都是掏心掏肺的大实话，多么真性情啊！"

曹芳菲被我的话吓了一跳，崇敬之情溢于言表。

"呵呵，苏秦老师的阅读范围真是广啊！"

"不敢当啊。我觉得咱们是爱好相投的人啊！"说这话时，我真替自己害臊。我特意用手捂住了自己发烫的脸颊，望向曹芳菲，装出楚楚可怜的样子，摊开双手，像一朵盛放的奇葩。

"听罗大国说，苏秦老师自己也创作剧本和小说，什么时候能借我拜读一下？"

"淡定，一定要保持淡定！"我对自己说，用盛开的手掌再次夹紧脸颊，挤出一句含含糊糊的话："哎，三炮就爱胡吹！"

"下次见面的时候，苏秦老师就带过来吧！这事就这么定了！"

7

"这事就这么定了！"曹芳菲讲话的语气如此强硬，一下子就让我想起我那斩钉截铁、持家有方的丈母娘，不对，应该是前丈母娘！

我的前妻吴茵茵在山坡上踹飞我时曾告诫过我，有些地方可以碰，但是它们还在生长；有些地方绝不能碰，除非问过她的老娘。

交往了半年之后，我牵着吴茵茵的手信誓旦旦地对她说："小茵，我要去你家，我要见你妈！我不想每次都在上半场草草了事……"

吴茵茵捂住了我的嘴巴，她说："我妈是东北漠河人，祖上有高贵的东斯拉夫血统，不怕死你就来我家提亲，我老妈的酒量极好，你做好喝死的准备。"

我前妻的老爸，也就是我的前岳父曾是上山下乡的知青，当年阴差阳错地从祖国的东海之滨一直插队到东北那旮旯，正如王二碰上了陈清扬，我的前岳父在彪悍的激素操控下精准无二地让我的前丈母娘怀上了我的前妻吴茵茵。

我前丈母娘生活的漠河农场，距离俄罗斯仅两里地，用我前丈母娘的话说，顺风放个响屁，都能臭翻老毛子。我丈母娘就是这样豪迈与健爽，当年我前岳父哭红了眼睛向她道别："对不起你们娘儿俩啊，我还是要回到我的家乡！"

我前丈母娘气定神闲地说道："老头，扯这犊子干啥？我都怀了你的娃了，刀山火海，我也跟你走一趟！"

于是，我的前丈母娘怀着我的前妻吴茵茵，跟随着我的前老丈人跋山涉水千里奔袭回到了她细皮嫩肉的老头子的家乡。

有了前车之鉴，我的前丈母娘在我前妻吴茵茵到了青春萌动期时就危言耸听地告诉过她，如果有对上眼的男人想要深入发展，必须要问过她这个老娘才行，一旦不小心怀了外面孬瓜的娃子，一辈子追悔莫及啊！

我长舒一口气："就这点事啊！不就是彪悍的丈母娘嘛！我现在终于知道，你长得那么漂亮，为什么这么大龄了还没个正式的男朋友了。"

吴茵茵狡黠一笑说道："都做了我妈杯中鬼了。"

我说："你妈酒量真的很好吗？"

吴茵茵说："你怕吗？"

我说："不怕，不入虎穴，焉得虎子。"

正式登门的那一天，远没有想象中那么恐怖，我的前丈母娘嗓门很大，人很健谈。我和我前丈母娘喝光了我前丈人炮制的三斤长白山人参酒后，又喝了七瓶啤酒，这个过程极为爽利，我的诚惶诚恐还没来得及发作，就被我的前丈母娘摁在砧板上砍瓜切菜似的拿下来了。

我开始频繁跑厕所，一只手挂在马桶盖上，一只手抠在嗓子眼上，那句牛皮哄哄的"不入虎穴，焉得虎子"一直在耳边回荡。后来，吴茵茵说，我那天死相悲壮，就像根一头搭在酒瓶上、一头插在马桶里的引流棒。

在感天动地的狂喝里，我终于打动了拥有东斯拉夫血统的前丈母娘，前老丈人拉着我的手热泪盈眶："对我姑娘好一点啊！别整天跟这疯丫头瞎咋呼，毛了三光的。"

我正胡想着："'毛了三光'莫非是句俄罗斯语啥的？听上去总让人想起某些性感的部位。"

我前丈母娘忽然抄起大手，一掌打在我的后脑勺上，吼道："别听这老头扯些没用的，这事就这么定了。"说罢，把吴茵茵的手放在我的手上。

8

要不是吴茵茵有国家二级运动员的底子，她那天肯定扛不动我。

我借着酒意，一点不害臊地跟她说："到我家去，你妈同意了，现在你是我的人啦。"

到了我的住处，吴茵茵迅速进入了贤惠小媳妇的角色。她把我平放在床上，褪掉鞋袜。然后她发现暖壶里已经没有水了，就把水壶放在水槽里，打开水龙头。我又难以自制地吐了起来，她帮我翻过身，在我背上捶打了几下。

这时候，水壶里的自来水已经溢了出来，她忙跑过去，关掉水阀，引燃煤气炉，将铝壶放在炉架上，收拾停当后，轻拭着额上渗出的汗水。夕阳从玻璃窗照射到她的长发上，她的背影美极了。我残存的意识迅速从酒精的沃土里生根发芽，我摇摇晃晃地站了起来，继而摇摇晃晃地倒在沙发上，吴茵茵飘过来扶住了我滚烫的额头，我则顺势揽住了她纤细的腰肢。

她说："你小心啊，脑袋要磕破的！"

我说："扯这些干吗。我要你！"

……

"出血了！"

"我爱你！"

"是你鼻子出血了！"

我下意识地摸了摸嘴唇，一股黏稠的液体沾满了我的手指。

我说："这说明我一直为你守身如玉！"

吴茵茵说："呸！这说明我爸买回来的人参是正宗的！"

擦干鼻血之后，我们继续。我说过，我和吴茵茵的性生活一直无比和谐，要不是担心水壶被烧干，煤气被引燃，担心头次相欢就以殉情为代价，我们会一直从开天辟地到地老天荒地爱下去。

可是，为什么我们现在竟然会分开？这样想时，我的心里掠过了一阵深深的悲凉。

9

现在回想起来，我和吴茵茵着实共度了一段美好的人生时光。

新婚时，我在大学里教书，吴茵茵在船代公司做销售，黏黏糊糊的日子，一直到女儿降生，都像被粽叶包裹起来的一团浓香糯米粽子。

女儿的降生其实是人生幸福的升华。樟脑球、蜂窝煤可以升华，煮熟的粽子也可以。

女儿降生的前夕，吴茵茵跟我说："如果宝宝出生后是个男孩，可不可以让他姓吴？"

大白天的产房里，忽然闪过一道晴空霹雳。

我说："这是你的意思还是你老妈的意思？"

吴茵茵说："都有。我妈当年跟我爸误打误撞地生养了我，又赶上了计划生育，我妈说，这辈子最大的遗憾就是没有给我老爸生个可以传宗接代的。"

我说："所以你就让你儿子改姓你老爸的姓，算是给你老爸传宗接代了？算是给你老妈人生圆梦了？算是给你老公断子绝孙了？"

吴茵茵说："你别那么酸行吗？你再考虑考虑。"

我说："想都别想！"

一直到孩子呱呱坠地，我的心一直都处在备战的边沿，随时准备迎接一场家庭内部的世界大战。宝宝终于从产室被推了出来，强大的哭喊，几乎要震碎医院的玻璃——我猜她一定是在极力反抗来到这个让她受苦受难的世界。

是女孩，谢天谢地。

我以为一场"以父之名"的传宗之战就此消散，谁知道我的前丈母娘说，女孩的话名字里也要有一个"吴"字，暂拟作"苏吴×"。

接着，我跟吴茵茵开始为我前丈母娘要求的"×"字想破天。

我对吴茵茵说，你姓啥不好？干吗姓吴？人世间一切美好的字加在你的姓氏后面就都走了样。

吴茵茵说，你别闲扯了，亏你还是个大学老师，亏你还整天自诩有文采，给孩子起个像样的名字都办不到，你简直枉为人父。

我说，那好吧，干脆将错就错，我们就用一个谐音的"无"字，女儿叫苏无敌怎样？

后来，我前丈母娘对这个名字大加赞许，她说"苏吴嫡"这个名字传承了她东北老家高贵的东斯拉夫血统。她着实开心了好一阵，直到有一天她无意中翻看了户口本，上面清晰地印着让她揪心的三个字"苏无敌"。

这事在我前丈母娘心里埋下了仇恨的种子，多年之后，她终于以暴制暴地教了苏无敌一句传神的东北脏话，才在心中长出一口气。而这终于引发了一场真正意义上的家庭大战，世界格局从此改写。

不管怎么说，我当时美坏了，上天赐给了我一个宝贝闺女，她就是苏无敌！

10

我对苏无敌说:"等下爸爸带你去见一个漂亮的阿姨,你要有礼貌,讲规矩,要和阿姨友好相处。"

无敌不屑地白了我一眼,说道:"你是去相亲吧,嫌我碍事就把我放在Double老师家,我才不想当你们的电灯泡。"

说这话的时候,无敌才四岁零三个月,可我一点也不吃惊,无敌的先觉先慧,以及在语言方面的灵慧天赋,使得她小小年纪就已经具备了强大杀伤力。看来名字真的不能乱取,无敌无敌,所向披靡,作为她的老爸,我经常被她一句话噎得背过气去。

还得交代一句,Double老师是无敌幼儿园中班的老师,也是最喜欢、最关心、最照顾无敌的老师。有次她来家访,我送了她两张畅购卡,从此我们结下了深厚的友谊。而我的第一本小说出版之后,我装作很随意地送了她一本签名版,她很开心,这之后,她告诉我她是菲茨杰拉德的粉丝,常常跟我聊起《人间天堂》和《了不起的盖茨比》。从此我们的友谊得到了进一步的升华。我辞职在家写作之后,尤其是和吴茵茵离婚之后,时常会在写作中陷入深思,偶尔忘记幼儿园下课的时间,把无敌一个人晾在班上,Double有时会把无敌接去她家,等我从深思中挣脱出来,再赶去Double家把无敌接回来。偶尔拿到稿费,我会请Double一起吃个晚饭,这样,我们的友谊又得到了更进一步的升华。

我问无敌:"Double老师最近怎么样?"

无敌反问:"你俩怎么老从我这儿打听对方?你想知道她怎么样,自己去问就行了。"

我忙追问:"怎么?Double老师问起老爸了吗?"

无敌懒懒地回答:"这妮子最近魔怔了。"

我终于彻底无语了。

11

这是我和曹芳菲的第三次会面。前两次在三炮的调教下，我精准地掌控了抛出剧本的时机。本来我以为曹芳菲这次约我是找我谈剧本合作的事情，没想到她说，她还是对我这个人更感兴趣。

"苏秦老师，您的大作我一定要耐心地仔细读，可是，现在，任何过早发出的评论，我觉得都是对您及您的作品的不尊重。"

这简直是完美的外交辞令。我轻声地附和："没关系，你慢慢看。写得不好，你看着玩。"

接着，我们又开始不着边际地闲扯，这次扯的是伟大的师承。

曹芳菲说："这个时代的文学没有真正的大师，也没有师承。"

我说："曹总，您心中真正的大师是谁？"

曹芳菲悠悠地说："马尔克斯。"

这是一个危险的信号，三炮说过，如果一个妞在你面前诉说"孤独"，这就意味着你可能已经被她选作她孤独的终结者了。她已经抛出了橄榄枝，就看你敢不敢放鸽子。曹芳菲此刻的孤独虽然藏在书名号里，谁知道她下一句会不会忽然说——其实我也好孤独啊！

我接过话头，马上想到不久前在杂志上看到的一句话："现在的人谈起马尔克斯，会说他是一个高山仰止的人物，然而在马尔克斯心目中，海明威才是大师，而在海明威那里，陀思妥耶夫斯基才是真正的神。"

我接着唠叨："1976年，马尔克斯四十九岁，九年之前，他出版了那本《百年孤独》，六年之后，他前往斯德哥尔摩，领受荣光无限的诺贝尔文学奖，从此誉满全球，粉丝遍地。可就在那一年，他因为劝说略萨的老婆跟略萨离婚，而被大作家略萨同志打破了鼻子，其实马尔克斯的生活一点也不孤独。"

"呵呵！"曹芳菲笑了起来，"那么，苏秦老师心中的大师是谁呢？"

"亨利·米勒。"

"什么？"

"亨利·米勒，是美国文学史上的怪杰，一个流氓无产阶级的行吟诗人。"

"哦。"

"还是不要多说米勒了。否则会大大影响了我在曹总心里的形象。"

"才不会呢——真想不出像您这样有学识、有修养的人，怎么会有女人和您离婚？"

曹芳菲慢条斯理地叹出一口气，"哎！"这声叹息，仿佛摘自某首伤春释怀的诗。

哦，对了，是"感时花溅泪，恨别鸟惊心"！当初，三炮听说我离婚的消息时说的也是这句。

12

"苏秦，你这个傻瓜！辞职写作的事已经办得够二的了，现在又离了婚，你简直二到家了！"

当时我和三炮坐在奉化全牛馆里吃着红烧牛蹄筋，喝了三瓶啤酒后，我冷不丁地冒出一句话："我最近离婚了！"

这话说得很轻、很随意，漫不经心地说出来，就好像在谈论今天这盘蹄筋的火候不够，而不是我从此要孤家寡人死乞白赖地活到天荒地老。

"哥们儿你是真傻啊！"

三炮夹起一大块牛蹄筋放进嘴里，不带一丝火气地数落着，我搞不清楚他究竟在说我还是在说那块牛蹄筋。

"为啥呀？"

"吴茵茵出轨了！"

"出轨也是你逼的！瞧你现在这样子，整个一黑眼绿毛龟，国家珍稀动物。"

"我晚上睡不好。"

"想孩子呗？"

"孩子跟了我，房子、车子都归我了。"

"哎哟，你现在就一钻石王老五呗？小茵不想要孩子啊？"

"不是，她想，她特想要孩子跟她一起住，她那边经济条件很好！"

"那为啥给你撇下呀。"

"因为那个男的有病，大三阳，怕传染孩子。"

"妈的！都肝炎了，还出来祸害别人家庭，要不要我找几个武替干死他？"

"算了，离都离了，我现在就想着怎样赚钱养家照顾好无敌。"

"你本来一大学老师，艳妻娇女，吃饱了撑的辞职写那些破玩意？！吃饱了撑的折腾得全家鸡犬不宁？！"

我起身离开，走向窗边，望向天空，伸展双臂，我说："苦难是一个作家腾飞的翅膀！"

三炮忽然深沉地举起酒杯，啜泣般喃喃自语道："感时花溅泪，恨别鸟惊心。哎！你真是傻透顶了。"

13

与曹芳菲喝完咖啡已经是晚上九点钟，我搭公车去了Double家。

无敌已经在Double家洗好澡睡下，Double进卧室将她抱出来。无敌就把头埋在Double的长发里，睡得很熟。

这个画面好温馨，我感动得险些滚出眼泪来。

Double转身时浅浅一笑，闪出一排玉白的牙齿。

"无敌睡前有没有喝奶的习惯？今天她没喝，不知道半夜会不会醒过来！"

"还好，已经不怎么喝了！"

"喝杯咖啡再走吧！"

"不了，起了风，说不定会下雨，我怕无敌着凉！"

我从Double怀里接过熟睡中的无敌——似乎她身上还有一种好闻的香波味道，我说了声再见，便轻轻地掩上了房门。

楼道里没有灯，黑夜恣意地流淌。这时候，房门从我身后轻轻打开，一束光钻了出来，将黑暗劈成两截。

"要不要带把伞？"

我转身望向Double，她穿着素白的睡衣伫立在门外，被身后的白炽灯打磨得清新又朦胧，好像我在自己书页里偶然翻出的一封情书。

"不了，谢了！"我轻快地合上书页，继续将情书尘封。

门关了起来，黑暗中，无敌迅速起身，伏在我的肩头。

"干吗不喝杯咖啡再走？我那装睡都白瞎了！"

我问："无敌，你想你妈吗？"

无敌说："干吗要告诉你？"

我问："要是爸爸再找一个人呢？"

无敌说："那是你自己的事，甭问我！对了，老爸，我想吃个新奥尔良烤翅！"

我说："好吧！"

无敌说："那我趴这儿再睡会儿！"

楼道外面的风很大，广玉兰肥厚的树叶哗啦啦地响，像有人在鼓掌喝彩似的。

我想起了亨利·米勒的话，他说："每一个冰冻的心灵深处都有一两滴爱，恰好足够你去喂小鸟。"我觉得，此刻我怀里的这只小鸟，温暖得快要把我融化了。

14

回到家，讲完绘本故事后，无敌终于睡着了。

午夜也仿佛一个熟睡的婴儿似的，寂静得悄无声息。卧室墙壁上高挂着石英钟，时光仿佛从表盘的裂缝中探出触角，嘀嗒，嘀嗒——只有秒针与我同在。

那条裂缝出生时我还和吴茵茵生活在一起，而苏无敌只有两岁零两个月。

那一天我正式告诉吴茵茵我决定辞职在家写作。这时我的第一本小说刚刚出版不久，已经认识了我命中的贵人三炮，三炮让我把小说改编成剧本卖给了一家影视公司，拿到版税的第二天，我正式向学校提出了辞职。我当时的想法很简单，不是那种"老子熬了这么久，终于出头了"的感觉，而是"这个世界糟透了，终于能按自己喜欢的方式活下去了"。

这之前，我曾经写了几十篇短篇小说，当然三三两两也有发表过，最终我下定决心要搞一个大工程，折腾一部三十万字的长篇出来。吴茵茵那时候正在坐月子，她建议我写一篇"奶爸日志"式的小说，以男性的视角，写伺候月子、照顾宝宝的故事和感悟。我尝试着写了起来，每写一章，吴茵茵就转贴在55BBS上，后来我的这篇娘炮文在55这个败家网站上风生水起，点击量破了百万，终于有出版社跟我联系，出版了全本小说。

这么算起来，在三炮成为我正式的贵人之前，吴茵茵才是我人生的航标。可惜，她只是送我出航，这之后，我的人生就完全迷失在沧浪之水上了。

"我的辞职报告学院已经批示了。"

"你玩玩票也就算了，不务正业也算了，谁知道刚出了点成绩就翘尾巴了，辞职回家全职写作，你脑子是不是烧坏了啊？"

"我愿意！我他妈的受够了！"

"我也受够了！"

我和吴茵茵的争吵声把苏无敌从切水果的游戏中吸引过来，她忽然扯着嗓子叫道："别吵了！"

我和吴茵茵当时完全没有意识到无敌这孩子的言语具有彪悍的火炮效应，摧枯拉朽就在弹指之间，吴茵茵用手指着我说："你是不是不想过了？"

我说："我真的受够了，你爱咋的咋的吧！我就要辞职写作！"

苏无敌蓦然望向我和吴茵茵，表情极为冷漠地说了一句："别吵了！我操你奶奶的！"

然后她跳上床，把手中的手机扔向半空。手机精准地砸在石英钟的表盘上，留下了一道永远不能愈合的伤疤。

"我操你奶奶的！"

我一把将无敌抱到怀中，大声地责问她："谁教你的？"

这时候，我的前丈母娘慢悠悠地踱进卧室，操着一口高贵的东斯拉夫腔说道："我教的，不行吗？"

15

回忆有时候像个高明的扒手，它絮絮叨叨地跟你讲故事的同时，悄无声息地偷走了你的睡眠。

已经过了两点钟，我还是睡意全无。这时候，手机忽然亮了，我不怀好意地觉得是吴茵茵的求助电话，在手机发出第一声尖叫前按下了接听键。

是三炮，他翘着肥大的舌头说道："呃，苏秦，干吗呢？"

"没干吗，编故事呢。"

"我这儿请象山影视城的一个剧组K歌呢，你有兴趣参加一下吗？"

半夜两点钟，我怎么放心把无敌一个人扔在家里？何况说是让我去K歌，其实就是让我去买一下单，这活儿三炮之前就让我干过。可是三炮是我命里的贵人，我完全没理由拒绝他。

上一次，无敌入托，要进市区的重点幼儿园，我请三炮帮忙搭路子，三炮说，对方开口要六万，请客吃饭外加K歌估计还要一到两万。我那时离婚不久，稿酬基本都花在了房子上，就咬咬牙把车卖了。钱交给三炮，三炮找好关系，半夜让我过去付了K歌的小费。都折腾得差不多的时候，吴茵茵给我打了个电话，说她老公已经在市里最好的幼儿园给无敌安排好了，让我甭瞎操心。

过后三炮居然把六万块钱还给了我，我说欠他一个人情。他说："你也不容易，下次有机会再请我K一次就行。"最后他说："真心感觉你活得挺窝囊的。"

"行，我马上到！"

"夜色怡人。快点啊，哥几个都候着您呢！"

我的大脑高速运转了一圈之后，还是决定要跑去买单。我穿好衣服，锁好了门窗，抄起钱包，出门就跳上一辆的士。我只盼着无敌不要半夜忽然醒过来。

我急匆匆在半路的ATM取好了钱，司机问我是不是去医院救急，我说："是救急，但不去医院，麻烦您以最快的速度开吧。"

乌烟瘴气的包厢里，坐着几个导演和助理，当然小姐也是少不了的。三炮本来想向导演隆重推荐我一下，我忙着赶回家去，错过了搭路子的好机会，因此觉得又欠了三炮一个人情。

谢天谢地，无敌一直睡得很熟，回到家还不到三点钟，我瘫在床上，居然毫不费力地睡去，说到底，是三炮给我的失眠买了单。

16

天亮后，无敌先起床做了早饭，麦片粥加煮鸡蛋，我们父女俩的最爱。

三炮又打来电话，问了我和曹芳菲的进展。

"本来夜里想问问你，看你挺急的——到底咋样啊？"

"她一直没提剧本的好坏，是不是她原本就不想找人合作啊？"

"哪有啊？她对你有点意思没？"

"没有！"

"你呢？"

"也没有。"

"这事儿要是能扯上点感情色彩就好办了，我看你还是得主动牺牲点色相。"

"少来吧！"

"哎，真的啊！我在记事本上记下了啊，下回我再找一个姐们儿，咱们直接开房去谈啊！"

"不用这么直接吧？"

"开一间带麻将桌的套房，完事了，我跟我那姐们儿先走，我会撺掇曹芳菲把本子定下来，这事儿我门儿清，剩下的活你门儿清。我真记本上了啊，你准备着，时刻准备着啊。"

三炮说的记事本，其实是他随身携带的工作日志，他总会把重要的待办事项记录在自己的小本子上，一旦上了本子，说明这事就要被提到日程上来了。

"老爸，是谁？"

"罗伯伯。"

"喊，死胖子！"

"别这么说人家。"

"对了，老爸，昨天光想吃鸡翅的事了，有个重要情报忘了向你汇报。"

"什么情报？"

"Double老师好像要去香港，有人邀请她去玩的！"

"你怎么知道？"

"昨天她在讲电话，我听到的！"

"是吗？男的女的？"

"拿不准，声音中性，保不齐是个gay。"

无敌的话像通了电流似的，插进了我的耳朵里，让我浑身一激灵。这孩子，鬼马精灵，现在又到了性别意识萌动的年纪，实在太不好引导了。前几天，吴茵茵带她去看《北京遇上西雅图》，吴茵茵发现无敌已经看懂了海清演的那个角色其实是个同性恋，吴茵茵故意引导她说："无敌啊，其实同性恋是很正常的事情，我们需要对他们宽容！"

无敌反问说："既然是正常的事情，为啥还要宽容？"

一句话，就把吴茵茵噎死在半道上。

因为想到三炮随时都有可能安排好套房的牌局，我想得事先安顿好无敌。

三炮手段门儿清，到时候真的整了什么进口的媚药出来，我和曹芳菲不幸中招，整夜不归就麻烦了。

17

我忐忑着拨通了吴茵茵的电话，试探性地问道："小茵，你最近要是不忙，把女儿接出去玩几天行吗？"

吴茵茵犹豫了片刻，问："你是出差还是安排到家里相亲？"

我说："出差，谈一个剧本合作的事。"

吴茵茵说："苏秦，又嘚瑟了吧。你不用特意告诉我干啥，你就说你出差就行了。"

我说："你有空吗？接到外面玩几天，去哪儿都行，就是别带去见你那个款爷老公行吗？"

吴茵茵说："我技术移民的手续马上就办好了，这几天要去美国考察。我没时间，你放爸妈那儿吧！"

我说："你走了无敌怎么办？我不能一直骗她说你出国学习吧？"

吴茵茵说："移了民，我也不一定要定居啊！说不定我会把无敌也接出去。"

我说："你甭做梦，无敌这么大，你带过几天？"

吴茵茵说："跟着你这辈子就成窝囊废了！"

我说："你移哪儿去啊？"

吴茵茵说："西雅图！"这个声音很得意，说出来的感觉好像跟移民月球似的，跟移驾坤宁宫似的，跟移上天堂似的。

"哟！不错啊！Gay的国度，小三的乐园，海外生子的黑中介产业园。"

吴茵茵气急败坏地挂断电话，我以为这事就此了结了。

为了避免苏无敌温故知新地掌握诸如"操你奶奶的"的战斗性词汇，我还是决定把无敌安顿在Double家。

18

我三荤三素地搭配着做了六菜一汤，总算凑足了一餐还算丰盛的晚饭。Double本来也想下厨帮忙的，被我婉拒了。无敌心领神会，知道这是她老爸大展身手的好机会，于是吵着让Double讲绘本故事。

齐活后，无敌拉着Double上桌检阅，无敌说：

"我老爹手艺超赞的。"

我说："在家里就简单一点了，Double请随意吧。"

无敌说："你俩开瓶酒先吃着，我再看会儿书去。"

Double坐下来，我俩边吃边聊，气氛和谐得有点像是回到我和吴茵茵新婚燕尔的日子。

Double说："没想到你还会烧菜。"

我说："之前无敌妈上班非常忙……"

话一出口，我就后悔了。心理学说，男人在别的女人面前抱怨自己的太太，多少都有点要暧昧开局的意思。

Double有意要打破沉默似的岔开话题："你还记得以前说过的菲茨杰拉德吗？两口子早饭面包加黄油还是果酱都是让他饶有兴致的写作题材。我觉得做菜也是创作的素材。"

我说："你说菲茨杰拉德吗？他受他老婆影响挺大的。"

时隔不过一分钟，我又提到了"老婆"这个扎眼的词。

Double马上接过我的话来："是啊！他老婆泽尔达讲究排场、奢华，这给菲茨杰拉德带来很大的负担，让他入不敷出，不能安心写作。他后来不得不去好莱坞写剧本维持生计。不过，菲茨杰拉德太苦了，他要把自己不喜欢的东西写成别人喜欢的，他骨子里看不起电影，认为这是俄国空想家贩卖陈腐观念的工具，只是些好莱坞的生意。为了剧本能适应电影的需要，他不得不改动自己小说的原意，这让他很痛苦，也让他的家庭鸡犬不宁。"

我说："是啊，他后来终日酗酒，四十四岁就早早儿地死了，他老婆泽尔达也疯掉了。"

Double说："看来一个作家找一个好老婆是多么重要。"说到这里，她自顾自饮下一杯红酒，说道："村上春树就幸运得多，他老婆很支持他的创作，也是他灵感的源泉。"Double说完，又饮下浅浅的一小口。

这时候，我的手机响了，是吴茵茵打来的。

吴茵茵问："你的驾照年审了吗？没过期吧？"

我以为她是要拿去扣分，懒懒地回答："没有，你要用吗？"

吴茵茵说："周六下午我飞北京，然后直飞西雅图。我这次行李特别多，我们家那位现在在国外，你能开我的车送我去机场吗？完事了，车你就先开着。"

我说："几点？"

吴茵茵说："六点五十五！"

我说："成，我去送你！"

放下电话，我发现略带醉意的Double直勾勾地看着我，她面色桃红，好看得让人忍不住想主动搭话。

"是无敌妈打来的。"

懵懵懂懂中，我第三次提起前妻，这话极为不合时宜，仿佛Double在给我全力运功疗伤时，我出其不意地打出一个饱嗝儿来。

Double的微笑在我的尴尬中缓慢融化，接着她下意识地望了卧室里的石英钟一眼，然后端起酒杯，轻轻地撞过我的杯子，顾自饮下。

19

"你这什么破宝马，还不如咱家以前那辆福克斯，真难开。"

我望向吴茵茵那一张春风得意的脸，我知道现在这个时候，说"咱家"那已是明日黄花了。假如她现在的老公也坐在车子上，我恐怕会转身望向他："咱媳妇要走了，你以后要多照顾她！"我猜，车上的这两个人一定特想大嘴巴抽我，还有，包括我自己，我也特想为这句话抽自己。

现在唯一能跟吴茵茵说句"咱"的就剩"咱闺女"了，可是，我不会。

无敌和吴茵茵并排坐在后座上，一言不发。

到了机场，我让无敌和吴茵茵先进航站楼办手续，我停好车子，自己拎着大包小包赶过来。

吴茵茵的行李实在很多，我一时没抓紧，一只拉链袋子滚落下来，几个大硬皮本和一些证件散落在地上。我收起证件时，恍然发现吴茵茵的大学毕业证就夹在中间。

毕业证照片上的吴茵茵留着简单的发式，清新可人，正是我初见她时的模样。我忽然想起十个月前那个和她共度的夜晚，一时间眼眶无法控制地温润起来。

回去的路上，无敌仍旧一言不发，我试探性地问她，想不想去吃肯德基？

她不回答，自顾自地望向天空，眼神犀利得吓人。

我接着问她是不是想去买几套新的绘本看，她仍专注于窗外，不声不响。

车子驶向了高架，车速越来越快，我心里乱成一团。

无敌忽然问我："刚才是不是哭了？"

我说："没有，一直很好啊！"

无敌说："专心开车吧，我没事！你是大老爷们儿，得扛。"

到家后我接到了曹芳菲的电话，她在电话里的声音很年轻，完全听不出她脖颈下皮肤的那种褶皱感。她问我明天有没有时间去骑马，然后晚上一起吃饭。她说，三炮已经订好了房间，晚餐后打麻将，她说她现在很想见到我。

曹芳菲的电话刚挂掉，三炮就打了进来，商量好似的跟我通报明天牌局的好事，我没告诉他曹芳菲已经跟我讲过了。

三炮说："苏秦，有空吗？我刚吃完饭，正想找几个圈里的朋友K歌去。"

我沉默了片刻，三炮接着说："你可别为难啊，这次真没事。"

我说："孩子还没吃饭，我现在走不开，下次吧。"

三炮说："成啊。今天喝high了，明天继续啊，等你的好消息。"

二十分钟后，三炮又打来了电话，我接起手机来，是一个陌生的声音，他说：

"你是罗大国的朋友吗？"

我说："是的，什么事？"

他说："我是110指挥中心的。你朋友出车祸了，手机上最后一个电话是打给你的。你能出来配合一下调查工作吗？"

20

我赶到现场的时候，三炮已经气绝身亡，他醉酒驾车，车子高速行驶中撞上了隔离墩。三炮颈骨粉碎性骨折，死相惨烈。

民警说："根据身份证上的地址联系不上他家属，你是他的朋友，你有他家里人的电话吗？"

我说："他没结过婚，他父母的电话我也不知道。我能看看他随身的笔记本吗？说不定能找到什么线索。"

我从三炮的手提包里翻出了他的笔记本，不得不说，三炮是个很精细的人，笔记本上详细记录着他各路朋友的信息，简短而准确的评价、财务往来、发展趋向以及待办事项等等。

出于好奇，我忍不住翻到了我的那一页，上面清晰地记录着我和三炮伟大友谊的缔结历程：

1.苏秦，人傻，书生气十足，小说、剧本创作者；星巴克咖啡馆。

2.《奶爸日志》剧本收入二十七万，付苏秦十七万，得利十万；奉化全牛馆。

3.收苏秦感谢费四万，未打收条；奉化全牛馆。

接着往下看，无非是一些我付了餐费和KTV酒水、小费的消费记录。

转页后，笔记本上赫然出现了曹芳菲的名字，记录仍旧翔实：

1.曹芳菲，离异富婆，人傻，中年文青，喜欢读外国小说；Costa咖啡馆。

2.陪睡张×导演两晚，收中介费五万五，寻求角色未果；蕉叶餐厅。

接下来，陆续都是寻求角色未果的记录，丝毫不见曹芳菲提及寻求剧本的事情，三炮显然很焦急，笔迹也变得凌乱不堪。

再接下来，我和曹芳菲的名字以两条直线联系起来，三炮变得很得意，因为这两条直线，线条粗犷，恣意峥嵘。

最下面的部分做了计划备注，三炮写道：撮合开房，自行了断，少来烦。

这时，警察走过来问我："有结果了吗？"

我说："我跟他也不是很熟，一点线索都没有。"

回到家已经八点半，我的心有一种强烈的被掏空的感觉，三炮死了，吴茵茵在天上，至于曹芳菲，三炮眼中和我天造地设的一对傻瓜，我现在懒得和她扯上任何关系。

我忽然很想找人倾诉，即便我此刻的心是空的。我拨通了Double的电话，Double似乎正身处一个嘈杂的运动场里，她抓着手机，大声地告诉我："我在红磡体育馆，我在听杨宗纬的演唱会，什么事？"

这时候，电话那边响起强烈的音乐声，我听到了一句沙哑的歌：

"从什么都没有的地方，到什么都没有的地方，我们像没发生事一样自顾地走在路上！"

那晚睡觉前，无敌走进卧室，拿着一本拼音识字书问我："爸爸，什么是恬淡啊？"

我说："恬淡就是吃饱了饭没事干。"

无敌眨眨眼睛继续问："那虚无呢？"

我说："虚无就是吃不吃饭都无所谓了！"

屋外起了风，好像马上就要下雨，广玉兰的树叶子哗哗哗地响得厉害，不知道为什么，我总觉得，那年的雨季特别地长。

沙城往事

$\approx\approx\approx$

我的故乡在沙城，那里的秋天，天空分外高远。

黄昏时分，如血的夕阳，从远方的天边坠落下来，血色霞光扯破云层，隔着一片焦黄无边的棒子地，在天地交际处浩浩荡荡地燃烧起来。

4岁那年，我和韩峥在村口打赌，看谁能在猪崽子身上骑得更远。

我先跳了上去，那头黑猪上上下下蹦蹿了几下，就把我摔倒在地。韩峥飞快地跨上猪崽，那小崽子铆足了劲头嘶叫着，四蹄离地地撒欢。韩峥死命抱住猪脖子不放，直到猪崽拉扯着他一起，左摇右晃地撞向了一棵大榆树。

韩峥从地上爬起来，鼻孔里甩出两筒血鼻涕，憨憨地朝我傻笑着：

"我赢了，苏秦，我赢了！"

他跳得正欢，我听见有人在身后的村子里远远高喊：

"韩峥，快回家看看——你娘给你生了一个大胖妹妹！"

我躺在地上，看着韩峥抹了一把血鼻涕，身披着湛蓝色的天空，从大榆树底下向我奔跑过来。他身后高远的秋天，像一幅辽阔而漂亮的斗篷，霎时飞腾起来。

韩峥他爹跟他娘有着传奇的恋爱史。

那会儿还是20世纪80年代，据说有专家在我们那个小镇下面发现了铁矿石资源，随后国家组织的勘探队就扛着经纬仪、水准仪以及各色斧钺钩叉到我们村里安营扎寨。

勘探队在山坡上测量勘查，遍布旌旗地做好了标识，没想到一夜之间，所有的旗子被撸了个精光。于是勘探队在村里的大喇叭里广播：限村民三日之内，归还所有的红旗，违者严厉批评，罚钱罚物。

三日快到时，竟然没有一户人家主动上门归还红旗。眼看着最后期限将到，村长急得直挠头，勘探队的副队长灵机一动，忽然扯着嗓子在广播里喊：

"乡亲们，俺们勘探队三脚架上面的那个望远镜，能隔着山看到里面的矿石，也能隔着墙看到你们藏在家里的红旗。俺们都看过了，记下来了，你们再不还，就等着挨批斗吧！"

那天下午，陆陆续续就有人登门道歉，主动归还红旗。副队长在村委会里坐了半晌，几十面红旗和几十块被裁开的红布头都被人捧了回来。

最后一个登门的是韩峥他娘。那会儿她还是个胆大心细、脸皮厚外加花枝乱颤的白净姑娘。

临近黄昏，白净姑娘觉得村委会里那个浓眉大眼的瘦高条儿副队长，帅得让人嗓子眼儿直痒痒，一时间计上心头，开口就说：

"哎呀！俺用那红旗做了一对红裤衩，这两天刚上身就被你看见了，以后你叫俺怎么做人，怎么出嫁？"

副队长被灯下那个白净姑娘晃得睁不开眼睛，憋了半天，红着脸颊，末了支支吾吾地说：

"没事，没事，你别急，别哭，俺娶你还不行？"

遗传学真是件奇妙的事，韩峥长大后，除了继承了他爹瘦高条儿这项优质基因之外，其他地方一无是处，打架，逃学，考试不及格那更是家常便饭。

而他妹妹韩露不但随了父亲高挑、大眼睛的外貌，还内外兼收地遗传了母亲的白净、智慧与胆识。

2002年，韩峥和我在沙河一中读高二，韩露读初二，韩峥他爹开发的铁矿生意已在镇上做得风生水起。

韩露天生丽质，又爱打扮，学习成绩也不错。她常穿着白色的毛衣，戴着时尚的金属拉丝眼镜，铅直的黑色长发垂在肩上，随风飘逸，远远望去，像蓝天下一朵闲逸的云。虽然韩露是风头正劲的女神，可是学校正经没男生敢靠近她，跟她交朋友。原因自然是她有一个特别的老哥。

韩峥很快成了学校小帮派的头目，他有钱又能打，常常笼络着一帮小兄弟一起吃饭、喝酒，一起滑旱冰、抽烟，一起打台球、包录像厅看电影。我是韩峥的发小，也是他的狗头军师。那会儿县城里的铁矿主都有自己的贴身打手，这些社会上的混混有时也会来学校里寻衅滋事。

有一回，隔壁班的同学招惹到一个小流氓，那人带了七八个兄弟，从早自习的教室里把那男同学揪出来勒索钱财，在走廊里一顿狂揍。韩峥在座位上恨得牙根直痒，跟我说："欺负到人头顶上来了！苏秦，上不上，一起干他娘的！"

我从玻璃窗上探出头，看了看说："他们带了家伙，咱们教室后边有几张破凳子，先拆了再干！"

韩峥扔下课本，"嗷"的一声抄起一条凳子腿，从教室里跳了出来，我和另外四五个同学陆续也攥着凳子腿，冲出教室。走廊上，我们迅速和手握水果刀的混混们打成一片。教室外的木窗被砸得哐哐直响。韩峥被飞溅的玻璃碴儿划破了脸颊，他一边抡着大胳膊继续狂砸，逼得小混混直向后退，一边在走廊里号叫着让同学们都出来帮忙。

走廊上的学生越积越多，混混们心里发毛，被逼到了墙角，只好束手就擒。只有一个矮瘦的金毛小厮，从人缝里挤了出来，直奔学校大门逃窜。韩峥拼了老命猛追金毛，眼看着金毛就要跑出学校，韩峥冲着门卫大爷高喊："关门，大爷，拦住他，拦住他！"

正在这时，一个穿着运动服、留着小平头的男生，从韩峥身后一阵疾风般斜插上来，冲到金毛身后，朝金毛脑袋上猛抽了一巴掌，金毛应声翻倒。韩峥紧跟着跑过来，一脚踹在金毛的屁股上，一边抹了抹自己下颌的鲜血，一边喘着粗气对小平头说：

"兄弟，你哪个班的，怎么蹿得这么老快？"

三个月后，我和罗凯站在学校后边小河沟子边抽"三五"，抽到最后一根的时候，罗凯忽然转过脸，一脸凝重地对我说：

"苏秦，你帮帮我，我喜欢韩露，但是我不敢跟峥哥说！"

我说："那你直接跟韩露说啊！"

罗凯说："那我更不敢了，万一她说，老娘知道了，你滚吧！这以后连朋友都做不成了啊！"

我说："你至于那么尿吗？"

罗凯说："苏秦，峥哥和韩露最听你的劝了，你给我捎几句好话啊！"说着，他挠着脑袋憨憨地笑起来，抽出烟盒里的最后一支"三五"，恭敬地递到我的面前，"苏秦，这根儿给你留着，今后你给我支几着啊！"

罗凯就是那场群架里的小平头，沙河一中田径队百米组的头马，外号叫骡子。金毛的爆发力不错，要不是那天骡子半路里杀出来，一巴掌把他拍在地上，估计韩峥绝对是抓不住金毛的。

这事过后，韩峥他爹出面摆平了校方，又给教室换上了铝合金窗户，派出所以"入校敲诈"为名，暂时收押了几个小混混。骡子顺利地加入了我和韩峥的腐败团伙，从此酒肉相交，吆五喝六。

于是在河沟子那晚，我跟骡子说："你急什么，今后在峥哥和韩露面前多表现，你这么能打，韩露迟早看上你啦！"

骡子依然憨憨地笑笑说："苏秦，我听你的，以后在韩露面前，多展现点男子气概！"

骡子后来果然没有食言，由于跑得飞快，身高体壮，迅速成长为韩峥手下第一狗腿子，但凡"社团"有事，一定出力出汗，偶尔还出点血，在韩露面前，时不时地拿出点"颜色"看看。

有一回，高三毕业班的吴包子欺负韩露的同学小敏。骡子二话没说，冲过去就把吴包子撂倒了。虽然吴包子外号叫"包子"，可他本人一点也不尿包，仗着他爹是个村支书，他手下也混着几个狐朋狗友。

韩露后来说："骡子，你这事儿办得不对，别动不动就打架，愣头愣脑的，没文化！"

骡子憨憨地笑笑说："是是是！小露说得对，以后我得多忍忍！"

韩露说："谁让你忍了，吴包子那种货，揍他十顿都还算轻！"

骡子说："是是是！下回见他，再揍他九回，凑个整数！"

韩露说："你怎么就知道打架呢？"

骡子说："是是是！下回见他不吭声，只在心里大嘴巴抽他！"

韩露说："你犯不上当面动手，回村路上，没人的时候，再收拾他啊，也不用吓哭了小敏！"

骡子说："是是是！小露你真厉害！"

韩露说："滚滚滚！看见你这样没文化的就来气！"

这事后来还没完，吴包子抓不住骡子，就拉着几个小兄弟找韩峥出气。

那回在村外的榆树林里，我和韩峥被吴包子那伙人围住了。

韩峥说："包子，你也太尿了，拉几个兄弟来给你长脸。你要有种，咱俩在小树林单挑怎么样？"

吴包子说："行，谁怕谁！"

说完，放下棍子，挽起袖子就走了过来。韩峥一个箭步蹿出去，从怀里掏出一把长弹簧刀说：

"包子，咱们这次玩点有文化的怎么样？"

韩峥把刀子塞在吴包子手里说："咱俩单挑，一人一刀。你先捅我，然后我再捅你。谁也别还手，谁也别躲，看谁先尿，怎么样？"

吴包子握住弹簧刀，半天没开口，吓得脸色煞白。韩峥见他犯癔症，一把抢过他手里的刀，说："我的天，还是我先捅死你吧，我还得赶回家看电视呢！"

吴包子吓得腿软，一屁股坐在地上，好半天才爬起来，拉着身边几个小兄弟掉头跑了。

北方的秋天，天空分外高远。已是黄昏时分，如血的夕阳，从远方的天边坠落下来，霞光扯破云团，将榆树林子染得一片猩红。韩峥得意地冲我笑笑，露出一排齐整的皓齿，紧接着，他如夕阳般地燃烧了起来。

开学后我们上高三，韩露上初三。韩露已经出落成了标准的美人，连镇上的照相馆都用了她的大照片做广告。

骡子在那年的秋季运动会上向韩露表白。那会儿他刚刚获得了百米冠军，捧着奖状和羽毛球拍奖品，直奔韩露。

骡子说："露，哥送你，哥心里一直都有你！"

韩露说："滚滚滚，别让人堵心，老娘等会儿还要跑800米的！"

于是骡子麻溜儿地跑开老远，蹲在看台上跟我说："要是这辈子韩露肯对我笑笑，我就是死了也值得！"

我说："你丫甭胡说八道了，等会韩露跑800米的时候，你去给她递条毛巾！"

骡子屁颠屁颠地跑到学校的小超市里买了一条黄色毛巾。等到发令枪一响，他就像冲在猎狗前面的兔子一样，蹿到女子800米组的最前面。

可惜韩露跑得太慢，第一圈没跑完就扭到了脚，被远远地甩在了队伍最后面。

骡子跑过去，将毛巾递给韩露，韩露擦了擦汗，越跑越慢，干脆把毛巾系在了脖子上。

骡子说："露，累不累，累咱就不跑了，哥给你金牌戴！"

韩露说："滚滚滚，没文化，这叫重在参与！"

骡子说："露，渴不渴，哥给你拿瓶水喝。"

韩露说："滚滚滚，快去给我找根烟抽去！"

骡子麻溜儿地飞走，又麻溜儿地飞了回来。韩露叉着腰，一扭一扭地向最后100米发起冲刺。骡子给韩露点燃了一支"三五"，韩露抽了两口，立马呛出眼泪来，说道：

"滚滚滚，这烟真是呛死了！你不会找根'七星'啊？！"

最后，在全校师生的瞩目下，骡子举着一根香烟，陪韩露一步一瘸地慢慢跑过了终点线。

那届运动会之后，骡子把他赢的100米、200米金牌、一块三级跳银牌和一块标枪铜牌以及所有的奖品，一起送给了韩露。韩露又托我打包连夜还给了骡子，最后只收下了一副羽毛球拍。

韩露让我带话给骡子："好好学习吧，要是能考上重点大学，我就陪你打羽毛球！"

骡子听完很激动，拉着我的手说："苏秦，她真说陪我一起打羽毛球？"

我说："是啊，那还有假？"

骡子激动地说："那我可得好好学习啦，我就不认这个尿！"

我说："哎哟，你先松开我腕子行吗？"

骡子说："对不起，哥！"说罢，他把奖品和奖牌一股脑儿放在地上，在榆树林子里踅摸了半天，找到一枚钢钉，在一颗粗壮的榆树上深深地刻下了一行字："我爱你，韩露！"署名：罗凯。

骡子说："苏秦，明天你帮我在这儿照张相，我要把照片贴到床头，每天鼓励自己！"

我说："滚滚滚，赶快回家吧，我快被蚊子咬死了！"

骡子从那包东西里挑出那条黄毛巾，放在鼻子下面闻了闻，说道："真是死了都值啦！"

韩峥被绑票的事成了小镇那年最大的新闻。

据说绑匪盯了韩峥半个多月，终于找到了一个他独自回家的机会。他们用沾了乙醚的毛巾捂住了韩峥的口鼻，瞬间就将他迷昏。

解救的事情一直在暗中进行，连韩露也不是很清楚。她当时从家里偷跑出来找我和骡子哭诉，只说她哥可能出事了，她父母不肯告诉她实情，就让她这几天安心待在家里，不要到外面走动。骡子陪着韩露，在学校边的河沟子边上来回走了一天。我带着几个同学，跑遍了沙河城的大街小巷，一点有关韩峥的线索也找不到。

没想到，第三天各家报纸都刊登了铁矿主儿子被绑票，警方解救失误，导致人质被杀的新闻。

据说，韩峥的妈妈在收到消息后是极力反对报警的。绑匪要求提供一辆轿车和两百四十万不连号的现金，韩峥的妈妈觉得家里有能力支付，不想告诉警方，以免给韩峥造成生命危险。韩峥的爸爸却极力主张报警。

当时，轿车和现金被安排到公路边上的榆树林子里，有一名武警藏在事先准备好的轿车内，另外多名狙击手散布在周边的高处。

由于指挥失误，武警提前响应出击，绑匪在登车的刹那发现了警察，自知再无活路，迅速用弹簧刀割破了半昏迷状态的韩峥的喉咙。

三名绑匪，两个在现场被打成了筛子，一名重伤，不省人事。据说，处在昏迷状态的人被割破血管时，血液流速相对稳定。可那天傍晚，韩峥从喉咙里飙出的血浆急速地喷射出来，像燃烧的霞光，瞬间就染红了天空和大地。

失去了韩峥，韩家对韩露百倍地看护和宠爱，甚至每天用专车接送她。

骡子却意外地和韩露在一起了，在课间或放学后，他时刻警惕着身边人的目光，守候在韩露的身边。他们旁若无人地牵手走过操场和食堂。韩露低着头，长发依然飘逸；骡子绷着脸，表情刚烈无比，他们在一起就像一对相爱多年、内心笃定而默契无言的情侣。

我常坐在看台上发呆，那时离高考只有最后五个月，除了没心没肺地学习，我似乎找不到可以让自己支撑下去的理由。

事情并没有就此平息。

韩峥他娘因为韩峥的事变得精神恍惚。紧接着，韩峥家铁矿的开采设备莫名其妙被一群混混砸得稀烂，而非法用工的事很快被纠举出来。

在镇上修理厂做小工的吴包子也拉了几个小流氓趁机回来找韩露和骡子的麻烦。骡子拼命地护住韩露，自己却被打得破了相。骡子后来从未提及这件事，我向他问起时，他支支吾吾地说，算了，眼下不想再给韩家找任何的麻烦了。

没过多久，因为铁矿开采存在安全隐患，安监的人查封了铁矿，又处罚了重金。韩峥家人财两空，几乎一夜破败。

有天晚上骡子神秘地找到我，气愤地说："我查到了那个在背后捅刀子，陷害峥哥爸爸的人的家了！"

我说："查到又怎么样，我们什么也做不了。"

骡子说："我查到那个人的家在哪个村了！"

我说："你想怎么样？"

骡子说："咱们去烧了他家狗日的棒子地，你来不来！"

我说："走，干他娘的！"

第二天，我和骡子趁着夜色，摸到了邻村的棒子地里。

骡子从学校化学实验室里搞来一瓶纯度很高的乙醚，我们兑水分成两瓶，从棒子地的两头分别点火。

北方的春天，风很大，火一烧起来，就被北风吹散了。如是几次，我们决定在棒子地背风的一侧先把火生大。可是真正等把火生大的时候，却发现风势太猛，一下就引燃了旁边人家的棒子地。呼啸的北风里，我和骡子不得不一层层拔掉旁边人家的棒子秸，以免殃及无辜。

忙碌中，有村民陆续赶到，那家人也风风火火地杀了过来。

我和骡子在漫天的棒子地里被追赶着一路狂奔，脸上被棒子叶划出了血淋淋的大口子。最后，我们被堵到了村最北头的一块地里。

骡子说："苏秦，这是这村最后一块地了，要是能冲出去，咱就能脱身！"

我说："人太多了，咱们得分开跑，你往西，我往东！"

骡子说："哥，我听你的，是我连累你了！"

我说："你扯什么淡呢！你到最西边去，咱们一起数到5，一块儿冲出去，看他们去追谁！"

那时夜色已深，村民握着手电，在棒子地边上一阵乱照。

看到骡子藏到了棒子地头的最西边，我闭上眼睛，开始在心中默数。

"1，2，3……"

我的心狂跳起来，等我数到5准备冲出去的时候，却发现骡子早已经不见了——原来他为了掩护我，只象征性地数了一下，就冲出了棒子地。等我再跑出来的时候，所有的村民都握着手电，一股脑儿奔着骡子的方向追去了。

黑暗中，我从一块地里插进另一块地，一路惴惴不安，在棒子地里发足狂奔，逃回家中。我在心中暗自祈祷，以骡子的速度应该不会被抓住。第二天一上课，我就到他班上去找他。可惜我失算了，就如同我失算地数到5才冲出棒子地一样：骡子很快被抓，或许是他在奔跑中跌倒了，又或许他根本就是为了掩护我，故意放慢了逃跑的脚步。

据说，骡子被抓后挨了一顿暴打，可他一口咬定放火的只有他一个人。

我和韩露找同学四下凑钱，赔给了对方。本以为他会发慈悲息事宁人，没想到最后骡子还是被提起公诉，被移送到了少管所，最终错过了那年的高考。

8月，我收到录取通知书之后，独自去看了一次骡子。本想见到他会和他抱头痛哭，可我真正看到弓着腰、表情漠然的骡子坐在凳子上时，竟心痛得一句话都说不出来。

探视时间结束后，我站起来，最后一次望向骡子。

骡子面无表情地白了我一眼，冷冷地说：

"我爱过，我值了，别去找韩露，让她好好学习！"

9月，我人生第一次离开沙城，坐了六小时火车赶赴北京。半年后，骡子从少管所里出来，我听同学说他既没有找韩露，也没有回学校复读，而是独自跑去母亲的馄饨店里帮忙。寒假时，我到骡子家去找他，带了很多海淀的复习资料给他。骡子说："我已经不再想参加高考了，只希望能把家里的馄饨店打理好。"

我说："那你为什么不去找韩露？"

骡子说："我这个穷小子是配不上她的，她那么喜欢照相，可我连个相机也买不起！"

然后，我们两个人再次陷入了巨大而荒芜的沉默。

那年冬天，我约韩露一起去"看看"韩峥。我不该在墓地向韩露提起骡子，让她在已故的韩峥面前泪如雨下。

北方的冬天，西北风狂卷着细碎的雪花，韩露在雪野里泣不成声，最后，她说："我去找过骡子，他说他之前跟我好，是看重我们家还有点钱……"

我抢过来说："他浑蛋，他胡说八道，他心里一直有你！"

我拉着韩露跑回学校的榆树林，本想给她看骡子曾经在榆树上刻下的字，可惜那棵树的树皮被刮掉了，所有的字都不见了。

"是他刮的，我知道的！"韩露淡淡地说。

雪越下越大，白茫茫的大地上，什么也没有留下。

三年后，韩露参加高考。她考得很好，直接去了上海的高校。

骡子开了两年馄饨店，赚到点小钱之后，就远走他乡，自此音信全无。

此后的五年里，我间或收到韩露的消息，她一直在大上海漂着。家道已不如早年殷实，她在上海买不起房子，找了男朋友，分分合合，却始终找不到幸福。下班后，韩露有时会去替杂志社拍照，有时干脆为淘宝店做服装模特。她继承了父亲的美貌和母亲的智慧和胆识，只是没有继承父母浪漫的姻缘。

有一天，韩露忽然打来电话问我："苏秦，你还记得以前运动会时，罗凯送我的那条毛巾是什么颜色的吗？"

我说："好像是鹅黄色的，怎么了？"

"没什么，我想我可能找到他了！"韩露依然淡淡地说。

韩露为杂志做平面模特，在一家摄影工作室的工作台上看到了一张照片。那人靠在一棵大榆树下，头上系着条黄毛巾，笑起来憨憨的，像极了少年的骡子。

韩露向工作人员打听才知道，这位照片的主人就是他们工作室的摄影师，是一位胶片高手，正在楼上的暗房里冲片。放下我电话的瞬间，韩露像被电流击穿了似的，一股怒气冲上心头。她直奔二楼，几乎是踹开了暗房的木门，一耳光扇在摄影师的脸上：

"为什么这么多年一直不告诉我，你这个傻子！！"

暗房里顿时胶片横飞，显影液水花四溅。

韩露终于成了罗凯镜头下的模特。

　　那年十月，我也闻讯赶回沙城。北方的秋天，天空蓝澈而高远，身披白纱的韩露，笑起来干净又明润，依然是一朵闲逸的云。

　　我说："骡子，你这个傻瓜，你美吧！为啥出来后不跟我俩玩了？"

　　骡子说："当年在里面蹲着，他们一再威胁我，问我韩露是不是我女朋友，是不是韩家指示我干的！"

　　我问："所以你一出来，就把树皮上的字都刮掉了？"

　　骡子说："是！幸好我留了一张照片！我爱过，我值了！"

　　骡子缓慢地走进了自己的镜头，和那朵洁白的云化作一团。黄昏时分，夕阳从天边坠落下来，血色霞光划破穹宇，隔着一片焦黄无边的棒子地，在天地交际处肆意流淌。

　　我恍然想起了韩峥。二十年前，他就在这片大地上，在蓝色披风一样的天幕里，自由地奔跑。

　　榆树林里再没有我们的名字，而夕阳之下，万物终将燃烧！

　　谨以此文，怀念一位高中的同学，和那些永远不能追回的青葱岁月。

八月蜜桃甜

~~~~~

"前面奉化高速出口下来，给你姐买箱水蜜桃带去吧。"

"哦……"

姚亦华应了一声，将车子缓缓靠向内道。自得知姐姐大华要临盆以来，父亲还是第一次提到她。

父亲姚茂荣不再说话，转过头，按下一半车窗。窗外，8月溽热的南风呼呼地涌进开着冷气的车厢，扑打在姚亦华的臂膀上。他忽然觉得，浑身上下暖洋洋的。

"侬又要抽烟？"坐在后排的母亲问道。

"我透口气。"

"大华和侬一样，顶喜欢吃奉化的'黄玉露'水蜜桃了。"母亲轻声说。

车子从高速出口驶出。公路两旁到处是撑着太阳伞卖水蜜桃的摊位。大大小小的水蜜桃被齐整地码成了小山包，有的金灿灿，有些红艳艳，分外诱人。姚亦华没理会招揽生意的摊主，径直将车子驶向了桃园。他从小随父亲在这条路上奔波，哪里的桃子正宗、好吃，早已了然于心。

"几年不来，真是大变样了。"姚茂荣说着，掏出了一包利群，熟练地在烟盒屁股上一弹，嗒的一下，一支过滤嘴的香烟应声冒了出来，仿佛是在庙宇里求签时从签筒里飞出的一枚"灵签"。

姚茂荣把车窗彻底按下来，把他的"灵签"衔在唇边，点上火，吧嗒吧嗒地抽起来。从前，他在这条桃源路上看着自己的父亲抽烟，到如今，时光已然过去五十多年。姚茂荣和他的父亲，都喜欢用抽烟的方式为自己的日子"解签"。

那是在20世纪60年代，姚茂荣的父亲姚水生四十来岁，家里有五个孩子嗷嗷待哺。姚茂荣十二岁，是兄弟姐妹里的老大。姚水生脑筋灵光，每到水蜜桃成熟的季节，他一年中最重要的赚钱机会就来了。

那时，宁海县东边乡下有一大片麦子地。秋收之后，麦秸秆就散堆在地头的黄泥路上没人要。姚水生打听到宁波的造纸厂对外收购秸秆做原材料，他便拉着自家的大板车，扎上几十捆麦秸秆，送到一百多公里外的造纸厂兑钱。为了每趟多送一些麦秸，姚水生常常会叫上小茂荣来帮忙打下手。

小茂荣干得起劲，抢着帮父亲捆扎秸秆，手拖麻绳分外卖力，都勒出了鲜红的印子。等到扎好捆，他又跳上大板车，接过父亲递来的麦秸捆，挨挨挤挤地摆放在板车上。父亲一捆接一捆地递，他便一捆接一捆地摆，直到在板车上堆起一座小山来。

那时，父子俩总是在午饭后出门，到麦秸地里折腾上半天，装好车时，常常已是黄昏时分。

"你爬到顶上，帮阿爸把麻绳套过去，打个结。"

"好嘞——结子打好了，阿爸。"

"歇会儿吧，我抽根烟。"

姚水生掏出香烟盒，弹出一支烟，坐在大板车的长推手上，静悄悄地开始抽烟。不远处，晚风翻动着香樟树的叶子哗哗作响。小茂荣眯着细长的眼睛坐在麦秸堆上，抹去额上嗒嗒滴的汗珠。夕阳已坠入绵延的山岗，红澄澄得像颗沙瓤的大番茄，看得人嘴巴里甜滋滋的。

"起嘞——早送到宁波早换钱。"

姚水生起身握住板车推手，小茂荣抓着扎绳，麻利地从上面滑下来，双手顶住板车后面的麦秸垛，用力一撑。

"阿爸，阿拉起嘞——"

"起嘞！"

父子俩一起发力。"吱哟"——板车大轮儿的轴承发出一声尖啸，麦秸垛像头睡醒的小兽似的，晃悠着脊背扭动起来。从宁海县东乡到宁波纸厂，一百多公里的土路，父子俩要这样一前一后，走上一夜一天。

好在小茂荣并不需要全程推车，只要在上坡时使劲顶住麦秸垛，下坡时小心拉紧麻绳就行。即便这样，走到深夜，人也早已筋疲力尽，哈欠连天。

"怎么又慢了，老大，侬使劲推啊。"

"哦，哦！"

姚水生在前面催促着，小茂荣努力撑开眼睛，跟上了父亲的步子。

"莫困，莫困觉，回来路里给侬买水蜜桃……"

"好呀，好呀！"

　　土路旁边的草丛里，蟋蟀、炸蜢、纺织娘"喳喳喳"地聒噪成一团，还有大板车"吱哟、吱哟"地一路荒腔走板。可再推上一阵子，小茂荣又迷迷糊糊地睡着了。

　　"啪!"小茂荣直愣愣地摔在土路上，双膝磕得生疼。

　　"不走了，我不走了——为啥他们几个都在家，每回都让我跟来?"

　　"起来，抓紧走! 明天天黑前就能赶到宁波。"姚水生在平道上刹住板车，回头望着小茂荣。

　　"我不干了!"小茂荣猛地向身后跑去。

　　"喂! 站住——再跑打断你的腿!"姚水生大喝一声。小茂荣不敢再跑了，索性坐在地上哇哇大哭起来。

　　姚水生赶过来，划亮一根火柴照了照小茂荣的膝盖，拍拍他的肩膀说:

　　"阿拉不起嘞，路旁边困一阵吧。"

　　姚水生并不是个暴躁的人。那句"打断你的腿"与其说是在吓唬孩子，倒不如说是自己在向生活泄愤。要不是为了能早点赶到宁波，他才不会拖着两条酸痛的腿，不声不响地走一晚上。

　　姚水生找来两块石头垫在板车轮子后面，又让小茂荣坐在推手上，依靠着麦秸垛打盹。他顾自点上一支烟，用尽生平气力猛嘬了一口。

　　四周漆黑一片，姚水生将手中的烟头举得老高。小茂荣忽然觉得，那烟头高得能把黑黢黢的天空烫出一个洞来。灰白的烟雾，像从那洞里漏出的一块云彩，直到被风全部吹散，才看见洞口周围密布了一圈灿亮的星子，在头顶摇摇欲坠。

　　第二天中午时分，两人仓促吃了些干粮，又走了近四小时的路，终于赶到了宁波造纸厂。一车麦秸秆兑了36块钱——那可是一家人一个月的花销，姚水生飞快地把钱数了两遍，乐得嘴唇打战。

　　"今么夜里，侬困车上。阿爸拉侬回去。"

　　"路过奉化的时候，我要吃水蜜桃！"

　　"好，侬困觉吧。"

　　姚水生抄起板车，拉上小茂荣，步子竟比来时还要轻盈。

　　第二天，天光大亮时，小茂荣才醒过来。

　　"到哪里啦？"

　　"过了奉化嘞。"

　　"阿爸，桃子呢……"

　　"嗦桃子？"

　　"水蜜桃！阿爸侬咋——"

　　小茂荣从板车上跳起来。姚水生指了指搭在推手上的麻布袋说："正宗黄玉露——侬先挑个顶大的吃。回去阿拉每人还能再分一个。"

　　小茂荣细眯眯的眼睛泛满精光。他忙从麻袋里摸出一个最大的桃子，用手捏了捏，伸到鼻下一嗅，一股清淡的果香味沁人心脾——只有正宗的奉化水蜜桃捏起来才有这种香气，外地的桃子是绝然没有的。吃水蜜桃，也不用水洗，只消找到桃子最软处，用手指轻轻一戳，然后捻动薄如蝉翼的桃皮，缓缓拉开。晶莹鲜嫩的桃肉，便如人褪去外衣，露出的白滑膀子。轻轻吮下一口，桃肉入口即化，浓浓的甘味，注满味蕾，连牙齿和腮骨都变得柔媚起来。

　　"阿爸，侬也吃一个桃子吧。"小茂荣大口吮吸着，好像咬下了出发那天黄昏里甜甜的红太阳。

"我到家里再吃。顶大一个桃子给你嘞，以后要一直帮阿爸呀。"

"嗯！阿爸，我脱了背心给你扇扇子啊……"

一回到家，小茂荣便被弟妹们围在中间。他站在大门外的石墩子上，一手高举着麻布袋，一手摸出桃子分给大家，活像鸭群中一只竖着长脖子的大鹅。很快，一家人围坐在院子里，吵闹声和"嗞嗞嗞"嗑桃子的声响交织在一起，还有父母商量着如何支配这笔"巨款"的小声嘟囔，都让小茂荣觉得这样的夏天踏实而幸福。

从此，家人团聚，吃香甜蜜桃的场景便深深扎根在他的心里。

可惜弟妹长大后相继离开了宁海老家。姚茂荣却坚持守在父母身边。他在镇上开了一家日用杂货店，常雇着拖拉机往来于宁波和宁海之间，生意一直都不错。

父亲去世的那晚，只有姚茂荣在他的身旁。弟弟妹妹从外省赶回时，已是第二天夜里。姚茂荣从哭声呜咽的老宅中踱出，坐在大门外的石墩上，点起一支烟。脚下草丛里，蟋蟀急促的叫声让他想起从前和父亲一起赶路的夜晚，想起父亲数钱时合不拢的嘴唇，想起他曾站在这个石墩上，从麻布袋里掏出一个个甜滋滋的水蜜桃——"一家人不是应该永远守在一起吗？"想到这里，姚茂荣掐灭了手上的烟头。他蹒跚着折进门厅，开始安慰起弟弟和妹妹。

"阿爸，阿妈——给姐姐带了两箱黄玉露。"

姚亦华把两箱水蜜桃塞进了后备厢，砰的一声——姚茂荣关于父亲的回忆，就这样被打断了。

"现在的黄玉露，没我小时候的好吃了。人心变了，连水果也变味了。"姚亦华思量着，默然摇了摇头。

姚亦华从未想到这次能带着爸妈一起到大理去看姐姐。两周前，他还准备跟父母撒谎说要出差几天，然后偷偷跑去姐姐那儿。然而上周末，一场大暴雨之后，父亲忽然转变了冷漠决然的态度，有意无意地打听起从宁波到大理要走多久。姚亦华干脆顺坡下驴，装模作样地用手机查了查说，航空公司周一有打折活动，买二送一。于是，不等父母明确表态，就直接下单买了三张机票。

"劳什子——谁人叫你买飞机票啦……"

"呃……咯我退掉算数嘞。"姚亦华继续装模作样地按手机，"哎呀，特价机票不能退啊？！"

"莫退嘞，买也买好子嘞。阿拉一起飞去看大华。"母亲在一旁帮腔。

"劳什子！"

姚茂荣骂了一句，便不再吱声，掏出一支利群烟衔在唇边，急匆匆摔门而去。姚亦华暗自庆幸，还好父亲这次没有雷霆暴怒，硬逼着他把机票退了。不然，他再撒谎说公司有事要出差几天，恐怕一眼就能被老爹识破了。

未料那日晚饭时分，父亲竟然顶了个新发型回来。

姚亦华定睛一看：哟！竟然连白头发也染黑了。

"蛮好，交关显年轻。"母亲说。

"今么子，正好有打折……"父亲自言自语地说。

老爹这谎撒得也太没创意了吧——姚亦华想笑却不敢笑，垂下头，飞快地干掉了两碗白饭，便跑到自己的房间里收拾行李。母亲也没再招呼他，不一会儿，厨房里传来了一阵刷锅声。

　　汽车终于开到了宁波机场。这是父母第一次乘飞机，姚亦华在座位上安顿好二老，又把两箱水蜜桃举到行李架上。他没有去办托运，水蜜桃柔软多汁，最怕被压。姚亦华等其他乘客把行李都放好，才把两箱水蜜桃摆在最外面，又从纸箱把手下面，撕出两个小孔来通风。

　　"安全带系好了。"

　　姚亦华说着，帮父亲拉出了身旁的安全带。就是这个动作，忽然让他有些恍惚——二十年前，在父亲的面包车上，一家人坐在一起，就是父亲第一次为他们拉上了安全带。

　　那时杂货店的生意越来越红火，姚茂荣攒了些钱，置办了一辆小面包车。这让他在全乡着实风光了好一阵。暑假里的一天，姐姐姚大华要跟着父亲姚茂荣一起去宁波进货。6岁的姚亦华也吵嚷着要去宁波看火车。姚茂荣那天心情大好，干脆带了全家人一起出发。

　　面包车在土路上颠簸不定，姚茂荣和妻子坐在前排，大华和亦华坐在后排座椅上，一家人说说笑笑。姚茂荣高昂着豁亮的脑门，时髦的卷发被滑进车厢的热风一吹，像一簇水母似的，在半空里上下招摇。

　　"奉化到了，去买点桃子给你们吃。"姚茂荣说着，减慢车速，拐进了到奉化桃园的小路。车子还未进园区，大华和亦华嘴里就开始忍不住地冒甜泡泡。

　　姚茂荣很会挑桃子，他弯下三根手指，在每个桃子上轻轻一捏，便立刻知道哪个此时口感正佳，哪个还需放上几天才好吃。

"顶大的一个给阿姐，侬再选一个。" 平时在家，好吃好玩的总是先尽着小亦华，唯独在分桃子的时候，姚茂荣却总是固执地让大阿姐先选。小亦华不服气，哭闹着要到树上摘更大的，姚茂荣干脆把他举过头顶，放在一棵低低的桃树上。

亦华翘着屁股，向上爬去。姚茂荣刚一松手，"咔嚓"一声，小亦华竟抱着一根细桃枝，一起跌在了黄泥地上。

小亦华号啕大哭，腮帮子鼓起来比桃花还要红。姐姐大华赶紧蹲下来，把最大的那个桃子递给亦华，总算止住了他的眼泪。

"阿妈，这根桃枝我想带回家种起来。明年阿拉家里也有桃子吃啦。"大华说。

"呃……侬好养得活吗？" 母亲问。

"带去吧，叫孩子们试试看。" 姚茂荣说。

从奉化到宁波的路上，车厢里一直弥漫着香甜的桃子味。亦华并不急着吃下最大的那个水蜜桃，他一路虔诚地将桃子捧在手里，觉得非常有成就感。再一小时的光景，宁波便到了。

姚茂荣把车子停在火车站附近的一条石子路上。从前，他的父亲姚水生也曾带他来这里看过火车。

下午3点钟，焦燥的空气里没有一丝的风，全家人躲在一棵香樟树下等火车。阳光明晃晃的，打在墨绿色的树叶子上，像撒了一大把水晶糖。亦华仍稳稳捧着那个水蜜桃——这是他生平见到过的最大的一个桃子，大得两只手都捧不过来。他不时抬起头，看看树叶子上的闪闪发亮的糖块，就觉得嘴巴里全是甜味儿。

"火车来啦！"姐姐大华激动得直跳。

全家人一齐向铁轨边凑过去。一列绿色的机车，呼啸着从眼前飞驰而过。

亦华的胆子最小，他用手指钩着妈妈的"的确良"裙子，躲在后面。

"哇哦！"大华惊叫着。

"呼哧"——妈妈的裙子像一面被撑开的风帆似的，忽然在疾风中飞扬起来。小亦华手掌一抖，差点让大桃子掉下来。

"你们许愿了吗？"姚茂荣忽然问。

"咋许呀？"姐姐大华说。

"火车冲过来的时候，想要什么愿望，就低头悄悄说出来。"姚茂荣说。

"灵吗？"大华问。

"灵得很！"妈妈摸着大华的脑袋说，"以前你阿爸跟你阿爷送麦秸时，也来这里看火车。侬阿爸许愿长大后要买汽车开的——现在咱们家真的有汽车嘞。"

太阳地儿上的姚茂荣腰杆挺拔，脑门油亮亮的，唇角正挂着得意的微笑。

小亦华躲在妈妈身后，一直没吱声。因为他的愿望是姐姐可以永远让着他，以后的水蜜桃都由他先挑最大个的。

"又来啦——火车又来啊！"姚茂荣高喊着。

这次，一家人很虔诚地站成了一排，全都默默地低下了头。

"呼哧"——妈妈的大裙子又扬起了风帆，姚茂荣头顶的鬈发，像从邮轮烟囱里冒出的黑烟圈儿似的一蹿老高。

"哇——好凉快啊！"小亦华忍不住叫出了声来。

　　返回宁海时，面包车的后排被姚茂荣塞满了杂货。大华攥着一支细桃枝和妈妈一起挤在副驾驶的座位上，小亦华则干脆坐在妈妈的怀里，手中仍稳稳地捧着那个大桃子。

"大华，阿爸知道侬许了嗦愿望嘞。"

"阿爸，侬咋偷听我讲话——"

"侬讲，长大以后，要坐火车去老远老远个地方。"

"是哦！"

"哎——真是女大不中留嘞！"

"我回去后在院子里种一棵大桃树。"大华比画着细桃枝说，"阿爸，以后侬把我拴在桃树下，我就走不了啦。"

"哈哈哈哈。"车厢里传来姚茂荣爽朗的笑声。他伸手绕过大华，从车窗边拉过一条安全带，将母子三人罩在里面。

"咔嗒！"卡口发出一声脆响。

"咔嗒！"姚亦华也给自己系上了安全带。时间过得真快，记忆里，他还是个捧着大桃子舍不得吃掉的小男孩，可一转眼，竟到了要照顾父母的年纪。

　　小时候，家里的木柜上摆放着一张父亲和母亲在桃园的合影，桃花开得粉嫩可人，父亲和母亲在桃树下并肩而立，却是一脸严肃的样子。他们当年就是在桃园认识的。有一次姐姐大华问父亲，为什么父亲会给她起一个男孩子的名字。

父亲说，他从前在电台里听人家朗诵文章："桃之夭夭，灼灼其华。"他觉得美极了，正好自己的姓氏姚谐音就是"夭"，于是给姐姐取名大华——"桃之夭夭，大放其华"。到了老二出生时，父亲仿佛懒得再动心思，于是给他起名"亦华"，大约是说他和姐姐相比，也算是有点小光华吧。

姚亦华想：父亲显然是更爱姐姐的——从取名字，到分桃子，无不显示出父亲对大姐更加上心。当年，那根细桃枝被带回家里，父亲帮大姐连夜挖坑种下。他还特意跑到镇上，找了在农科所上班的小表叔，要来了营养液，奇迹般地在院子里养活了这株桃树。难不成，父亲真的想用这棵桃树把姐姐拴在家里吗？

姐姐不但名字像男孩子，从小性格也像男生一样大胆，爽朗。她在地里一玩起来就不着家，游泳、爬树、掏鸟窝都是好手。高中时参加长跑比赛，还获得了市里运动会的奖牌。大学毕业后，父亲硬逼着姐姐见了好几个本县的小伙儿。姐姐一个也没相中，索性找了个理由，躲出家门，常年在"云贵川"做起了驴友。

姚大华和父亲的战争，始于她那场浪迹天涯的爱情。

那年，大华孤身到大理旅行。她在大理机场租了一辆摩托车，一路沿着省道向东驶去。到了祥云县，黑魆魆的云彩朝头顶压过来。大华还没来得及从背包里掏出雨衣，蚕豆大的雨点就啪啪啪地像打机关枪似的，漫天地扫射下来。

大华壮着胆子，沿着湿滑的山道逶迤前进。冷风团起雨点，像个大水泡似的，直往人脸上砸。大华睁不开眼睛，不得已拐下山道，在一家叫"祥云盼"的青旅停了下来。

当时正值旅游淡季，青旅里并没有什么客人。

大华在门厅里喊了一圈，才有一个白净男生捧着一本书从后院走过来。

"房间还有的——小姐，你是一个人住吗？"

"嗯哪！你这儿有酒吗？天好冷啊！"

"有桃花酿，去年三月桃花开的时候……"

"给我来一壶！多少钱？"

"不，不要钱的。"男生推了推眼睛腿说，"桃花是去年三月从上泥哨的山坡子上采的，没啥成本啊。"

"那——你的酒够多吗？"大华追问。

"够的，我有五十斤呢！"

"好啊老板，坐下来一块儿喝一杯呗？"

"好嘞！"

男生捧出两壶桃花酿，大大方方地在大华对面的木桌旁坐了下来。

好白净的一个男生。大华心想，真像是用某种乳制品捏出来的男人——看上去很好吃的样子。她猛呷了一口酒。

"好甜啊！"

喝这种酒的男人，会不会太娘炮了？大华这样想着，嘴上却说：

"哥们儿你这酒太甜了。你不介意的话，我背包里还有半瓶伏特加。咱们兑着喝一点，肯定更带劲儿。"

"行，我随你。"

男生的爽快，让大华在心里为他加分不少。

男生说，他叫俞明，是个建筑设计师。前年在山上投资修建这座青旅，旺季勉强自足，淡季没啥生意，全当自娱自乐，虚度时光。

"干吗修在这个地方——前不着村，后不着店的。要不是这场雨，我恐怕一辈子也不会到这儿来。"大华粲然一笑，露出一对酒窝："你别介意呀，恕我直言！"

"没关系。我要不在这儿开店，今儿这场雨，你可怎么办呢？"

没想到这个白白净净的小哥哥，撩起妹子来一点也不含糊。大华端详着俞明，先前白净的双颊，在酒后腾起桃花瓣一样的韵色。她心中一阵惝恍。好可惜，那天终究没什么浪漫桥段。喝到第五壶的时候，俞明摇摇晃晃地起身去加酒，没想到刚走到厅门口，竟蹲在地上哇哇吐了起来。

"我不行了——你……你真是我见过的酒量最好的女生！"

"我说，你是不是以前用这酒祸害过不少过路的妹子？"

"没有啊，人家都是小抿一口，点到为止的。哪有像你这样牛饮的，还兑什么伏特加，我真服你。"

俞明坐在石阶上，像只划破了口的水袋子，鼻涕和眼泪水一阵乱蹿。

大华最后说："要不你上楼吧，你在门厅里吐，万一有客人也要被你吓跑了。"

"那也成，你替我看店吧——钥匙都在吧台第二格抽屉里。房间一律380一晚。"

"OK！"

俞明跌跌撞撞地走回自己的房间。

大华坐在客厅里，慢悠悠地喝着桃花酿兑伏特加——感觉这酒激发了她的主人翁精神，她浑身暖暖的，越喝越觉得自己像这里的老板娘，越喝越觉得俞明把这山麓里的房子设计得真漂亮。

　　第二天一大早，大华被窗外凤头鹃"喳喳喳"的叫声吵醒。她向窗外瞄了一眼——竟然看到不远处的山谷里，平静地躺着一潭碧蓝的湖水。阳光之下，湖面金光熠熠，闪得她眯起了眼睛。

　　"那是我们祥云县的青海湖，特别美，你真应该去那里看一看！"敲开房门的俞明说道。

　　"难怪你会在这地儿建青旅，眼光真是不错呀！"

　　大华这才注意到俞明手上的托盘，除了稀饭、鸡蛋和小糕点外，餐盘里还摆着一小碗桃花酿。

　　"昨天真抱歉，我喝得太失礼了。"

　　"没关系啦。"大华微微抿了一小口酒，"咦？昨天喝的是这款酒吗？为什么除了桃花香，还有点玫瑰的味道？"

　　"你真厉害，确实放了一点玫瑰的。"

　　"奇怪，我昨天为啥只觉得甜得酽酽的？一定是我喝得太生猛了，唐突了你这好物，真不好意思啊！"

　　"不不。是我喝得太失态了——昨晚的房费就免啦。"

　　"那怎么可以？"

　　"真的，算我道歉了。"

　　"老板，今儿我就想去湖边转转，从这儿过去路好走吗？"

　　"门口的盘山路挺顺的，你一直开就能到湖边。"

　　"好嘞！"

　　大华跳上了摩托车，把油门踩得轰轰响。没想到，绕了几圈山路，她竟然在一棵槐树下看到了气喘吁吁的俞明。

"你咋在这儿啊？"

"刚打扫房间时，我看见你雨衣落在桌子上了——这个季节，老天爷说翻脸就翻脸的。我怕你再挨浇，就抄小道追下来啦。"

"谢啦，老板！"

"你快上车，我先把你载回青旅。"大华指了指摩托车后座。

"算了吧……"俞明郑重换了口气，"估计今儿也不会再有客人啦，要不——要不你下来，干脆我拉你去青海湖吧。"

"合适吗？"

"反正我也见天闲着……"

"那成嘞！"

山巅纤薄的云彩，像一根滑入蓝天的羽毛，看得人心里痒痒的。凉风拂过腮颊，也掀起俞明头顶墨鱼般乌亮的软发。大华忽然想起从前坐在后排，看父亲开面包车的样子，心里踏实下来。摩托车在蜿蜒的山道上盘桓着，俞明怕大华在身后坐不稳，故意将车速放得很慢。

"真是个细心的美男子！要是他现在开口唱首歌，我就嫁给他吧。"大华思绪纷飞，不觉之中，拽紧了俞明的衬衫。

"小样，腹肌练得还不错嘛！"

突然，大华听到前排的俞明吹出一阵嘹亮的口哨——哨音清亮，好像一只敏捷的手，在她心弦上拨弄了一下。她竟和着旋律，情不自禁地跟着唱起来：

"让青春吹动了你的长发，让它牵引你的梦。"

一天的环湖游匆匆结束。大华没玩够，俞明第二天干脆收拾了装备，陪她一起来湖边露营。

互有好感的男女其实最怕一起旅行，因为美景常有催情的副作用。

挂了马灯的帐篷里，俞明缓缓解开衬衫，白滑的膀子，直耀人眼睛。

"你白得好像一颗水蜜桃啊。哈哈哈……"大华发出一阵爽朗的笑声。

俞明被笑蒙了，敞着衣襟傻傻地瞪着大华。

"对不起，我笑场了。我们重新开始吧。"大华裹紧了俞明的衬衣，旋即猛地一把拉开。一阵密集的湿吻，让俞明发出沉沉的叹息。

"嘿嘿，其实口感也挺像黄玉露的，但是我真的不能再笑场了。"大华暗暗地想。

两周后，大华决定回宁海老家跟二老坦白。俞明送她走出旅舍，大华瞄了一眼大门上"祥云盼"的镏金招牌，"扑哧"一声笑了出来：

"俞明，原来你在这里开青旅是盼着祥云来的——好可惜，那天是一大朵乌云把我带到这儿的……"

"别胡说，你快去快回！如果顺利的话，把父母也接来一起住上一段日子吧。"

"好啊，好啊！让他们也看看这里的桃园。"大华踌躇满志地说。

飞机在昆明机场上空盘旋了两圈之后，终于稳稳地降落下来。

姚亦华一边轻声叫醒父亲，一边掏出手机，重新开机。

一条俞明的微信应声跳了进来。姚亦华失声喊道：

"哎呀，我姐被推进产房了——怎么比预产期提前了一周啊！"

父母的眼睛里顿时来了光彩。

"从这儿到大理有多远？"

"阿爸。有三百多公里，咱们赶快去买大巴车票吧。"

亦华拖着大件的行李，走在前面，父母各提着一箱水蜜桃跟在身后。三人急匆匆地穿过人流，直奔大巴售票处。亦华心想，前几天父亲还不准提姐姐的事，一听说快要当外公了，这老头竟然打起了一百二十分的精神。

直到在大巴车上坐稳后，亦华才想到给俞明回条短信。很快，他又收到了俞明的回信。

"医生和麻醉师都就位了，放心吧！姐夫说，他朋友下午会到大理接咱们。"亦华朝父母摇了摇手机。

母亲微笑着点了点头。姚茂荣忽然神色大变，脸黑得像一把紫菜。

亦华心头一颤，一定是"姐夫"这个词刺激到了父亲。去年姐姐大华回到家时，跟父亲提起想要留在云南的事，父亲的脸色就是这么难看。

"侬再考虑考虑吧。"父亲当时试探着说。

"阿爸，我也见过好几个了。我心里有数——就是他嘞。"

"谁人同意你嫁到云南去了？嘎偏僻地方。"

"阿姐，姐夫叫什么名字啊？"亦华抢着问。

"俞明。"

父亲没再言语，起身走到院子中央的桃树下，掏出一支烟来。

"阿爸，把家里的户口本给我吧……"

"住口！户口本我就是烧掉也不会给你！"

父亲决然不许姐姐再提起远嫁的事，他让姐姐到阁楼上去好好反省。姐姐噘着嘴跑上去，把阁楼的门摔得梆梆响。

谁知父亲竟很快跟了上去，拿出一把黑铁锁，把阁楼的大门从外面锁了起来。

“想嫁到云南？我打断你的腿！”

父亲最后撂下了狠话，头也不回地踱出家门。

在亦华的记忆里，父亲很久没有这么生气过了。即使前些年杂货店的生意黄了，父亲赋闲在家，每天收拾院子里的草木，也是一副和气淡然的样子。亦华追了出来，在昏暗中，他看到父亲走向爷爷家的老宅，像个孩子似的，迈上了老宅门口的石墩子，蓦然伫立了很久，很久。

亦华每天上楼送饭给姐姐，大华都把饭菜吃得精光，还不忘让亦华帮她去买新一期的《孤独星球》杂志。在阁楼里住了一段时日，大华竟白胖了许多，嘴上却始终不肯服软。

大华是在一个雷电交加的夜里跑出来的。她翻过阁楼的玻璃窗，跳到就近的一根桃树枝上，然后顺着树干滑了下来，打开院子大门，逃之夭夭。第二天亦华送早饭的时候，才发现姐姐早就不在了。他端详着院子里一根被压得弯弯的桃树枝，恍然大悟：原来姐姐是早已预谋好的——甚至早在二十年前，她就亲手种下了一棵为爱情出走的桃树。

父亲站在院子中央一阵大骂。亦华生怕父亲一激动，会提了斧子把那棵桃树拦腰砍断。还好父亲忍住了。他在树下抽了好几根香烟，最后，狠狠地朝桃树猛踹了一脚。

不久后，大华拉亦华、俞明一起建了个微信群，不时会甩几张照片进来，晒晒"祥云盼"瓦蓝瓦蓝的晴空和青海湖水天一色的光景。她也会定期给亦华转账，让他悄悄给爸妈买些营养品。第二年三月，俞明和大华跑到上泥哨采桃花。粉红的桃花，像火苗似的窜了漫山遍野，看得人心里真欢喜。大华仿照父母当年的样式，也和俞明在这喜庆的桃树林里拍了合影。

亦华看得出来姐姐生活得很幸福。照片上的大华，细细的眼睛眯成了一条缝，连粉嘟嘟的牙龈肉都从嘴巴里跑出来。

"哎哟，交关白净个后生嘛。"母亲凑在手机边上赞道。

见父亲没有吱声，亦华状着胆子说："我姐怀孕五个月了……"

"劳什子！"父亲果然砸了桌子，白瓷茶杯被震得哗哗直响。

"以后在家里，谁也不许再提他们！"

"好，好……"姐姐交代的任务都完成了，亦华假装战战兢兢地退回卧室。

那晚之后，"姐姐"和"男朋友"，"大华"和"俞明"，都成了这个家里被严禁提及的词。过了段日子，大华在微信上追问："阿爸最近还一直生气吗？"

"唉，每天黑着脸。不过，我最近发现阿爸偷偷在看育儿栏目。"亦华说。

下了大巴车，俞明的朋友早就等在汽车站了。

"都放心吧！母子平安。8斤6两的大胖小子，脸庞很像俞明呢！"朋友说。

这话立即鼓舞了大伙，母亲边笑边对朋友千恩万谢。亦华看见父亲连点烟的手都哆嗦了。

晚上7点钟，一家人终于赶到了医院。母亲一进门便抱住姐姐大华，亦华紧紧抓住俞明的手不放。姚茂荣落单了，一只手习惯性地去摸上衣口袋的香烟，可一想到身在医院，便只得尴尬地把手定在了半空。

"哇啊……"身旁的小婴儿发出一声奶音。

姚茂荣赶紧把脸凑了过去。

"噶细细巧巧眼睛，跟我是一模一样子嘛！"姚茂荣忍不住惊呼起来。

"阿爸！"大华的声音颤巍巍的。

"喏——今么子当外公嘞。"姚茂荣若有所思，旋即背身拉开行李箱。

"阿爸！侬先休息一阵，红包不急着拿的……"大华的话音未落，却看到姚茂荣转过身，双手端端正正地托着一个枣红色的户口本。

"阿爸……"温热的眼泪在大华的眼眶里上下打转。

姚茂荣磕磕绊绊地说："听电视上说，生小囝不领证，国家医保不给报销的……"

三天后，大华出院，全家人第一次在"祥云盼"吃了团圆饭。

那晚，俞明又捧出了一坛自制的桃花酿，姚茂荣尝了一口：

"阿明，侬这酒太甜了，应该兑些烧酒才好喝。"

俞明悄然望向大华，会心一笑。

"就是怕您嫌太甜。烧酒我提前备好了——我给您满上，爸。"

俞明吐音清晰，却把最后一个"爸"字说得很短，很轻，像一片叶子探入湖面。

空气骤然宁静了。

"好，阿明啊，阿明……"

姚茂荣连声回应，恰似划破平静水面的点点涟漪。

可惜姚茂荣和俞明的酒量都不太好，两人喝了三壶酒，便先后回房休息了，只留下姚亦华在收拾碗筷。

"老弟，你是怎么做通阿爸的工作的？"坐在沙发上的大华轻声问道。

"我？其实，我也不太清楚到底因为啥。上周宁海闹台风，院子里的桃树折断了好大一枝。阿爸担心树会死掉，特意找来了竹竿和麻绳，把断枝绑了回去。他坐在树下一支接一支地抽烟。然后就忽然问我，从宁海到大理要怎么走，路上要多久……"亦华说着，顺手拣了果盘里最大的一个桃子，递给了姐姐。

"喏。"大华撕开一小块桃皮，深深嘬上一口。

"哇！从小时候到现在——这桃子味儿，一直都是这么甜！"

我来到这个世界，
仅是为了和你相遇

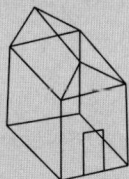

晚 安 ， 我 亲 爱 的 人

江户川的钢琴课

～～～

　　我到东京都的第二年，在一家西餐馆里做小时工，工作虽然很辛苦，待遇也不高，但是每天能享受一顿免费而丰盛的晚餐。西餐馆就修在江户川的岸边，从大厅的玻璃窗眺望出去，东京都的秋天，静静映在江水之上，缓缓流向远方。

　　餐馆的老板娘叫澄子，三十几岁的样子，皮肤白皙。她很少说话，偶尔和我眼神交会，也只是匆匆闪过。

　　餐馆每晚11点打烊，餐具洗刷完毕后常常已是子夜。澄子和雇工们围坐在一起，很安静地享受晚餐。和别的餐馆老板不同，澄子家的晚餐总是格外丰盛，天妇罗、紫菜卷、豚骨面，偶尔还有美味的生鱼片。那时我是江户川大学机电专业的交换生，学校供应的学生餐量少得可怜，因此每晚在澄子的餐馆里，我都能敞开肚皮吃个痛快。雇工们吃得很安静，细嚼慢咽的，好像是在参演一场文艺默片。我也很快融入了角色，从头到尾，眼睛里只有饭菜。我常常最后一个吃完，抬头时故意装出"原来大家都已经离开了"的吃惊表情，然后默默地和澄子一起收拾碗筷。

弹琴是一件很偶然的事情。

那是在盂兰盆节的晚上，按照当地的传统习俗，在这一天是要饮酒的。因此晚饭时，澄子也为雇工们准备了酒食。那晚的氛围很不错，雇工们吃得开心，有人开始哼唱起日本的传统民歌，接着有人跳起了"盆舞"，澄子也兴致高昂，晚餐的最后，她走到餐馆中间的钢琴旁，坐了下来。

她轻轻地弹了一首西村由纪江的《波云》，舒缓的琴声里，陆续有店员离开，澄子却自始至终都沉醉在她的琴声中，以至她睁开眼睛时，餐馆里就只剩下我和半块塞在嘴里的三文鱼寿司了。我忽然意识到有必要马上说点什么来打破这种尴尬的气氛，慌乱中，我很不合时宜地说道："澄子女士，这首曲子你好像弹错了一个音……"

很久之后的夜里，澄子安静地坐在钢琴旁听我弹完了整首《波云》。她眯着眼睛，脸上凝着细微的笑意，好一会儿之后，缓缓地说道："你知道吗？那天是我故意弹错的。"

我在江户川的这家餐馆里打工半年之后，因为酒后多说了一句话，被老板娘推到了她的钢琴旁。总之那天我不该喝酒，不该因为贪图一点美食，留到最后，更不该在她说希望付费听我弹琴之后，就草草地答应了。

"是让我弹给客人们听吗？"

"不，打烊之后，只弹给我一个人听，曲子随你选！"

依旧是淡薄的微笑，澄子的眼睛里却忽然闪过一道亮光。

那年秋天，江户川的河面上，常常浮游着大朵的流云，忽明忽暗。有时候，暖阳会从浮云里探出头，在江面上划出一道清粼粼的口子，惊鸿一瞥，就像澄子眼睛里流出的那道温煦之光。

2500日元一个小时，我没办法拒绝这样的好事。澄子后来甚至说，如果太晚了，我可以睡在楼下的杂货屋里。我的琴声真的有那么动人吗？从小学到初中，我曾间断地学过钢琴，可终究因为学业耽误了考级。那天我一时失语，不过是因为有些幼时的功底，偶然间听出了澄子琴声中的瑕疵，至于弹琴，我只学到了一些皮毛而已。难道澄子竟迷恋我这生涩的琴艺？可不管怎么说，2500日元一小时的好事，还是深深地吸引了我，让我片刻之后就答应了她的邀请。

此后每逢周三和周日，我都会留下来弹琴给澄子听。她总会熄掉餐馆大堂的射灯，在琴台边点上一支蜡烛。越过钢琴，便是餐馆大堂的落地窗，安详的江户川会在窗外和我的音符一起流淌。不管我弹海顿、舒曼还是门德尔松，澄子总是轻轻地点头致意，然后静静地坐下来侧耳聆听。我常会在最后弹上一曲西村由纪江的《波云》，由于我故意拖长了敲击键盘的节奏，所以琴音低沉。渐渐地，澄子闭上了眼，烛光摇在她白皙的脸上，仿佛江面上波云诡谲的晕影。

周三和周日的晚上，我都会找赶不上末班公交的借口留下来，睡在楼下的杂货屋里，而此后的两个月，我索性把被子搬到了餐馆，这让我省掉了一笔租房子的费用。那时候，秋蝉的鸣声渐息，安静的夜里，我甚至能听见江水涌动的声音。

　　我就是在这时候认识美惠的。

　　每天早上天不亮，美惠就赶来餐馆送货，偌大的菜箱，她展开双臂一把就能将它们抱起。

　　"我来帮你搬吧？"

　　"不用，不用，这是我的工作！"

　　我不由分说，便搭手帮忙。

　　"谢谢，谢谢您！"

　　"你还在读高中吧？"

　　"嗯哪！在千叶县的高中，明年1月就要参加统考了呢！"

　　"加油啊！"

　　"嗨！我现在就在攒学费呢！"

　　澄子也会主动来帮忙。忙完后，澄子会在口中默默地清点一遍蔬菜，然后从上衣口袋中掏出一沓钱，递给美惠。日本民间没有付小费的习惯，可是澄子每次多付钱，都不要美惠找零。

　　美惠推着小车走到街口时，还不住地向后张望，一边鞠躬，一边"谢谢，谢谢"地说个不停。澄子也好像定格似的在店铺口自顾自地挥手致意。

　　"真是个可爱的姑娘！"澄子自言自语地说道。然后她扭过头，与我相视一笑。那个笑容明白无误地击中了我，在江户川清冽的早上，初升的秋阳将澄子唇角的哈气照得干净透亮，像河面上隔夜凝结的秋霜。后来很多次回想起来，我就是在那个时候爱上了她。

　　作为对澄子的回报，我加紧了练琴。学校的功课并不繁重，只要有时间，我就会跑到礼堂的琴房里，缠着老师弹上一段。澄子在弹奏那首《波云》时，总会将一个琶音的保留音弹得很短，像手指在琴键上打滑了一般，猝不及防地让一个音符摔在地板上，跌得粉碎。

　　我深深地迷恋上了澄子听琴的样子。冬天已经悄然降临了江户川，河面上起了白白的一层薄冰，映着岸上的路灯，冰面上的灯光，让餐馆吊顶变得明亮起来。澄子常常会眯着眼睛一言不发地听完整首曲子，安静得像夜游的风。她的鼻翼会在琴声的流淌里微微颤动，仿佛能嗅到音符的味道。

　　可她并没有因为我琴艺的进步而变得高兴。有天晚上，我得意地完整无误地弹完了整首《波云》之后，澄子竟起身打开了一瓶清酒，让我和她一起悠悠地饮下。

　　为了打破尴尬，我给澄子讲了一个钢琴家的故事。我说："莫扎特还在向海顿学琴的时候，对海顿说他能写出一篇老师无法弹奏的琴谱。海顿不信，于是莫扎特写出了琴谱。海顿弹奏时，发现双手在敲击钢琴两边的琴键时，会有一个在键盘中间的音符，无论如何都腾不出手来触及，海顿只好认输。"

　　"那么莫扎特能做到吗？"

　　"当然，你看着！"

　　我弯下腰，双手在键盘两侧一阵乱弹，然后用鼻尖轻轻碰触了键盘中间的琴键。

　　"哈哈，真是个绝妙的好主意！"澄子说着，探过身子，凑了上来，用她的鼻尖轻轻点在我双手之间的键盘上。在她抬起头的瞬间，她的鼻尖精准地擦到了我的脸颊。在那个无比宁静又无比躁动的冬夜，澄子身上散发出一种深邃的寒绯樱花的味道。我几乎是不假思索地转过头，用我的唇衔住了她的唇。

澄子蓦然倒在我的怀中，我的女雇主，我心仪已久的美丽女人，我用双手捧住她温热的脸颊。她的吻湿润又炽烈，像燃烧一般迅速蔓延到我的全身。当我试图将她深深地吸入时，她柔软的后背斜倚在了琴键上，钢琴发出一声声错乱而厚重的铿响，就在这个瞬间，我尝到了只有眼泪才能储藏的苦咸味道。

"对不起，是我失礼了！"慌乱中，澄子急忙整理着自己的衣襟。

"如果你不想在这里，我们可以到楼上的……"

"对不起，请不要再说下去了！"

"对不起，请不要再说下去了！"——这是澄子在那年冬夜里留给我的最后一句话。此后的第二天，澄子迅速和我解除了合约，我得到了一笔数目不小的钱，却永远失去了在江户川的钢琴课，甚至连清洗杯碟的小时工也做不成了。

"对不起，也许是我一开始就在利用你！"

我走到街头，耳边反复回响着澄子的话，我回首向店里张望，期盼着澄子能像送别美惠那样，为我将挥手定格在江户川冬日的早上——可惜什么都没有，这并不是一个爱情故事，又或者只是一点点对单相思冲动的惩罚。这个故事起于一个小小的失误，又在不明不白中，耗尽了最后一点希望。

我攒下了一笔钱，不做小时工也可以继续完成学业。可这笔钱，我每用一次，都在心中疼痛一次。我曾深深地爱上过那个女人，可是还来不及向她表达任何爱意，便匆匆永诀于茫茫人海。此后我再也没去过琴房，再没有弹奏过任何一首钢琴曲，直到新学期的迎新晚会上，我代表老生在礼堂幽暗的角落里，麻木地完成了一首《波云》。

巧合的是，美惠就在台下新生的队伍里。演出结束后，她兴奋地跑向后台，热情地告诉我她已经是江户川大学金融专业的大一新生了。

"您是向藤原夫人学习的钢琴吧？"

"你是说澄子吗？"

"嗯哪！澄子老板娘。"

"是的，是她教会了我弹琴！"我淡淡地应了声，便陷入深思，不再说话。

"澄子老板娘的琴是向藤原先生学的呢，我听说藤原先生以前常常故意弹错一些音节，让澄子去听，渐渐地，澄子老板娘也变成了听琴辨音的高手！"

"你说的藤原先生现在在哪儿？"我好奇地问。

"听说有年夏天在江户川游泳的时候，藤原先生溺水而亡。所以，澄子老板娘把餐馆修在江边，也是因为思念先生吧！"

"那么藤原先生是？"

"藤原小五郎先生是千叶一位很有名的钢琴师，他在即兴演奏的高潮，甚至能用鼻子和手指合奏！"美惠瞪大眼睛说道。

"是吗？这真是美妙极了！"我慢吞吞地掷出一句话。

"刚刚我身边有同学说，你弹错了一个琶音，可是我觉得整个演出都棒极了！"美惠微笑着朝我竖起了大拇指。

不知怎的，我心中毫无征兆地掠过一丝暖意，仿佛在某个清冽的早上，邂逅了澄子温热的笑容。我说："美惠，也许我是故意弹错了一个音呢？"

江户川的清水翻涌，像琴声一般悠远流长，你会在琴声中想起谁，又会因琴声爱上谁？

一年后我毕业，搭乘三个半小时的航班，返回北京。T3航站楼的屋顶上泛满金光，像波光清粼的江面，我的心不再狂跳，或曰不定，或曰冥冥。

雨落虫鸣里的爱情

~~~~

许多年前，我并不喜欢江南的梅雨季。

我觉得那样连绵的阴雨天很讨人嫌，被褥泛着潮气，衣服洗完总也干不了，墙壁上渗出一层细细的墨绿色的茸毛，苔藓一般迅速朝四壁蔓延，仿佛让人置身于一株硕大无比的灌木中。日子晃晃悠悠，好像时光胶片在跳帧时被雨水打湿，变得漫漶逶迤。好在我还爱听雷雨声，时而被闷雷惊醒，又枕着一窗雨声入梦。

那是在我大三那年的暑假，因为要准备德语专业的考试，假期就住在大学附近的舅舅家。舅舅家毗邻鼓楼老街，我常在老街上一家书店里温书。白天书店的顾客不多，靠窗坐下，能清晰听到雨点砸在阁楼下青石板上的声音，"沙沙沙"——像有人运笔疾书，喋喋不休地写满天空对大地的情话。老板有时会在店里点上一支檀香，香篆袅袅，让本来就慵懒的我更加昏昏欲睡。

有次我竟趴在桌子上睡着了，隐隐约约地，我听到身旁不远处有个
女孩竟用德语轻声朗诵着一首诗歌：

　　我喜欢在白日梦里飘
　　我愿意和冷漠的楼房对话
　　和无知的草地谈心
　　和飞鸟谈一次无影无踪的恋爱
　　…………

那声音很轻，吐字却很清晰。我很好奇有人会在这样的书店里念诵
德语原文诗歌，便揉揉眼睛，凑了过去：

"你喜欢赫塔·米勒的诗？你是学德语的吗？"我用眼睛迅速扫过
诗集封面上"Herta Müller"的字样，揣着满心的小聪明问。

本以为会诈到知音，谁知那女孩看到我竟然"扑哧"一声乐了起
来。我这才发现，刚才睡得结实，不知不觉竟挂了一抹口水在脸上。我
慌忙伸出右手擦去口水，像涂抹防晒霜似的，迅速将口水均匀地抹在了
脸上。

"你好！"我伸出右手，却又尴尬地迅速抽了回来，定在半空。

"Genau（没错）！本科我是学德语的，现在在读德国文学的研究
生，你呢？"她问。

"本科我是学机械的，导师说，全世界最精密的机械在德国，建议
我考德语授课的机械专业研究生，我在做语言功课啦。"我答。

"那你很厉害。"说罢，她大大方方地伸出手说，"我叫许琳！"

彼时我觉得自己的右手已经干透，便顺势紧握住她的手说："很高

兴认识你，我叫苏秦，我不厉害，我只是计划去学德语啦！"

好可惜，她对我这个理工男没有太大的兴趣，简单地寒暄了几句，我们便各自坐定在原来的位置上。隔着一张长桌，我不时用眼睛偷瞄她——她的脸被翻开的书页遮住了一半，只能看到金丝镜框映衬下清秀的眉痕和双眸。灯光幽暗，那张夹在诗集间的面庞，显得格外有诗意。只是她不再轻声诵读，我便再也猜不到，她频频点头时藏在口中的字句。

再次见到许琳是一周后的下午。她来得很早，在书店大厅一角的座子上跟一台咖啡机较劲。那天，插上电源的咖啡机半天吐不出一滴咖啡来，许琳正一手捏着一张说明书，一手拿着螺丝刀准备将过滤器拆下来。

"一定是过滤器哪里卡住了！"看我走过来，许琳喃喃自语道。

我用眼飞快地扫过设置面板，缴获俘虏的枪支一般，迅速卸下许琳手上的图纸和螺丝刀，然后轻轻地将研粉细度的转钮从最大位置拨至中间。再按下电源，片刻，导通管"哗哗哗"哼着轻快的歌谣，瞬间让热咖啡注满杯子。

"谢谢啊，理工男！"许琳本来就很好看的眼睛里忽然填满晶光。

我在唇角迅速闪出一丝笑意，甩甩头顶的短发，头也不回地捧着一本词典，坐定在自己的位子上。

那天之后，我仍坚持每天下午来书店温书，只是那个双眸明澈的许琳再也没有出现过。

有一天，我装作不经意地向老板打听：

"老板，那天卖掉的那本赫塔·米勒诗集还有吗？我也想买一本。

"老板，你认识那天那个买诗集的女孩吗？

"老板，你知道她还会再来吗？你有她的联系方式吗？"

捧着诗集的我，按捺不住地连珠炮一般向老板发问。

"46块！"老板懒懒散散地说，"没有联系方式，只知道她在后台关注了我们的公众微信。小子，要不要帮你发个寻人启事啊？"

"不要，不要！"我的脸迅速涨得通红。

"有1块吗？"

"有有有！"我从牛仔裤兜里抠出一枚硬币，接过老板找来的一张紫色的5元钱，像少女第一次接过妈妈手中传来的卫生巾似的，迅速逃离了现场。

此后的下午，我依然在书店"守株待兔"，只是再不敢开口向老板打听。7月后的一天，老板走到我的面前，让我到二楼去看书，说是一楼的书架和台桌要移位。

"要不你也搭把手，今晚这里有一次名家分享读书会，会来不少人！"老板说。

"太好了，是讲什么的新书？"

"是一位知名的作家，来做昆虫研究方面的新书分享。"

"哦！"

"对了，那个买德语诗集的女孩好像在后台报名了！"

"好，太好了，一楼摆好凳子了，我能占两个座位吗？"

"能啊！"

就这样，我不知疲倦地在书店里跑上跑下，帮老板清空了一楼中厅的书架和台桌，又和店员们一起摆好凳子，架起了投影仪。晚上7点钟，新书分享会的作家老师准时到达书店。演讲开始了，许琳却还没到。我把座位让给身边的读者，从书店后门走进阁楼的回廊，雨仍没完没了地下着，远处的霓虹在水汽氤氲的时空中，散发着疲惫的光。

许琳终于来了，撑着一柄粉红色的花伞，像从霓虹中幻化出来的一般。雨不大，她的裤脚却全湿掉了。

"一定是走得很急吧？"我暗自猜测，却送上一个偶然邂逅似的惊喜微笑。

"开始了吧？"许琳在回廊上轻声问。

"嗯，人都站满了呢！走，我带你去前排的咖啡机旁边坐。"我狡黠地闪过一丝微笑。

"对了，你化妆了吗？气色怎么这么好？"挤过人群时，我趁机打趣地问。

"喝了一点点杨梅烧酒。"终于看到许琳笑了——很不错，完全符合我的想象，一个浅浅的酒窝，像个逗号似的藏在她红润的脸颊上。

下午搬桌子时，我揣了私心，特意在咖啡机后的吧台里塞了两个小凳子。坐在小凳子上虽然矮一点，但这里离作家老师的讲台很近，又不会遮挡后排的观众。喝过杨梅烧酒的许琳脸色显得红润诱人，我禁不住连连偷瞄她，有时也和她抬头时满是憧憬的眼神隔空相撞，竟然心头一紧。

我很快发现，我正对面的咖啡机的金属外壁上，能清晰地反射出许琳的脸庞，于是我便双手托腮，装作很专心在听讲座的样子，肆无忌惮地对着咖啡机里的她发呆，有时会忽然觉得她打哈欠的样子莫名地好看，有时竟发现她听到开心处，会情不自已地吐舌头。

梅雨季的江南，夜晚忽然变得不再溽热难耐，书店顶上的吊扇，翻出清凉的风，将大厅书册中的油墨味吹得满室馨香。雨声连连，沁入四壁，仿佛时光行走时轻声剥落，潺潺不绝。临近讲座尾声，作家老师忽然要求全场熄灯，大屏幕上的PPT打出一幅巨大的二维码，读者们扫描二维码之后，竟然播放出了一段虫子叫的音频。书店的一楼大厅里，忽然遍布了此起彼伏的虫鸣声，有蟋蟀、蝼蛄、蝗虫的叫声，有蚊子和苍蝇振翅的低音。讲台上的大屏幕也熄灭了，只有读者手中的手机，在黑暗中发出轻薄的荧光，像一只只硕大的萤火虫，在虫鸣雨声的纸林书山间，自由飞舞。

许琳也和大家一起摇晃着手机，我那时因为不知从哪里冒出的傻气，在手机中迅速翻出一段自己在雷雨天录的音。我将手机的音量调到最大，一声尖利的雷鸣，忽然从我手机的喇叭里射了出来。

全场惊诧！

许琳终于插着兜乐得直不起腰来——那是我第一次见到她笑得如此开心——全场的"萤火虫"忽然停止了飞舞，齐刷刷将荧光投向我们，我和许琳仿佛置身于某个盛大的仪式之上，万众瞩目又庄严。

"雨中山果落，灯下草虫鸣。雷声，雨声，虫声，真是好境界！"台上的作家老师，随口说了句王维的诗，迅速化解了尴尬。

读者们紧握着百余只"萤火虫"，向置身舞台中央的我们摇晃起来。这忽然让我想起梁山伯与祝英台化蝶飞升的桥段，一瞬间有种重获新生的感动。我好想在那一刻抓紧许琳的手，起身向无数"萤火虫"挥手致意，又或者在一片喝彩声和瞩目中，与笑靥如花的许琳牵手离开。

可是我什么都没有做, 只是轻快地把我的手机放在面前的咖啡机上, 像上了发条似的拼命鼓掌。

台桌下, 许琳忽闪着明澈的眼睛对我说: "苏秦, 你很神经唉!"

那天的签售会很精彩, 演讲结束后, 我和许琳每个人都买了三本签名书。夜雨丝毫没有停歇的意思, 我正盘算着如何要来她的电话或微信, 许琳忽然提议说, 不如把今天新买的书存在书店里, 等过两天雨停的时候, 再来取吧。

"正中下怀!"我默默在心中点赞, 淡淡回应说: "好啊! 下次一起读诗怎么样?"

"没问题啊, 你带伞了吗?"

我抢先走出书店, 绕过回廊时, 将自己下午挂在书店后门的那把雨伞迅速扔在花盆后面, 一脸无辜地冲进苍茫夜色。

"我们江南才俊, 谁还怕这一点天风海雨不成?"

"别吹牛了, 我看你还是打辆车走吧!"

我忽然好伤心, 为什么不是那句久违的"要不一起挤一下吧"?

走在后面的许琳, 并未察觉我的失落, 疾步向前走着, 用德语轻声念着那首赫塔·米勒的小诗:

> 我喜欢在白日梦里飘
>
> 我愿意和冷漠的楼房对话
>
> 和无知的草地谈心
>
> 和飞鸟谈一次无影无踪的恋爱
>
> …………

我有意放慢步伐，在雨中，在和她并肩前进的刹那，轻声而熟练地背出后面的句子：

在没有上帝和天使护卫的行程中
我就靠天边外的一片彩云活着
我不能不把它画下来
挂在床头

"嘿，你真的很棒！你不像一个普通的理工男！"许琳说。

"要不再背几首来试试？"

"不要，你快跑几步到车站吧！明天书店见！"

"好吧！今晚看你很开心，为什么会喝杨梅烧酒啊？"

"刚刚送男朋友上了去北京的火车，晚饭陪他喝过几杯的！"

我在雨帘中疾步前行，并不确定刚刚听到的话，但转头望向身后，看到雨夜霓虹深处的许琳一脸红润而娇羞的微笑时，我想我一定没有听错。

雨很大，划过耳廓，沙沙作响。

第二天上午，细雨渐歇，我并没有去书店取书，身体极合时宜地发起高烧来，竟然烧得人心里格外踏实，格外坦荡。三天后，我赶到那个曾认识了一位名叫许琳的女孩的书店；三天后，百余只手机屏幕摇曳的荧光似乎依然在书店里摇摆纷飞，只是人去楼空，再没有雨夜深处沁人心脾的雷声与虫鸣。

我匆匆向老板取了自己留在书店的三本签名书。

老板说："那个讲德语的女孩两天前来过，还打听过你，后来拿了书，匆匆忙忙地走了。"

我有气无力地应和了一句，翻看一本新书，赫然发现扉页上那位作家清秀的题字：

致我曾一路同行的阿飞：
愿远去北京的你，早日走出雨季的阴霾，
而我，也将重新寻找挂在天边的云彩。

我急忙转问老板说："那天晚上，还有其他会员把书留在书店吗？"

"没有啦！"

"那女孩走的时候有没有留下什么联系方式？"

"没留联系方式啊，只知道她后台关注了我们的微信公众号。小子，要不要帮你发个寻人启事啊？"

"要，太需要了！"

窗外的雨依旧下着，我走出书店，将装在塑料袋里的签名书裹紧，揣进怀中，大步流星地冲进雨帘。我觉得，梅雨季节的江南，好像从来没有这么可爱过。

时光情书

～～～

　　梁小川在电波里说出今天是自己35岁的生日时，心头掠过一丝得意，他甚至在节目里报了一遍自己的手机号码。

　　作为一名电台DJ，他非常愿意接受听众的祝福，就在今天，还有粉丝一大早跑到台里，送来水果和手绘的礼物。

　　他主持着一档名叫《时光情书》的知名经典老歌分享节目，每晚十点开始，十一点结束。

　　过了十一点，就算是第二天了，可是似乎还缺点什么，梁小川在当天的节目结束之前，恍惚间感到了浅浅的失落。

　　梁小川偶尔还会想起20世纪90年代那种双排对坐的嫩绿色公交。那时他才十五岁，读初三，像一株扎在嫩绿色田野里的稻苗，偶尔他会在车上为昨晚温书到深夜补觉，只是到了顺德路站，他一定会满血复活，眼睛不眨一下，盯着前门乘客上车的方向。

　　那女孩应该和小川差不多大，梳着时髦而齐整的短发，时常穿一件
鹅黄底印着乳白色小花的长裙。

　　很久之后有一次，小川对女孩说："你裙子上的奶油花，看起来很
好吃的样子。"

　　那女孩浅笑着说："奶油？那是栀子花，七月会开，有一种飘忽的
甜味，多闻会上瘾，会眩晕。"

　　"七月？我就在七月出生。"小川眨着眼睛，忽然转过话锋说，
"你也有一种飘忽的甜味，多闻会上瘾，会眩晕。"

　　小川说完，真的有一种恍惚的感觉，事实上，最后那句话，他不确
定是在心里讲给了自己，还是真的说出了口。

　　女孩先是愣住，然后忽然笑着说："你好神经。"

　　小川很确定地记得第一次见到那女孩的情景。

　　那天他在车上醒来，看到后排座位上坐着一个黄裙长发的女孩，样
子好看又醒目，像绿色水稻田边偶尔生出的油菜花一样耀眼。那女孩靠
在车窗上，将一个半导体收音机捧在耳边，眯着眼睛听得很神。

　　小川第一次在公交车上发扬了雷锋精神，把座位让给一个比自己高
半头的高年级男同学。挤过几排座位之后，他装作无意，站到了女孩
面前。

　　那时候还少有walkman（随身听），想要随身听音乐，也只能捧着
收音机。女孩把音量调得很小，小川还是听到电波里的音乐以及嗞嗞作
响的杂音。眯着眼睛的女孩好像察觉到有人对着自己发愣，轻轻弯下了
腰，低头望向窗外。可是这样一来，小川忽然觉得那女孩更好看了。

"忘了是怎样的，我们就熟悉了起来。"后来有一天，小川约女孩去郊外看栀子花，他装作不经意地对女孩说。

"是那次车子坏到了明悦站，我们一起下车等下班公交。"

"嗯，好像是。"

"我好怕迟到会被骂，你当时很腼腆地走过来，问我是不是在七中读高中。"

"嗯，记不太清了。"

"你说你也在七中附近读书，不介意的话可以拼车走。"

"真是不记得了呢。"小川眯着眼睛笑笑说，"那后来呢？"

"后来，后来我就知道你叫小川了；后来，我就给你听我的收音机了；后来的后来，我就和你来这里一起看栀子花了呀！"

女孩也笑了，红润的脸颊映在洁白的栀子花上，像一株粉嫩的荷。

小川当然不会忘记那天的情景，他哪里是在七中附近读书，他是在七中后还要走五站地的华文附中念书。一起下车后，小川抢先付了钱，然后等女孩走进学校，又跑到附近的公交站，搭乘下班车。

虽然花了一个星期的午饭钱还因为迟到被老师骂，可是小川依然在心里乐开了花。

为了掩饰那个秘密，小川不得不每天陪女孩一起下车，自此之后，他就成了迟到专业户。可福利是他在公交车上有了音乐听。有时他先上车会帮女孩占座，有时车上人多，没办法占座，他就干脆陪她站上几站地。一起下车后，再独自跑回公交站赶车，是他在心里为女孩保有的一个甜蜜的秘密。

　　"其实这个收音机是爷爷留下的，音质不是太好。"女孩说着，把收音机贴在了小川的耳朵上。

　　"嗯，还好啦！"小川眯着眼睛想：姐姐的物理课本上，好像有自制半导体收音机的教程，哪天我一定要装一个送给她。

　　半导体里的音乐特别好听，以至于很多年过去了，小川都还怀念着那些夹杂在车子的颠簸声、乘客的咳嗽声以及售票员的吆喝声里的经典老歌；以至于多年之后，他虽然事业有成，却还情深意笃地兼职做着一份电台DJ的工作。

　　11点快到了，《时光情书》节目结束的时间也要到了，梁小川悠悠地想，自己后来送给那女孩的收音机她真的用过吗？又或者这么多年，她还会像从前一样迷恋着电台情歌吗？

　　本来一起拉过钩，说等初中毕业后报考同一个高中的，可那女孩要跟随她父母一起搬到外地。小川的小拇指甚至还能感应到那女孩小指的柔滑，可说过的话，已经随风远去了。

　　小川按着姐姐物理书上的教程，花两个通宵为女孩拼装了一个收音机。在装好电池试听之后，他神奇地听到了没有"嗞啦"声的电波音乐。

　　第二天在公交车上，女孩伸出纱布包裹着的手，接过了小川手里的收音机，贴在了自己的耳朵上，又从口袋里掏出一个牛皮纸信封，交给了小川。

　　"你的手？"

　　"是采栀子花的时候被蜜蜂蜇了一下，你来闻闻香不香。"女孩轻轻打开了牛皮纸信封。

　　小川在前晚想过很多次，女孩接过他做的收音机时感动流泪的场面。可是那一天，在飘着淡淡甜味的车厢里，小川竟然按捺不住地眼眶红了。他伸手去握住女孩的双手，只是轻轻的一下，仿佛自己被蜇到一样，迅速缩了回来，矜持地将双手按在自己的眼角上，擦了又擦。

　　此后很多年，小川都会在栀子花盛开的季节想起那个女孩。那时没有网络，电话也还不普及，虽然女孩在牛皮纸信封上写过自己的新住址，可是，小川后来寄过去的信，还是化成了一种触不可及的忧伤。

　　"感谢您收听今晚的《时光情书》，我是小川！"梁小川终于要结束自己在生日这天的节目。这时候，一条短信飞了进来，手机在桌上发出嗡嗡的震颤声。

　　"嘿！"梁小川向导播挥手致意，他似乎还有话要说。

　　"嗯，刚收到一个生日祝福，没有写名字，不在我通讯录里，但是看电话号码的城市，就能猜得到是谁。你们心里有没有这样一个人，哪怕分开很久了，你都依旧记得起她当年的样子，而就在你看到她的第一眼，就再也忘不掉了……"

　　梁小川像在喃喃自语，用纯澈而甜润的声音念出："七月有你，花开荼蘼。"那声音很轻，宛如随风飘散的淡淡栀子花香一般。

　　"嗨，我是小川，你还在吗？你还好吗？"

第一次心动

~~~

一路上都很堵，潘悦坐在出租车上，随着摇摆的车流，在黄昏的城市里走走停停。

"还有多远啊，不如我下来走过去吧，师傅？"

"前面拐过弯就到了，姑娘，怎么那么心急啊？"

"一年多没见他啦！"这句话，潘悦说得很轻，尤其是那个"他"字，她发音极快，含混地夹在双唇之间，一出口，声音便融化了。

出租车终于到达酒店，夕阳从天边垂下来，将马路上车流的影子拉得好长。

"师傅，我看现在堵得厉害，不如你在这儿等我一会儿，我见一下新郎、新娘马上就出来。"

"好嘞，反正也走不了，我不急，你慢慢来！"师傅把头探出车窗外应和着，顺手熄了火，扭开车上的收音机。

潘悦还是说了谎。她来这里的确是参加好友季彦的婚礼，然而此行最重要的目的，却是来见胡桉。潘悦伴装淡定地走进酒店大厅，微笑着大方地和季彦以及新娘握手。毫无意外，胡桉就在人群中：他还是老样子，一身休闲装扮，文质彬彬，带着脸上总也消不掉的痘痘。他看到了她，忽然就像走进一架摄像机的慢镜头似的安静下来。四目相对，潘悦乱了方寸，昨晚在镜子前反复练习过的笑容，瞬间松垮，不安的神经在燃烧的双颊上一阵跳窜，可呼吸却凝滞了。

潘悦也许此生永远不会忘记她第一次见到胡桉的场景。

那是在四年前，在宁波工作的潘悦应闺密的邀约，来上海小住。那天晚上在酒吧，闺密的异性舍友季彦，职业是消化科医生的大男孩，打电话邀请她们一起去吃夜宵。

"不要去了吧？"潘悦在电话旁向闺密摇摇手。

"已经有车了来接我们了。"闺密说。

车子将他们带到一家普通的烧烤馆，位子在二楼，潘悦有些怯生生地紧随闺密拾级而上。一群大老爷们儿已经在那儿胡吃海塞了好一阵子了，桌面一片狼藉，潘悦扫过一众色眯眯打量的眼光，却在人群中为那个叫胡桉的男孩，停留下来。

胡桉身形瘦弱，留着齐整的平头，浅色衬衣映衬着轻薄的眼镜框，

分外儒雅。胡桉在脸上泛出些许羞涩的笑意，但却不好意思再多看潘悦
一眼。这长相跟帅字沾不上半点边，但潘悦却感到似曾相识，一种自然
的气息扑面而来，她似乎被什么隐秘的东西击中，仿佛这一整晚的积
蓄，正是她为他而来。

　　　　他们彼此深信
　　　　是瞬间迸发的热情让他们相遇。
　　　　这样的确定是美丽的，
　　　　但变化无常更为美丽。
　　　　他们素未谋面，所以他们确定
　　　　彼此并无瓜葛。
　　　　但是，自街道、楼梯、大堂传来的话语——
　　　　他们也许擦肩而过，一百万次了吧？

　　多年之后，她读到辛波斯卡的这首短诗——对！就是那种已然一万
次擦肩而过的感觉！在了解到胡桉刚研究生毕业，是上海一家三甲医院
神经内科的医生之后，潘悦忽然心生敬意，一颗心抑制不住地狂跳起
来。这下换成她来偷看他啦，来时的矜持迅速退却，她在众人面前表现
得活泼可亲又大方得体，在众星拱月一般的问好和敬酒之间，她不时用
眼神打量着他。而他，除了顾自饮酒和隐约羞赧地笑，只是在夜宵快要
结束时，轻声地向她问道：

　　"潘潘，你在哪里工作的？"

　　"潘潘——这个名字真好听，可谁允许你这样叫我的？"

潘悦暗自在心中噘起肉嘟嘟的双唇。夜宵匆匆散场，胡桉却执意要和季彦一起送潘悦回家。

"都叫了人家潘潘，还不要本姑娘的电话，傻瓜，快点呀！"

出租车上，潘悦和胡桉被闺密隔在车窗两端，她心中小鹿乱撞，却只能佯装淡定，凝神窗外。

那晚的天气很好，夜星穿过青纱般的流云，眨着眼睛，只可惜，山月不知心底事。

"再见了，潘潘！"

两天后，带着这声近乎失望的再见，潘潘踏上归程。她小心翼翼地试探着，向闺密打听关于胡桉的一切。

"他啊！人一直就是这样呆呆的、木木的。"

"哦。"

"傻瓜都看出来，那天他对你很有意思啦！"

"哦。"

"我也听到他们几个起哄了，他在背后叫你大美女的！"

"哦。"

"对了，前段时间他的外公刚刚过世，他可能有些心情不好吧。"

"啊！能不能帮我把他的电话要来？"

潘悦终于放下少女的矜持，在得知胡桉外公过世不久的那一刻，她甚至有一点自责，责怪自己不该这么心急，这么骄傲，责怪自己为什么一开始没有设身处地地站在他的位置上多想一想——这一切是不是来得太快了？潘悦双手颤巍巍地记下了胡桉的号码，并迅速在飞信上加他做了好友。

"Hi，还记得我是谁吗？"
"大美女，我怎么能不记得你呢？"

隔着山长水远，屏幕那一端的胡桉，似乎比现实中更为大胆和开朗。而那之后，潘悦和胡桉便没日没夜地在飞信上"鸿雁传书"了。

宁波到上海大约四小时的火车，不算太远。他偶尔来宁波看她，她也会找各种理由跟他在上海相见。他们每晚在听筒里互道"晚安"，身处在各自的小世界里盘算，体验那种默契无言，却神圣静谧的仪式感。关掉手机，只有一窗灿若烟花的繁星，思念极酽，而问候极淡，似乎谁也没有勇气先捅破这层窗户纸，而就在这时候，命运为他们的爱情注入了一剂强力催化剂。

起初，潘悦的母亲忽然不明原因地高烧不退，四肢逐渐无力，一周内病情急剧恶化，瘫痪在床无法走路。医生怀疑是吉兰-巴雷综合征，最好到上海的大医院治疗。潘悦第一反应想到的就是他——这真是天意弄人！吉兰-巴雷综合征恰好属于神经内科的疾病，联系到胡桉，潘悦简单说明了情况，他立即请他的导师帮忙，为潘悦的母亲联系床位。

　　傍晚，救护车载着插着氧气管的母亲和潘悦父女，一路呼啸着奔向上海。路上因病痛挣扎的母亲几度呼吸困难，潘悦紧握着母亲的手，却说不出任何话来，她在心中一遍遍默念着胡桉的名字，这个名字带来的希望和力量像一小团扑闪不熄的火苗，温暖着她冰凉的心，也将热量一点点传导给昏迷不醒的母亲。

　　到了，到了，终于挨到了上海的医院，胡桉已经在门口等着了，他甚至没有简单的寒暄，而是手脚麻利地帮母亲办好交接手续。接着，插满各式管子的母亲，像个巨大而麻木的导体似的，平躺着被推入ICU病房，在家属隔离间，胡桉进门前转身望向潘悦，没说一个字，淡蓝色的口罩上，只有一双目光坚毅的眼睛向她微微致意，而她，终于按捺不住地哭了出来。

　　医院规定，家属每天只有半小时可以进入ICU病房。胡桉便主动请缨为潘悦的母亲做康复按摩，促进血液循环。有一次胡桉带潘悦去药房取药，夜晚的医院分外安静，潘悦在冷风中不自觉地拉着胡桉罩着白大褂的胳膊，他转过头，淡淡一笑说，没事的，别担心。

　　那段时间，潘悦频繁跟单位请假，奔波于两地之间，经常是刚坐火车到单位，或者晚上刚回宿舍，就突然接到父亲的电话，说母亲情况危急，又一路心急如焚地买车票直奔上海。整整一个月，二十多张火车票，潘悦身心俱疲，唯一的心理依靠便是胡桉。好在母亲的状况逐渐稳定，高烧终于退了下来。那一晚下夜班后，胡桉为母亲做好按摩，便约潘悦一起去他们初见的那家烧烤店吃夜宵。

　　胡桉特意点了两份炭烤茄子摆在潘悦的面前。

"为什么点两份？"潘悦问。

"那天看你很喜欢茄子，一直低头在吃。"胡桉回应。

"傻瓜，我怎么好意思站起来夹对面的鸡翅呀？"潘悦说。

"喂，老板，再来两份鸡翅哪！"胡桉说。

为了表示对胡桉照顾自己母亲的谢意，潘悦抢着买单，胡桉却一把挡在她的前面。

"服务员，你看我的女朋友漂亮吗？"胡桉问。

"漂亮啊，是大美女！"

潘悦止不住地笑了起来，整整一个月，这似乎是她第一次露出笑容。

吃完夜宵，胡桉打车送潘悦回闺密家借住。在楼梯外的广玉兰树下，潘悦问胡桉，每晚帮母亲按摩，一定很辛苦吧。胡桉说，还好，不辛苦。潘悦说，让我也为你揉一次胳膊吧。胡桉凑过来，却抓住潘悦的手，放在他的掌心。一股触电般的酥麻感击穿了潘悦的手掌，她感到在心脏深处有暖流涌动。对，那是明白无误的心动的感觉，在电光石火之间，仿佛在身体里开辟出一个崭新的宇宙。

胡桉吻住了潘悦——那是他的初吻，羞涩中带着一次次的试探，敏感而温润，正如他初识她时的眼神。

"我们这样就算在一起了吗？可你的表白太狡猾了。"她问。

"我会一辈子对你好的。"他说。

月亮滑上中天，天幕中的云层稀薄而通透，像个浅浅的吻。

母亲终于康复了，胡桉也因为这场大病自然地被潘悦一家接纳。潘悦下定决心要结束两地生活，她狠狠心，终于离开了宁波的事业单位，在上海一家小公司找到一份收入微薄的工作。父母也极力支持她，卖掉了在宁波的老房子，为潘悦在上海近郊的一套小房子交了首付。那时胡桉刚走出校门不到一年，正在各个科室轮转实习，工资少得可怜。日子虽然艰苦，可相爱的人的天空里，注定飘满了大朵的棉花糖。

他骑自行车载着她，穿越上海的大街小巷，吃遍了家附近的苍蝇馆子和小吃摊子，从朝日升腾的清晨，到晚霞流溢的黄昏，时光一帧一帧地跳格，落在他们叮当作响的车架子上，她在他的身后天真地傻笑，随手裁下晴空的棉花糖，披作自己的纱衣，又悄悄在他的头顶，戴满夜幕的星辉。

胡桉当时已经和季彦合租了，潘悦最开心的就是冬天里去超市买上一堆菜去他们的出租屋一起煮火锅，边吃边侃大山、秀恩爱。科室轮转的日子总是很忙，每个月要值好几次班，每次值班胡桉都在医院过夜。潘悦经常买了面包牛奶送去医院，有时候胡桉加班，潘悦就下了班先去超市买排骨，顾不上自己吃饭，就去胡桉的出租屋为他煲汤，等胡桉加班回来，刚好能喝上那一碗热汤，潘悦回家已经是八点多了，再顶着隐隐的胃疼吃饭。

胡桉不是一个会制造浪漫的人，在他们相识一周年的那天上午，潘悦却意外收到了一大束玫瑰花，在全办公室同事啧啧的羡慕声中，潘悦拆开花里的一张卡片，上面赫然写着：

"Dear Panpan：Fall in love with you at first sight."（亲爱的潘潘：我对你一见钟情。）

同事起哄说，哎呀妈呀！是谁爱上了亲爱的大熊猫啊？潘悦整个人幸福得晕眩了，雀跃地冲进楼梯间给胡桉打电话，兴奋得快要喊出来。胡桉自然也很得意，在电话那头嘚瑟个没完。

渐渐地到了谈婚论嫁的时候，那年劳动节，潘悦第一次随胡桉去了他乡下的老家。胡桉的妈妈腿脚有点残疾，爸爸不太会说普通话也沉默少言，家里经济来源是靠爸爸养猪种菜，妈妈给人做些计件活儿。那一次潘悦还参加了他外婆的寿宴，见到了他一大家子的人，大家都以看待新媳妇儿的眼光打量着她，临走前的那天晚上，胡桉的母亲给了潘悦一个红包，对她说：

"你们俩既然是真心相爱，阿姨这两天也觉得，你还是比较乖巧懂事的，我们家的条件你也看到了，希望你们俩以后能够一起努力，好好过日子。"

潘悦懵懵懂懂地点点头，觉得已与胡桉一家的命运紧密相连。

在回去的火车上，她天真地问胡桉：

"咱俩这样就是见过家长要结婚了吗？"

"是呀，进了我家的门，想后悔也来不及啦，跑不掉啦！"

"可你不是说，你妈妈一直希望你找一个本地姑娘吗？"

"那是她的想法，我可不这么想。"

那年夏天，胡桉的母亲特意从上海赶来宁波和潘悦父母见面。在潘悦的家里，潘悦的母亲突发急性肠胃炎，当场吐了。潘悦不得不匆匆送母亲去医院挂吊瓶。第二天上午，潘悦和胡桉送他的母亲返回上海。在回来的路上，潘悦问胡桉：

"你怎么今天看起来蔫蔫的？是不是昨天我妈的事让你很难堪？"

"不，不是的，没什么。"不善言谈的胡桉，很快让表情出卖了自己。在潘悦的一再追问下，胡桉支支吾吾地说：他母亲要他们分手！原因竟然是他母亲看到潘悦的妈妈有白癜风。胡桉的母亲说，这个病，很有可能会遗传给自己的下一代。为了孩子，还是不要在一起了。

潘悦整个人都惊呆了，居然是这个不可思议的原因！胡桉也陷入沉默，半晌，他慢悠悠地说，母亲从小就是小儿麻痹，生理的缺陷让她受尽了人们的白眼，她不想让子孙走回自己的老路，潘悦，请你理解，一定要理解！胡桉说，他再也不想让一生中受尽病痛摧残的母亲，承受任何心理折磨了。

潘悦无语，默默地流下眼泪。执拗而孝顺的胡桉，让本来应该是一场彪悍交锋的情侣大战，就这样塌陷在巨大而荒芜的沉默中。

冷淡了一个月后，潘悦按捺不住去向季彦求助，希望他帮忙劝劝胡桉，却意外从季彦的口中得知，胡桉已经在消化内科住院一周了。

"他本来酒量就不行，还每次都抱着酒罐子，喝到胆汁都吐空了！"

"他在几号房，我要去见他！"

透过病房外的玻璃窗，潘悦看到胡桉僵木地平躺在病床上，眼窝深陷，枯黄得像一尾即将干死在湖底的鱼。他没有注意到她，而是举着手机，用家乡话大声地在争吵着什么。潘悦再次失去了走进病床的勇气，她手上攥着好多页打印材料，那是她花数周时间，在网上搜罗来的关于白癜风遗传概率的论文，可庞大的数据在亲情面前，竟脆弱得不堪一击！潘悦确信胡桉此刻正在为了她，和家人做着最激烈的争辩，一种被现实刺破喉管的战栗，迅速袭击了她，她躲开了，转身，颤抖，将手中的打印纸攥得咔吧作响，头也不回地冲向医院的大门。

"我们还是分手吧。"

然而两个月后，最先说出口的，还是胡桉。没有声嘶力竭，也不是哀怨悲切，那一天在上海大剧院广场的石阶上，静得没有一丝的风，胡桉清楚地一字一字地说出这句话，像天空囤积的乌云，泄了气似的，缓慢而结实地沉降在大地上。

"嗯。"潘悦点头回应。

电影《心动》上说：最美好的东西，最好是错过他。当我们不能拥有的时候，放弃也许是唯一不让自己痛苦的方式。终于有风从云层中钻了出来，雨水缓缓落下，广场上的人群骤然涌动起来，大扫把似的，左右摇摆着，只留下潘悦和胡桉，像一对顽固的泥点子似的，不合时宜地沾在石阶上。

"下雨了，伞给你！"胡桉起身，从包里掏出一柄折叠伞。
"你留着用，我近。"潘悦说。

"是我的错！潘潘，在你结婚之前，我绝不会跟任何人交往。"胡桉把伞撑开，罩在潘悦的身子上，走了。

潘悦并没有目送着胡桉离开，她平静地把伞留在石阶上，朝相反的方向，一步一步迈下台阶——最后一次在一起，她希望和他生活在一样的晴雨时空里。绵密的雨丝铺天而降，像千万条银针刺穿她的头顶，她仍能回想起，第一次抚摸他掌心时，那种明白无误的心动的感觉，而这一天，那个有着一小团火苗燃烧的宇宙，正被无数蹈死不顾的雨滴一次次地袭击着。

"嘿！你还好吗？"
胡桉从婚礼的人群中径直向她走过来，这一次，他没有叫她潘潘。

是胡桉吗？眼前的他看起来，那样不真实。两年多了，和他分手后的每一个夜晚，潘悦从未停止过对他的思念。她甚至傻傻地在自己的qq空间里写日志，像一个倒置的沙漏似的，将满钵的记忆倒转过来，然后一丝一丝地渗进自己的日志里。她用他们初见那天的日期，设置了访问密码，她害怕他会读到，又希望他能心有灵犀地打开密码。两年了，他是否真像他离开时所说的那样——"在你结婚之前，我绝不会跟任何人交往。"

潘悦竭力睁大眼睛，注视着胡桉：他的穿衣服的品位没有变；左手的无名指上没有戒指也没有印痕；身边，他的身边也没有女孩子。他过来了，越来越近，可是说什么好呢？而潘悦的眼睛，在瞬间的潮热中模糊了。

"嘿！你还好吗？"

"嘿，好啊！"

一起吃火锅、秀恩爱，嘲笑季彦单身的日子仿佛就在昨天，而今，季彦要走进婚姻殿堂了，他们却形同 "见面说声hi，转身说声bye" 的陌生人。

只是最简单的寒暄，潘悦便像逃离一样，推说公司紧急加班，匆匆离开酒店。此前那些脑中百转千回的问题：他还好吗？他看过日志了吗？他还在等自己吗？他会不会出其不意地问："潘小姐，你最近辛苦了，什么时候有空嫁给我？"然而这些都在见面后生分的问候中，瞬间化为乌有。

酒店外，车流逐渐退净。夕阳西下，晚霞像层层燃烧的火焰，将万物笼在一片绯红的轻纱之中，潘悦加快了自己的脚步。她拉开车门，电台里正悠悠地放着一首不知名的歌：

> 快忘了你的模样，只记得分手时的夕阳
> 它穿过你的发丝，照在我的心上
> 可就在一瞬间，一切都已不见
> 还有你，美丽的笑脸，就在一瞬间
> 付之一炬的昨天，让我们再也回不到从前

　　忽然之间，潘悦有种转身回望的冲动，也许胡桉此刻正沉静地伫立在燃烧的夕阳中，目送她离开：此生不能白头偕老，就让这漫天流散的晚霞，为她披一身红纱，在胡桉的眼中，为他做一刻新娘吧。

　　潘悦拉开车门，缓缓地转过头——然而身后并没有胡桉。这时车门忽然被重重地推了一下。

　　"师傅，您先过去吧，这姑娘今天还有重要的事呢！"是胡桉的声音。
　　"嘭！"
　　车门在关闭时发出震响，像一声巨大而结实的心跳，潘悦恍然想起来，那正是她将手指放入胡桉的掌心的感觉。

林太与安生

~~~~~

    79岁的林太仰面躺在床上，儿女们站在她的周围，午后斜斜的阳光从人缝中挤进来。吊瓶里的药水滴落时闪闪发亮，仿佛时光涌流，汇聚而下。林太睡睡醒醒，恍惚中她又一次梦见了，在大学校园里初识林先生的场景。

    陈安生出生的那一年夏天，花莲一连下了好几日大暴雨。很多矿区透水，父亲停了工，便守在怀孕的母亲身边。他早产了近两个月，幸好当时父亲在。生下来时，陈安生不足5斤重。父亲后来给他起名"安生"，是为了讨个好口彩，希望他今后能"安然无恙，天生天养"。

    那时候，父亲在花莲的蛇纹石矿井队里做苦工，薪水还不错。满周岁那天，父母带他到镇上拍了张全家福——后来那成为他对父亲样貌的唯一回忆。有很多次，他望着照片问母亲："我阿爸年轻时帅吗？"

    "帅啊！"

母亲轻声附和，再无多言。他顾自摩挲着镜框，照片上的男人高大挺拔，目光如炬，支撑着他童年时对家庭的全部希冀。

米兰·昆德拉说：这是一个流行离开的世界，但我们都不擅长告别。

林太从未想过，先生会先她而去。早在十年之前，林太的腿脚已不大方便。林先生从报馆退休后，身体一直很结实，偶尔还动笔为专栏写些随笔。白天，只要天气合适，林先生会用轮椅推着林太，搭乘台北的电车去四处逛逛。

"都是些再熟悉不过的街道和广告牌。"坐在轮椅上的林太，常会禁不住这样想，"熟悉得就像自己脸上的皱纹和色斑一样。"

可她很享受这个过程。林先生很少说话，偶尔会问她是否冷了或喝不喝热水。

有时他们会搭乘自动人行道，上行时，林先生站在轮椅后，紧握把手，用身体倚住轮椅；下行时，他会把轮椅反向，自己站在下方，依然用身体倚住轮椅。

"他永远站在意外可能发生的方向上。"

真是个谨慎的男人，林太每每暗自想。这时她会故意说要喝口水，其实也不是真渴，只是想让他停下来，缓口气，歇一会儿。

父亲在陈安生两周岁那年去世，一样的夏天，一样的暴雨和矿井透水。

"安生"这个名字，成了父亲留给他的最珍贵的礼物。

母亲不得已到纱厂去做短工，薪水不多，偶尔还要做些"筒仔米糕"去卖，来贴补家用。印象中的老屋里，时常弥漫着母亲炒糯米的铲声和蒸肉条的香气。安生趁母亲不注意，常会偷食配米糕的花生粉和甜辣酱，那时他已发育得结实起来，转眼就到了读小学的年纪。

母亲后来和纱厂做钳工的同事再婚。那男人大母亲好几岁，黑瘦，个子不高，话少得可怜，偶尔会和安生逗几句，漫不经心地，仿佛施舍一样。安生不喜欢他，记忆中的阿爸比他帅很多，安生很少会接他的话茬。每到这时候，餐桌上便会冷场，母亲有时夹青菜给安生，有时给那个男人，嘱咐他们多吃几口，才好把场面应付下去。

最快乐的日子是放假后去母亲打工的纱厂玩。小学四年级的暑假，纱厂的会计带来她读小学一年级的女儿。那女孩穿着时髦的碎花裙子，短发齐整，脸上散落着零星的雀斑，笑容滑顺，像一杯珍珠奶茶。"奶茶"已经会讲很多英文，她知道世界上最小的狗叫吉娃娃，她能指出新西兰和佛罗伦萨在地球仪上的准确位置，她还能伴着音乐，随时跳出一段让人惊艳的"恰恰"。

当然，她的见识和风度，并不妨碍他们成为真正的好朋友。安生带奶茶妹妹去了纱厂的后仓库，那里堆满了方块形的棉纱包。安生说，这是他的雪国。他们用棉纱雪块砌出了一个长长的雪滑梯。奶茶妹妹闭上眼睛，紧紧抓住安生的后腰，兴奋地尖叫着，随他一起滑向那年夏天的深处。

母亲看安生那段日子很开心，有天放工趁机对安生说："今后，你叫他阿爸好吗？"

安生诺诺地应了一句，可在吃饭的时候，还是别别扭扭地喊出一声"林叔叔"。

那年寒假里，安生又见到了奶茶妹妹。她似乎没怎么长个儿，胆子却大了不少，玩滑梯时已经不再闭眼。她指着冰川一样的棉纱包说："以后我可能会随阿爸移民去澳洲啦，长大了要成为一名选美小姐。"

她讲话的口气一贯云淡风轻，甚至在说"选美小姐"这样吹牛皮的话时，都散发着优雅的镇定。安生不言，从怀里掏出两块筒仔米糕迅速征服了她。

"看你这个馋嘴吃相也不像是个选美小姐！"

安生暗暗想。

二女儿出世前，林太和林先生大吵了一架。

其实，从拿到孕检报告的时候，林先生就不太高兴。那时候他在台大做助理教授，薪水不多，而除了工作、带孩子，精力几乎都花在写论文上。当然偶尔他也会写小说去投稿，有时中了专栏，会开心得像个小孩子。

"哪有钱再生养一个？"

"很多同事都下海开公司了，你不去试试？"

"我喜欢当老师，再说，也不是人人都要去做生意。"

"你是自私啦？！"

"你别乱抱怨！"

林先生不再说话，抽出一支香烟点上。林太移过来，抢下烟，摔进垃圾桶。

"抽烟对胎儿不好啦！"

林先生摔门而去。不久，天上滚过几声闷雷，黄豆大小的雨点子像霰弹枪一样，打得雨棚砰砰直响。林太一边骂着"死猪头"，一边扯了雨伞出门去寻林先生。

　　哪知林先生就站在楼道外，路灯下一地的烟头。林太走过去，林先生抢着深深吸上一口，然后扔掉烟头，一脚踩灭，说道："最后一支了，吸完就戒了。"

　　那夜，林先生挽了林太回家，林太看他牛仔裤的口袋鼓鼓的，伸手一摸，居然是一瓶叶酸。

　　此后林先生从学校离职，进了报馆。二女儿满月的时候，他已拿到了正式的记者证，从此再没碰过香烟。

　　安生是从母亲的口中得知奶茶妹妹移民的消息的。

　　他有点失落，反复地询问："真的没有那边的联络地址吗？"

　　那时候，他成绩很好，考进了重点中学。母亲说，她和他的"黑阿爸"希望他毕业以后成为一名邮递员，早日赚钱养家，可他的理想却是做老师。

　　母亲生完二妹后，已不再做小吃养家。黑阿爸在后院砌出一个猪圈，在家里养着5只小猪。二妹很可爱，他很喜欢她，但并不是喜欢奶茶妹妹的那种喜欢。放假后他已经不再去母亲的纱厂玩耍，有时候他会给奶茶妹妹写信，傻傻地一封接着一封地写了很多，只是不知道该寄到哪儿去。

　　二妹出生后，安生和他黑阿爸的关系缓和了很多。安生觉得他人不坏，有时还会在饭桌上应和他几句。有天黑阿爸特意买了筒仔米糕回来，他抄起一块，蘸了花生酱递给安生。安生接过米糕，咬下一口，忽然想起从前雪国里的"选美小姐"，一时间眼泪涌流出来。他生怕母亲看见，蓦然跑向后院，对着5只猪崽，失声痛哭。

林太大学毕业时，林先生已经留校任教了。

大儿子还未出生，那是他们一生最自由、最快乐的时光。

可是在当时完全不是这样的感受。由于母亲一直反对他们的婚事，在结婚的头几年里，林太几乎断绝了和自己父母的来往。林先生起初住在教工的单身寝室里，结婚后他们在学校的附近租住了一个很小的公寓。

虽然两人的业余时间很充沛，但支配起来却不那么自由。林先生很孝顺，只要有合适的假期，一定拉她搭电车回老家小住。从台北到瑞芳，从瑞芳到宜兰，再经由宜兰转车到花莲。她那时顽固地爱着他，看他一动不动地盯着车窗外的风景。夕阳从远山的顶端滑下来，云团拉扯着云团，逃荒一样漫天游走。他打开车窗，任晚风吹散长发，露出黢亮的脑门，毫无岁月的褶皱。电车一路走走停停，几个小时的颠簸，就这样日暮晨昏，寒来暑往。

路费很贵，那些年根本攒不下钱来，所以生孩子的时候才会显得特别拮据。公婆车船辗转到台北来看他们。林太躺在卧室，看见窗外的男人和自己的阿爸，生分地推搡着"红包"，有些不快，但吃了几口婆婆带来的乡下小吃后，心情很快欢乐起来。

安生已经学会了讲很多英文，还能熟练地在地图上找到大堡礁和波利尼西亚群岛。

他不再喜欢对着后院的猪崽讲话，也终于悟出了写信是件很傻的事情。他花了很多力气说服母亲供他去读高中，最后，他信誓旦旦地保证：只要参加完联考，他就安心去考"中华邮政"的投递员。母亲心头一软，还是答应了他。

那时纱厂的效益已然不好，裁员很多，母亲和父亲只能留下一个。后来，母亲辗转进了镇上的超市，识字不多，做不了收银和导购，只能在后仓库里做保洁阿姨。黑阿爸的钳工技术还不错，总算保住了饭碗。日子跌跌撞撞，勉强能撑下去。

高中部有很多男孩子都在把妹，也有女孩子追过他。他拆开情书时偶尔会窃喜，但大多数的时候还是自卑。谈恋爱要花钱，他谈不起，也不想谈，想着以后再也做不了教师，要永远离开学校，他在教室里的每一分钟都变得无比金贵。

林太的初恋并不是林先生。

读私立高中时，她一直喜欢一个叫亨利的中澳混血儿。那位花样男孩的成绩很差，打架却很在行。忘了从何时起，林太心里装下了一个英雄梦想，幻想着她的梦中情人应该胆识过人，带她穿越千山万水，飞向世界尽头。

亨利满足了她对"英雄梦"的想象。因为都会讲汉语，他们很快好上了。他开摩托车载她兜风，拉她去酒吧喝酒、甩飞镖，带她见他的小兄弟，并亲历社团火并。日子潇洒得意，林太觉得飒爽极了，要说不满意，就是亨利有一点自私，他不太会照顾女孩子的感受——不过这对热恋中的女孩，并不构成什么致命的威胁：因为，帅就足够了。

那段时间林太的成绩下滑很厉害，父母很快发现了她的问题，强迫她和亨利分手，并转学到另一个区。林太起初无奈地配合，后来趁父母不注意，再溜出家门去找亨利约会时，才发现他已经另结新欢了——这不奇怪，他这样的花样男孩，身边从来不缺少女孩子。

林太在街角发现他们时，亨利正推着他的大摩托，女孩熟练地跳上了摩托车，亨利在女孩的额角上轻吻了一口，并顺手捏了女孩的屁股——之前他对林太也这样做过，可那个金发的女孩并不是像林太那样娇羞一笑，而是伸长胳膊，随意地在亨利颈后，掴出一记响亮的耳光，亨利笑笑，一骑绝尘。

"显然他们更般配。"

林太心中悠悠地闪过一个念头，而真相也并不让人感到十分沮丧。

简单地失落了一阵，林太便开始安心学习，并配合父母的意愿，到台湾参加了联考，才最终让二老放心。

安生收到台大录取通知书的时候，心中没有一丝快意。

二妹读书后，5只黑猪也被卖掉了，家里哪还有钱供他。

他强撑着去镇上的邮局打探投考投递员的事情，天擦黑的时候才赶回来，那晚母亲递给他一沓钱，并轻声跟他说，他的"黑阿爸"在蛇纹石矿的厂区谋到一份设备安装的兼职，收入还不错，阿爸叫他放心去读书，只要他的腰杆能顶得住，一定供他读完大学。

"可是矿下工作太危险了！"

"你阿爸说他会小心的。"

林太永远忘不掉她在大学时初识她先生的场景。那是在迎新舞会上，他远远地走过来，高大、挺拔，似乎一下就抓住了她的双眼。而事实上，确实是她先生先认出了她。

他心中闪过一阵不真实的窃喜，似乎不知道该如何措辞，打开局面。

"嘿，你觉得我面熟吗？"

"喂，你是在澳洲长大的吗？"

又或者是："同学，你是花莲人吗？"

他任由思绪在脑中一阵翻腾，腼腆地朝她笑过，开口却是说：

"嘿！你知道世界上最小的狗是吉娃娃吗？"

这个开场白糟透了，林太被他问得猝不及防，轻声回道："你叫什么名字？"

他先是一愣，明显地顿了顿，一字一句地说："我叫林安生。"

天堂电影院　　　梦里梦到的人，醒来就应该去找她！

~~~~~

直到今天，我还清晰地记得，1994年我和周凯初见韩月的情景。

那天影院里在放《新桥恋人》，电影开场后，我和周凯潜进影院西边的草场，计划像往常一样，翻过墙头跳进影院。就在我们摸黑贴近影院外墙的时候，墙头上忽然传出一阵急促的喘气声——有个人正挂在墙壁上挣扎，俨然已经把持不住，顷刻就要摔下来。

周凯眼疾手快，疾步冲上去，双手扶住那人的屁股，"吭哧吭哧"顶了几下，用力向上一托，总算将那人推上墙头。紧接着周凯迅速蹲下来，我踩着他的肩膀蹿上墙去，又熟练地伸出一只胳膊，将他一把拉了上来。

天还没有黑透，晚霞的红晕像天空墨蓝而通透的脸蛋上一点点未褪净的羞赧。

"谁他妈要你扶？"

那声音分外凌厉，穿过暮色，直惊得骑在墙头上的我手心冒汗——

这时我才发现，刚刚被周凯托上墙头的那个人，居然是一个女孩——对，一个女孩！她留着整齐的短发，眼睛填着干电池似的，又大又亮，双唇红润，倔强地翘起来，像一把冒着火星的打火石手枪。

"这什么世道？连女孩也翻墙看电影？"坐在我身后的周凯小心地嘀咕了一句，随即弯过身子，送上一脸毕恭毕敬的微笑，轻声说道：

"嘿！要是你的心和我刚刚摸到的地方一样硬，那接下来我可要惨了！"

我一时蒙了，竟想不起这是出自哪部电影的经典台词。总之，那姑娘忽然抬头望天，扑哧一笑，半个月亮也爬出了云梢。

坐落在团结东大街尽头的"棉纺厂电影院"，是我和周凯童年时期最喜欢玩耍的地方。因为是工厂家属院的影院，每晚天黑后才会放映一两场老片。那个年代，娱乐匮乏，物质也匮乏，因此逃票看电影成了我们最大的乐趣。

那时，周凯的妈妈在影院门口卖香烟和汽水，她的摊位就在影院广场前的一棵洋槐树下。5月洋槐抽蕊，玉白的蕾苞层层叠叠地从和风中缓缓垂下，插满苍翠的枝头，空气中弥漫着一种甜腻的味道。嫩绿色的吊死鬼虫子吐着细丝从树冠上垂下来，"千头万绪"，宛如神兵天降。

傍晚，我和周凯常在他妈妈的摊位边捉"吊死鬼"虫子。电影开场后，查票员渐渐放松警惕，回到座位上观看。周凯就赖着妈妈说，要到我家去补习功课，能不能开两瓶汽水解馋。妈妈一边嘟囔着骂他"败家儿子"，一边麻溜打开两瓶"北冰洋"，递到我们手上，嘱咐说："好好看书！"

喝完汽水，我和周凯擦着暮色摸到影院外的砖墙后。一人蹲下，一人踩着对方肩膀攀上墙头后，再回身拉上另一人。如是多次，我们渐渐练就了一身翻墙逃票的绝活。通向影院的太平门上挂着一条链子锁，我和周凯撑住门扇，憋着一口气便能挤进去。偶尔汽水喝多了，挤过门时还会翻出几个饱嗝，带着一股熟透的橘子瓣味儿，在黑暗深处暗地妖娆，袅袅升腾。

1994年暑假结束，我和周凯顺利升入初中。开学的第一天我就发现，那晚在影院外墙上遭遇的假小子，居然和我俩在同一班级。

报到点名之后，周凯大方又客气地跟假小子韩月打了招呼。

"下次有空还一起看电影呀！"韩月把那个"看"字咬得很重，好像有意强调了看电影的"技术含量"，又表现出一副"相逢一笑泯恩仇"的江湖儿女做派。

班委选举时，韩月居然和周凯一起竞选体委。到了演讲拉票的关键环节，一向鬼机灵的周凯竟然主动放弃了。

我说："我觉得你应该和她比赛一次跳墙头才公平。"

"好男不跟女斗！"周凯淡淡地说。

课间，韩月慢悠悠地朝我和周凯走过来。

"恭喜啊！"周凯一脸严肃的笑容。

"为什么你不参加演讲啊？"韩月眨着大眼睛问。

"人人人……一多，我我我，就就就口口吃……"周凯说。

"哈哈哈，你装得可真像！"韩月弯着腰笑起来。

"嘿！送你一个小礼物啊！"周凯将我的铅笔盒递给韩月。

要知道，前一晚我和周凯在他妈妈摊位旁边捉到的"吊死鬼"虫子，全部放在我的文具盒里——假小子终究是假小子，韩月只打开了一条缝，便吓得"嗷"的一声，将文具盒抛向半空。一整盒新鲜出炉、葱翠爽滑的"吊死鬼"虫子就被新任体委以天女散花的方式，撒满了半个教室。女生们随即发出地动山摇的尖啸，男生们则趁机起哄，上蹿下跳，以至于上课铃响之后，整个班级还沉浸在炸了窝似的狂欢之中。

　　班主任追究下来，结果是我和周凯被一直罚站到放学后。韩月还算仗义，收了惊魂，骂完周凯之后，拉着班长左小青陪我和周凯彻底打扫了教室。最后，班长请客，人手一瓶北冰洋，总算让这场恶作剧在夕阳西下时完满落幕。

　　"我知道你俩爱喝这牌子的汽水，还知道你们仨总跳墙去棉纺厂的电影院里看电影！"左小青咬着吸管，伸出修长的手指，一一点过我们三个，略带得意地眨着眼睛。

　　"不是吧，你也常翻墙头吗？"我问。

　　"才没有，我爸是那儿的放映员。"左小青说。

　　"要不要下次一起翻墙看？"周凯笑着，伸出双手，迅速做了一个向上托举的动作。

　　"你去见鬼吧！"韩月精准地飞起一脚，正中周凯的右臀。

　　"翻墙四人组"就是在那个时期正式结盟的，当然，翻墙的只有我、周凯和韩月三个人，左小青是内应，她后来从她爸那儿搞来了太平门的钥匙，开演前，偷偷去把链条锁打开，象征性地绕在门把手上。灯光一暗下来，我和周凯、韩月便翻过墙头，打开太平门，溜进影院。

很多年后，我读到博尔赫斯，他说，天堂应该是一座图书馆的样子。可是我觉得，如果有天堂，它一定是一座巨大无边的电影院。每次顶灯熄灭，世界沉入片刻深邃的寂静，忽然，一束亮光穿透时空，戳入银幕，光影流淌，万物生长。接着音乐轰鸣，肾上腺素澎湃，造物主瞬息便在大脑的沟回上开辟出宇宙洪荒。

我们坐在影院的角落里说笑打闹，偶尔嗑瓜子也吃香蕉。有时悲情难抑，握紧年轻的拳头，有时热泪盈眶，抹过各自的衣角。最过瘾的当然是看武侠片，伴着台上眼花缭乱的打斗，我和周凯也常在座位上比画着拳头，"哼哼哈嘿"叫上好一阵，直引得左小青和韩月大笑不已。

有一回影院里放《水浒传之英雄本色》，精彩的打斗和搞笑的情节，让我和周凯仿佛发作了羊角风似的，在座位上左右摇晃。不一会儿，便引起了查票员的注意。直到他拿着手电筒疾步走到我们的座位前时，我还完全沉浸在抽疯似的癫狂中。

忽然，一束光扫在我们的排座上。

"嘿！小鬼，你的票给我看看！"

我佯装淡定，立刻石化。用余光扫视周围时，我惊奇地发现，韩月正在低着头认真地吃一根香蕉，左小青腾出一只手，跨过她的肩膀，一脸微笑地打量着查票员叔叔，暗示着姐妹情深。而我右手边的周凯，已不知什么时候偷偷滑到了座位下面，抬着脑袋望向我，双手比画着，让我快跑。

我把右手插在兜里，慢慢悠悠地站起来，在转向查票员的一瞬间，忽然掉头沿着反方向挤过座位，朝影院入口的方向跑去。查票员立即也从排座上挤了过来，眼看要挤出排座时，周凯忽然从座位下面伸出一只脚来，将查票员绊了一个大趔趄。

　　"哪个小兔崽子？"查票员骂骂咧咧地说。

　　周凯从座椅底下钻到前排，在人缝中挤出排座，沿着过道朝银幕的方向跑去。检票员看我和周凯一前一后相背逃窜，怒不可遏又无可奈何。就这样，我和周凯绕着弯，和查票员在影院里玩起了躲猫猫——跑出几步，便蹲在就近的座位旁偷看几眼屏幕，然后再弯腰跑出一段路。影院的几个工作人员见状纷纷上来围堵，这时候，左小青拉着韩月，在另一侧太平门的门口使劲向我和周凯招手。我俩侧身挤过甬道，在黑暗中会合。

　　最后，多亏左小青领着我们从太平门后面的回廊里绕到了放映室，在她爸的庇护下，才勉强蒙混过关。

　　"唉，我最怕欠女生人情啦！"在影院后面草场上望着夏夜星空的周凯，忽然没头没脑地长吁短叹。

　　"我觉得左小青一定是喜欢你。"我接着补充说，"别看她和韩月在影院里打得火热，整场电影都在偷瞄你，搞得我夹在中间，被电得魂不守舍的。"

　　"你觉得韩月怎么样？"

　　"韩月？假小子一个，你不会这么重口味吧？"

　　那个时候的左小青，家境优越，留着铅直的长发，双眼顾盼神飞，再加上一双时髦的红色高跟鞋，女神范儿十足。韩月呢，短发，长裤，帆布鞋，整日跟我和周凯混在一起翻墙入室，活脱脱一个假小子。

　　"我觉得她是哥们儿！"说着，我伸出一条胳膊，绕过周凯的脖子说，"你爱你哥们儿吗？"

周凯一脸无辜地望向我，反问："梦里梦到的人，醒来就应该去找她！你猜我梦到的是谁？"

1997年，棉纺厂由国企改制成私企，影院也成了"方圆影院"，极具时代气息。那时候，很多工人纷纷下岗，包括左小青她爸。影院里已有了自己的商场，周凯妈妈不但生意受到了影响，还总是因为肺病到医院吊盐水。晚上，周凯替妈妈出摊的时候，我常常陪在他身边，那时功课紧张，我和周凯常在广场昏黄的路灯下看书、学习。电影散场后，我俩便坐在影院旁边的草地上抽烟。

左小青的爸爸下岗后，在市中心开了一家镭射放映厅，常放港台的爱情片和动作片。左小青带我和周凯、韩月一起去看过几次。放映厅不算小，挤满了男男女女，但丝毫没有方圆影院那种辽阔的感觉，港片的节奏比国产片快很多，但我再也找不到那种光影在银幕上创造神迹的感觉，那是放映厅，不是影院，更不是天堂电影院。

那时候，左小青学习已经分外用功，渐渐不再出来和我们厮混，只有我们三个有时难耐手痒，会再跳墙去看电影。

中考之后，我们四个人一起升入了市重点中学。那年秋天，周凯妈妈意外检查出了肺癌。周凯自此变得沉默寡言，因为要照顾入院治疗的母亲，所以常常迟到或在课堂上打瞌睡。我和周凯有时会躲在方圆影院草场边的墙根下抽烟，一支接一支，沉默着，直到烟头密布在脚下的黄土上。

我和左小青有时会主动提出帮周凯补习功课。但更多的时候，是周凯把作业丢给我们，自己放学后便匆匆跑进医院。老师有时发现周凯旷课，要给他处分，我便找机会溜出学校到医院里去喊他回来。周凯是个孝子，母亲卧床后，他听说牛筋汤能抑制癌细胞扩散，便时常炖牛筋汤喂给母亲吃。

我看着病房里的周凯逐渐消瘦，愁容之外，却强撑着一脸快乐逗母亲开心。他时而将一勺牛筋汤递在母亲嘴里，时而自己舀一勺，在唇边轻轻抿上一小口，紧闭双眼，笑意顿起，仿佛在享受人间的极品美味。不知怎的，我心中掠过一阵酸楚，便盘算着找机会和他一起去看场电影。有天在病房里，我意外遇到了韩月，便吵嚷着"择日不如撞日"，那天周凯的父亲来接班后，我就强拉着周凯去方圆影院。周凯推脱再三，韩月和我讲好话讲得满脸通红，最终说动了他。

谁知那天电影放到一半，宽银幕后面忽然冒出一股股刺鼻的浓烟，紧接着银幕忽然燃烧起来，满场观众顿时慌乱起身向影院外逃离。坐在前排看电影的我们，顺着人流被一点点挤向影院后门。也许是过度劳累，人流中的周凯竟然恍恍惚惚地跌倒了。为了保护周凯不被踩踏，我和韩月拼命挤在他的身旁，用身体顶住了一层层向上涌动的人流。

如是几次，韩月终于被人群挤倒在地，摔倒后的第一时间，她用身体迅速护住了周凯的头部，并招呼我一起把周凯搀扶起来。谁知周凯死沉死沉，我和韩月挣扎了好几次，才把他拖到影院一侧甬道的空地上。韩月迅速撑开了甬道一侧的太平门，浓烟从门缝里排向影院外，被呛得一把鼻涕一把眼泪的我，借着影院顶灯的微光，看到韩月的双手已经被踩得血肿。

人群散尽之后，我们也逃出了影院。似乎是为了掩饰双手的尴尬，韩月匆匆离去，我在影院外的草丛边，一直守到周凯醒过来。那夜的天空分外透亮，晚风逐渐清凉，我对醒来之后的周凯说："嘿！你当初问过我，梦里梦到的是谁，我猜一定是韩月，对吗？"

周凯揉揉眼睛，没有正面回答我，只是淡淡地说："回家吧，妈妈很快要手术啦，我得好好守着她！"

不久，学校让我们按照意愿进行文理科分班。本来我和周凯的理科成绩不错，应该毫无悬念地报理科，可偏偏周凯报了文科。更让我意想不到的是，文科成绩优异、理科成绩平平的韩月居然报了理科班。

几周后，周凯的妈妈接受了右肺病变部位的切除手术，在家休养了一段时间后，身体渐渐有了起色。我常看见周凯和左小青在学校里出双入对，他们眼神交会时的样子，有一种难以言说的默契。

我私下问周凯："为什么会突然去选了文科？还有，韩月对你那么好，为什么总感觉你在有意回避她？"

周凯说："你不是问过我梦里梦到的是谁吗？我告诉你，是左小青！"

周凯说得飞快，仿佛在赶时间总结陈词，又好像有意回避着什么，说完他转过身，头也不回地离开了。

然而出人意料的是，周凯妈妈的病灶切除手术并未彻底成功。隔年后，周凯的妈妈因为肺部癌细胞扩散，草草结束了一生。此事对周凯的打击很大，他在当年的高考发挥失常，连一个普通的专科都没考上。

左小青在父母的安排下，赴英国留学。我考上了省城的科大，而虽然学了理科却一直有一颗文艺心的韩月，居然攻读了临床医学专业。

此后我们四人分道扬镳，美好的少年时光也匆匆散场。周凯并未选择复读，而是在打了一年黑工之后，托关系进了方圆影院，做售票、排片、维修设备的杂工，想来真是命运弄人。

多年后我到西安出差，在咸阳机场T2航站楼里竟偶遇了韩月，此时她已经是一名出色的外科医师。在候机大厅里，我跟韩月寒暄了几句，不经意地问她："嘿！为什么当年你文科那么好，却在填志愿时选了理科？"

韩月的脸颊泛起一朵红晕，不等她回话，我又抢过一句：

"我知道你当初喜欢周凯，报理科是为了他吧。"

"哈哈哈，其实我是想学医啦！最见不得病人在床前无助的样子！"

韩月说罢，粲然一笑，双唇间闪出一排精致的皓齿。她用手抹过额前的短发，轻扬着头，依然是当年一副英姿飒爽的模样。

在影院做杂工的周凯并没有从此沉沦，他用自己平时省吃俭用的生活费，开了一家VCD影碟出租店。生意不错，周凯又很有经济头脑，几年时间，在全省开了十几家销售各类CD唱片和影碟的专卖店。

工作之后，我进了一家理工科的研究院，利用业余时间在网上写小说，并兼职做编剧。2015年，我的小说集出版上市，销量算说得过去，有些故事还被改编成了电影。周凯在一家影视杂志上看到有剧组在筹拍我写的电影剧本，通过杂志社的编辑联系上了我。

虽远隔千里之外，多年未见的生疏，却在电话里一声简单的问候之后被打破了，兄弟之情迅速升温。

"你知道吗？我把方圆影院的股份买下来啦，现在这个电影院就是咱哥们儿的啦！"周凯在电话那头兴奋难耐。

"就知道你小子真的很有种！"我真心为周凯感到自豪。

"现在我正式邀请你参加我影院的揭幕仪式，赏个脸吧，作家同志！"周凯在电话那头开心地笑了起来。

一周后，我坐夜航班返回故乡。周凯到机场来接我，赶回市区时，已临近子时。

周凯说："怎么样，我带你去吃点夜宵，附近有家店，牛筋烧得超级棒！"

我说："这么多年过去，你自己还烧牛筋汤吗？"

"牛筋汤？"周凯顿了顿说，"其实当年那些牛筋汤，是韩月烧好送来医院的！"

一瞬间，我的心被某种滚热的东西触动了。我犹豫着要不要把韩月报理科、学医学的真相告诉周凯，嘴上慢条斯理却掷地有声地问出：

"当年为什么会突然选择报文科，不要跟我说你喜欢学文科这种屁话！"

"我，我，"周凯明显顿了顿说，"母亲当年的手术费是我问左小青家借的，她跟我说，希望我能答应和她一起读文科……"周凯的声音明显有点哽咽，"母亲走了之后，我还是拼命打工把她家的钱还上了！"

车子从外环线上冲了下来，驶入市区后不久，周凯按下电动车窗，指着窗外说：

"苏秦，还记得从前的方圆影院？快看，我给它起了新名字！"

我将头探出窗外，顺着周凯手指的方向，从前方圆影院楼顶上的空地被装饰灯照得分外透亮，在无边的夜幕下闪耀着五个光彩耀眼的大字：

梦月电影院

夜风清凉，那些耀眼的亮光，足以刺破黑暗，让遥远的星斗都显得黯淡无光，仿佛能直插云霄，落入遥远的天堂。

下辈子，

请做我的床单

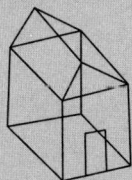

晚 安 ， 我 亲 爱 的 人

奔跑吧，兄弟！

~~~~

我读高二那年，我们学校的田径队，有史以来第一次输给市二中代表队，特别是男子4×100米接力——那个让我校田径队主任路东彪老师一向引以为豪的拳头项目。在比赛发令枪响后，我校便一路落后，直到骨瘦如柴的第四棒，在最后冲刺时摔成狗啃屎的造型，路老师终于忍无可忍地将手中的玻璃茶杯砸下看台，杯子应声爆裂，玻璃碴子四散横飞。

"一帮兔狲！"路老师骂道。

据坐在看台不远处的同学回忆说："路老师那眼珠子瞪得跟牛蛋子似的，妈的，吓死我啦！"

当时，我从来没在学校的西门口后面的串屋里领教过孜然味儿的"牛蛋子"，一直对这种昂贵的"大杀器"充满好奇，听到同学这么形容路主任时，一种敬畏之情油然而生，因此当路主任叫嚣着说整个田径队暑假要封闭训练的时候，我便像个兔狲似的低头不语，屁颠儿屁颠儿地回家收拾东西，归队训练了。

作为学校新一届男子4×100米的种子选手，那个暑假，我和大年、猴子、马力四人挤在一间不足8平米的寝室中。夏天很热，宿舍里连个电风扇都没有，一到晚上，房间就像是盖了一层生豆芽的厚毯子，让人有一种浑身要长毛的感觉。路主任总不定期来搞突击检查。为了应付检查，熄灯后，我们将房门从里面锁紧，猴子在门上玻璃框里贴了一张莫妮卡·贝鲁奇的电影海报，防止有人向里张望，然后我们四个人打开窗户，依次沿着下水管道攀上房顶，赤条条地睡在星空下，仿佛一绺晾晒整齐的挂面。

马力一到房顶上，就快步跑到离女生宿舍最近的那一边去"听房"，据说顺风的时候，他能依稀听到女生宿舍的卧谈会，有一次丫甚至神神道道地说，他听到了练800米专项的杨婷婷在宿舍里说起他的名字。

"杨婷婷一定是喜欢我！"马力自言自语。

"自作多情！为啥你总是喜欢长得像标枪一样的女生啊？"猴子打趣说。

"标枪怎么啦？亭亭玉立呀！难道你喜欢梅姐那种比你还高半头的款式？"马力反唇相讥。

马力口中的梅姐，就是我们学校田径队路东彪主任的掌上千金——路梅。路梅在田径队的专项是铁饼和标枪——猴子曾经有句名言，要是路梅攒口气，攥着杨婷婷的腰板把她甩出去，一准儿能打破校纪录，冲出亚洲，走向世界！路梅的爆发力极强，人也生得人高马大，天生就是做大姐大的材料，女生但凡分个手、摆平个前男友、惩治个把地痞小流氓啥的，都找女汉子路梅出手相助。

马力每晚听完女生宿舍的卧谈会，便乖乖地溜回来躺在我们中间睡觉。夜风清凉，拨开云层，露出满天石榴籽一样繁密的星星，让夏夜深处的梦境都有一种甜腻的味道。睡在房顶上的日子很美好，不过半夜撒尿时，谁也不愿意沿着下水管再爬回宿舍，于是就站在房顶上就地解决。可是，顺风尿，容易栽下房，很危险；逆风尿，又容易溅自己一腿，忒寒碜。最后，还是大年比较聪明，每天上房前捡两个塑料袋，套在一起，尿足一袋，斜向上方投掷，"嗖"的一声飞出学校的围墙——俗称"远程水炮"。

可我留意到，猴子有时半夜醒来，打完"水炮"，还是会顺着下水管爬回宿舍，过好大一会儿才爬上来。有次我忍不住跟踪了他，发现丫竟然在宿舍里借着大月亮地儿，对着莫妮卡·贝鲁奇的海报，一手提着裤子，一手放在身前，发出一阵急促的狗喘。发现我在他身后时，猴子只是意味深长地吸了一口气，淡定地说：

"准备哈，下一棒你来接！"

"算了，兄弟，你忘了你是跑第四棒的吗？"

我摇摇手，蔫蔫地爬回房顶，再次倒头睡下。

说起猴子的第四棒，真是让人又爱又恨。我和大年、马力的百米成绩都在十一秒二三的样子，唯独能跑进十一秒的是猴子，按说他做第四棒无可挑剔，可是他有一个巨大的生理缺陷，就是爱"蹿稀"！

蹿稀——北方土语，俗称拉肚子！据大年对猴子的观察与描述，每逢夏季或高温时节，猴子的肚子就变得异常神经过敏，起初的症状只是微妙的腹胀：疼痛呈发散状，在肚脐下三寸的丹田位置扎根，然后又破土发芽，藤蔓一般密布的痛感，迅疾沿着躯干向上抽条疯长，紧接着整个肚子开始翻江倒海，一系列的化学反应制造出压力强劲的有机气体在腹腔内横冲直撞，这个时候，猴子唯一能做的就是捧起肚子，咬紧牙关以第一宇宙速度冲进厕所！

拉完肚子的猴子拖着两条僵木的细腿返回跑道，满脸都是狰狞又苦涩的倦意，半晌不再说话，之后，就算使出吃奶的劲头也跑不进十二秒了，如果说男子4×100米接力是学校运动会的拳头项目，那么猴子不定时的蹿稀绝对堪称对我校田径事业的致命打击！事实证明，生活的意义并不在于诗和远方，而常常系于眼前的苟且。

有天夜里，闹了半宿肚子的猴子从房顶上向校外的围墙投掷水炮，由于体能严重不支，水炮飞到一半射程，硬生生滑下半空，砸在宿管大爷晾晒萝卜干的簸箕里。第二天黄昏，准备吃萝卜干下酒的宿管大爷，顶着一头血色的夕阳，杀气腾腾冲进我们的宿舍，一把揪住猴子：

"谁让你小子尿塑料袋里往楼下扔的？"

猴子一脸无辜，佯装淡定地反问："大爷，这你也能猜出来是我干的？"

大爷说："那塑料袋里有个超市的购物小票，上面的记录显示这人买过一大包卫生纸。整幢男生宿舍楼里，没几间住着人，天天跑茅房的，不就是你小子吗？"

我们瞬时对宿管大爷逆天的侦破能力敬服得五体投地，猴子被戳到痛处，只得低头承认。出于对兄弟的仗义，我和大年、马力一口咬定，向塑料袋里撒尿的事，人人有份，猴子只是一副助人为乐的古道柔肠，在兄弟们集体尿完后，率先承揽了抛投业务——这件事最终闹到了路主任那儿，我们被罚整个暑假洗刷全楼的厕所，以至于，那年夏天，我每次在跑道上传递接力棒的时候，都觉得那棍子上有一股浓郁的84消毒液味儿!

再也不能去房顶上"晒月亮"、吹夜风了，每晚挤在闷热的房间里，烙饼似的辗转难眠。夜里过了十二点，肚子便开始叽里咕噜地造反，有一回大年召集大家说："走，兄弟们跳墙出去，吃烤串儿去! "

猴子说："那个孜然味儿的烤牛蛋子最他妈好吃了，后槽牙一挨上，那玩意儿，吧嘚一下，自个儿就能蹦进嗓子眼儿! "

我和马力被他俩说得直流口水，穿上衣服，便摸黑溜了出去。要知道我校的夜间管理极为严格，为了防止学生跳墙，所有围墙上都插满了玻璃碴子，街边路灯一照上去，明晃晃的直吓人。

唯一一个办法，就是从传达室旁边的小操场上翻墙过去，小操场上，养着一条德国黑背和当地土狗杂交的狼狗，黑色的脊背和长尾，白色的肚腩配短腿，活脱脱一个穿着披风的"哈利·波特"。"哈利·波特"白天被拴在链子上，见人就是一阵凶神恶煞的狂吠，晚上解开链子，撒丫子满世界瞎汪汪。那天夜里，我们摸上传达室的房顶，向小操场上投了一个石块，"哈利·波特"果然一路号着向石块疯跑过去，我们四个人依次跳下房顶，一路飞速冲向对面，扒着石头缝攀上小操场的围墙。等到"哈利·波特"回过神来，再次冲向操场另一端的时候，我们四个人已经愉快地坐在烤串屋的石头凳子上，点了八串孜然味儿烤牛蛋子，静等着解馋了。

"早说过我们是四个风一般的汉子了! "猴子说。

"你丫要是不整天蹿稀，咱们早打破校纪录了! "马力说。

"哎哟，你还别说，你一提这事，我还真有点肚子疼了! "猴子捂着肚子，一脸痛楚地站起来。

我说："猴子，你不会来真的吧？"

猴子挥挥手说："你们先来，大年，想着一会儿给我送点纸哈！"

由于那晚的烤串实在好吃，我和马力、大年吃完了八串烤牛蛋子之后又点了八串，直到最后，大年才忽然想起了给猴子送纸这事，从串屋里抽了几张餐巾纸，晃晃悠悠去找猴子。五分钟之后，猴子一只胳膊挂在大年的脖颈子上，一只手捂在肚子上，一步一瘸地朝我们走过来。

"老子蹲得快残废了，你们这帮兔狲才想起来！"

等到猴子吃完烤串，我们又在旁边的录像厅里看了会儿录像，睡意来袭时，才恋恋不舍地翻墙逃回宿舍。当我们再次用石块引开"哈利·波特"，从操场一端冲向另一端的时候，竟意外地出了状况。"哈利·波特"并没有被石块吸引而去，它警觉地冲出去几步，便又溜达回原地。我们冲进小操场，在"哈利·波特"咄咄逼人的号叫中，哆哆嗦嗦地爬上传达室房顶后，发现猴子竟然没有蹿上来。彼时他正用双腿艰难地撑住墙壁，僵在半空：

"奶奶的，刚刚拉得脚都软了！"

眼瞅着"哈利·波特"冲过来，猴子连说话的声音都颤抖了。

大年忙从墙上伸出一条手臂，拽紧猴子，向上猛拉，我也俯下身子攥住猴子，马力从墙头上摸出一块活动砖块，忙乱中砸向奋力奔跑的"哈利·波特"——砖块擦着它耳朵飞向身后，并没有吓退奔跑中的"哈利·波特"——黑夜里它张开猩红的前颚，撑开双臂，好像骑上一柄飞翔的扫把似的冲向半空，一口咬在猴子的裤裆上！

"咔嚓！"——猴子的短裤应声发出清脆的破裂声！

"我的妈，蛋碎了！"大年惊呼！

"少废话，赶紧拉！"猴子说。

正在这千钧一发的时刻，在墙头上一阵乱摸的马力，再次幸运地摸到了一块活动砖块，他铆足了劲头将砖块拍向"哈利·波特"的头顶——这一次"哈利·波特"被镇住了，发出几声含糊的"呜呜"声后，居然掉头逃走了。

"我的天，真碎了！"被拉上房顶的猴子摸着破烂成布条的棉布裤衩，脸色煞白。

"让我看看！"

"让我看看！"

"让我看看！"

猴子仰面朝天躺在屋顶，我们仨满心好奇，急不可耐地围坐下来，好像是准备打开一坛腌足日子的咸鸭蛋，在下一秒即将见证红心蛋黄肥腻流油的伟大时刻的到来！

"都他妈的滚开！"猴子拨开马力的手臂，骂道，"都他妈的滚开，我好像真流血了！"

众人安静下来，猴子小心翼翼地扯开布条，郑重得仿佛是打开远方恋人寄来的一份礼物，借着微弱的月光，仔细地端详着。幸运的是，"哈利·波特"的獠牙只咬破了猴子的内外短裤，裤腿上湿滑的液体，并不是鲜血。

"万幸啊，万幸，只是尿了点裤子而已！"马力淡淡地叹出一口气。

"谢谢啊！"

沉静了片刻的猴子，终于向在危机中挽救他于恶犬之口的马力致以了淡淡的敬意。

"嘿！不客气，下回再一起吃烤串啊！"

三天后，救命恩人马力并没有要求猴子带他去撸烤串，而是给了他另一项庄严而艰巨的任务——替他向练800米专项的杨婷婷表白。出于感恩，猴子一口答应下来，并在当天下午，趁路主任不在操场监视的间隙，向杨婷婷背包里塞了一封表白信。

第二天，那封表白信又被人送回了宿舍，来人不是杨婷婷，而是田径队里女生的大姐大路梅。当时我和马力、大年在做力量训练，只有猴子因为拉肚子自个儿在宿舍里休养。据猴子后来回忆，那天路梅杀气腾腾地走进宿舍，问明马力的床铺后，将那封情书甩在他的枕头边上，并放下狠话说：

"你给马力带句话，让他以后该干吗干吗，没事别再去找婷婷了！"

猴子说他当时肚子疼得厉害，额头上还渗着冷汗，有气无力地应了一句。没想到路梅看见脸色惨白的猴子，忽然态度大变：

"啊，你不是那个第四棒吗？你是咱们学校百米最快的吧……你怎么啦？肚子疼？发烧吗？"

"她居然给我倒了一杯热水，还问我要不要扶我到校医务室去看看！"猴子一头雾水地向我们复述着。

"哈哈哈，她一定是看到你可怜兮兮的样子，爱心大爆发了！"大年笑嘻嘻地打趣说。

"那我以后该怎么办？"猴子反问。

"下次再见她，你就躺平，让她抱着你那小腰去医务室啊！"马力说。

　　忍了半月后，马力决定主动对杨婷婷展开爱情攻势。那段时间，训练强度很大，田径队的训练餐并不好，马力便从自己的伙食费里省钱出来，每天摸黑跳墙出去，到学校西门口外的小街上买一袋牛奶和一个手抓饼，送到女生宿舍楼下，让宿管阿姨带给杨婷婷加餐。起初几日还算顺利，可有一天还是被路梅堵在了女生楼下。

　　路梅当仁不让，一副强出头的大姐大做派，攥着马力的手腕，居然让他动弹不得。无奈马力这小子天生犟筋，就是不肯认错说软话，我等损友闻风赶到楼下，迫于路梅是田径队路主任掌上明珠的压力，苦口婆心地跟她讲了好几车皮的好话。说到最后，杨婷婷也从宿舍里走下来求情，她说：

　　"算啦，马力也不坏，就是人有点黏糊，放了他吧！"

　　路梅总算收手，遇到这样母夜叉式的角色我们也只能自认倒霉，猴子拉着马力正要离开，却不承想，当着一票体育生的面，路梅径直走向猴子，一脸关切地问：

　　"嘿，好久不见啦，你最近好点了没？"

　　"我……我……"一向嘴皮子倍儿利索的猴子，在众目睽睽之下，竟然伸不展自己的舌头，脸蛋和脖子一并涨得通红，像只草垛里受惊的兔子，一溜烟蹿回了宿舍。

　　马力喜欢杨婷婷、路梅暗恋猴子的消息不胫而走，成了那年秋天我校田径队最炸窝的新闻。马力脸皮厚实，事情传开了，他也不顾忌路梅的威慑，更加变着法儿对杨婷婷好。猴子却低迷起来，平时很少搭理我们，似乎被女生中的大姐大特别眷顾，成了一件很不光彩的事。

有天夜里我忍不住问猴子："你究竟咋回事啊，怎么每天都软塌塌的？"

"没事，拉肚子闹的。"

"少来吧，你那肚子都拉了三年啦，从前没见你这么稀软过啊？"

猴子顿了顿，极为不好意思地指了指门框上的莫妮卡·贝鲁奇说："那个啥，那天被'哈利·波特'咬过之后，我好像不行了……"

"什么不行啦？"

"就那个不行啦！"

"可明明没有外伤啊？"

"估计吓出了内伤，反正我现在不行，怎么着都不行了。"猴子摇着手腕子说。

"要不你换其他明星试一试？"

"我试了，那不管事啊。"

"要不去录像厅里试试看？"

"试过了，也不行！"

"要不你找路梅姐姐试试看？"

"我可配不上路梅姐姐，再说，我真怕我那小腰被姐姐一把掰断了！"

猴子无奈地笑笑，翻身睡下，很快发出幸福的小呼噜。月光滑凉，打在门框上莫妮卡·贝鲁奇肥嫩的香肩上，显得她艳光四射，不知怎的我竟觉得海报上的女神看起来很像路梅，心中为猴子漾起一道幸福的波澜。

　　高三那年的春天，二中新修建市里第一条塑胶跑道，我们市的中学生运动会决定在二中举行。大赛前一个月，田径队的路东彪主任托关系拉着我们进二中的塑胶场地举行友谊赛，顺便磨合场地。女子800米项目中，杨婷婷和二中的一个队员在最后冲刺的时候发生了冲撞，本来双方是正常的身体对抗，结果二中那个队员摔倒后居然伸腿绊倒了杨婷婷。

　　杨婷婷倒地后，路梅不干了，拉着几个女队员呼啦一下围了过去。二中的男队员们见状，也匆匆赶了上来。剑拔弩张之际，只听得人群中一声叫嚣——"闪开！"马力一记飞脚，冲锋在前，放倒了两个二中男生。紧接着场面一片混乱，双方互有推搡，路主任不得不亲自跑过去，按住了几个闹事的男生，又揪着马力的耳朵走到了看台上主席台的边上。

　　"兔狲，过来跟二中的老师和同学们道个歉！"路主任铆足了劲头，在马力的屁股上猛踹了两脚。

　　场下安静极了，队员们齐刷刷瞪着看台上一脸苦瓜相的马力。马力佝偻着腰板，慢悠悠接过话筒，抹了抹嘴角的血渍，突然扯开嗓门，一个字一个字地高喊出：

　　"杨——婷——婷——我——喜——欢——你，谁动你，我他妈就揍谁！"

　　马力喊完话，飞速跨过栏杆，径直跳下看台，一瘸一拐地冲向杨婷婷。那几个刚刚被他踢倒的二中男同学，迅速凶神恶煞地又冲了过来！这下子，猴子急眼了，用自己的瘦弱身板一下挡在马力和杨婷婷之前，高喊：

　　"你快带她走，这儿有兄弟们！"

这一嗓子可炸了天!

我和大年率先冲过去,挥起双臂扛住最先冲上来的队员。二中的同学越来越多,乌泱泱将我们几个团团围在操场中间,一阵乱揍!我只感觉到处是拳头,到处是口水,到处是脚丫子,身体在人流中拧巴着,不由自主地被压成圆扁,又被抻回长条,最终被沉沉地摔在地上。

马力从看台上跳下来时摔伤了腿,却一步一瘸地拼了老命护住了杨婷婷。猴子被揍得脑袋像猪头,我和大年脸上也挂了花。不过,最应该感谢的人是路梅,她在这场混战中,彻底展露了一名铅球健将的彪悍气质,一路冲锋在前,亲手撕开了二中运动员的包围圈。

最后,我们几个人逃回到学校。路梅说,她认得一个治跌打损伤的老中医,得先带我们几个去包扎一下。要说那老中医真是厉害,在把猴子的脑袋包扎成一个粽子后,凭借一双多年行医救人的慧眼,愣是从纱布的缝隙里发现猴子的脸色有问题。

"孩子,你的脸色好差,伸出舌头来给我瞧瞧!"

"不行!"

猴子登时傻眼,以为老中医无意中发现了他最近"阳痿不举"的症状,愣是咬紧牙关,不肯张嘴。

老中医抓住他的手腕,把了把脉,又查看过他左右手的掌心,斩钉截铁地说:

"孩子,你脉象濡滑,手心灼热,身上湿热成疾,恐怕有多年腹泻的症状吧?"

猴子长舒一口气,头点得跟捣蒜杵似的,抢着说:"医生,我,那我还有救吗?"

那场和二中的乱战，所有参与的运动员都得了严重警告处分，当然包括路梅。但也促成了几桩好事，其一是：杨婷婷和马力在一起了，只要教练不在场的时候，俩人便旁若无人地黏糊着。其二是：困扰猴子多年的腹泻，在用药两周后，终于见好了！

一个月后，全市中学生春季运动会，也是我们四个最后一次代表学校出战男子4×100米接力。路东彪老师说："兔狲们，给你们一个扬眉吐气的机会，有能耐，你们拿下这场比赛！"

此时距离猴子上次拉肚子已经有半个月，他脸上闪过一丝狡黠的微笑："路老师，要是我们这回打破校纪录了呢？"

"那我就把你们几个的处分记录，从档案里抽出来！"

"一言为定！"

我们四个欢呼起来。

男子4×100米接力历来是运动会的压轴大戏。那一天的运动馆里，挤满了市里各大高中的学生代表。发令枪响后，我第一个冲出去，在第一棒交接时保持了微弱的领先优势；大年的第二棒跑得非常稳健，优势继续拉大；马力的第三棒跑得极其飘逸，大约是他近期每晚都要躲过"哈利·波特"的追杀，跳墙出去买牛奶和手抓饼练就的绝学。

也许由于那天发力过猛，临近交接棒时，马力一月前的腿伤忽然爆发，一个趔趄险些栽出跑道，还好他咬紧牙关，撑住身体，将接力棒最终递到猴子手中——这时前三棒积攒的优势已然完全没有了——猴子缓慢助跑，握紧接力棒，眼睛瞪得直冒火星子！接棒后，他开始有力地加快步频，两条细刀片似的大长腿仿佛一柄剪刀，在明媚春光中闪耀飞扬，将跑道裁开——超越，超越，再超越——猴子拼啦，在距离终点还

有40米的地方，他开始了急速冲刺，高声号叫着——"啊！"全场沸腾
了，一些同学禁不住高喊：

"猴子，加油！猴子，加油！"

最后的15米、10米、5米，猴子终于赢啦！他昂首挺胸，第一个冲
过了终点线。可由于冲刺速度实在太快，猴子根本刹不住脚，他近乎水
平地将身体甩了出去，飞出几米之外，沉沉地砸在了塑胶地板上。

同学和老师迅速围了上去，还是路梅眼疾手快，一手揽住猴子的脖
颈，一手撑住他的细长腿，像用笊篱从油锅里捞油条似的，俯身将他从
跑道上抄了起来。猴子慢慢缓过气来，翻出白眼，看到我来到身边时，
一个激灵挣脱路梅扑倒在我身上。

"咱们赢了，抱一抱！"猴子将我死死地抱住，在我耳边呼喊。

"你丫发春啊？"我问，"腰里带的什么暗器，怎么硬硬的？"

"搂着我，别让人看见，刚刚路梅抱我的时候，我觉得以前的那个
毛病好像突然好了！"

广播里说，我们创造了新的市中学生4×100米接力赛的纪录，人
群欢呼起来，我、大年、猴子、马力，再一次冲向人群，冲进了明媚春
光中崭新的跑道上。

十二码

～～～

凌晨五点钟，我们都已经睡不着。

窗外很安静，远远的汽笛声，像城市颤巍巍的哼哼。

我倚在床头，伸出右手伏在女人的右肩上，习惯性地用左手夹烟。

女人说："说说你小时候。"

我说："小时候我很坏。"

女人说："我想听具体的，越具体越好。"

我说，我1989年在新华区光明小学读一年级一班，我一上学就当上了班长。

这事让我前半生都引以为豪，我一直以为我长得还不错，看起来就像好学生赖宁似的。后来，我的小学班主任告诉我，新生们入学的时候，在操场上蹲成一排，去拔草、捡树叶。他说，你个头高，屁股大，醒目，一下就看中了你。我记得有位哲学家说过，小学生打架拼的就是发育，我们班主任一定深谙此道，选班干部跟种猪出栏一个道理。

九月，我在操场上捡树叶时，看见有个洋气的小姑娘，穿着方格子衬衫，挤在一堆马尾辫里，留着刘胡兰式的短发。她的脸很白，像一块雪糕。天空瓦蓝而纯净，远远地，她向班长笑起来，红嘴唇里露出小虎牙，像海豚的一对幼鳍。

三年级，我已经成了捣蛋王。上课时我跟人交头接耳，被班主任拎到讲台上罚站。冬天很冷，有鼻涕滑出来，耷拉在唇角。我用下唇兜住上唇，轻轻一吹，那绺鼻涕就在空中画出一道耐克式的弧线，然后倒挂在脸上，我不敢伸手去抹，直到它再次滑落下来，我再吹，我再等着，直到有同学惊异地发现了我自娱自乐的能力，全班笑成一团，于是我被老师一脚踹出门去。

北方的冬天，寒云遮天蔽日。人们穿着厚重的军大衣，抽着脖子，仿佛一个个移动的柜子。课间，班主任回办公室喝茶，同学们到厕所里放水。我溜进教室，将煤炉子上的火钳子倒戳在炉火上，不一会儿，火钳子的把手被烧得火烫。上课铃响了，我很主动地到罚站的地方蹲点。班主任进门时，甚至友善地向我点头示意。

北方的冬天，寒云遮天蔽日，每次上课前，班主任都会用火钳子夹煤添火。

事实证明，我对时间的掌控极为精准。1，2，3，4，5——教室里传来一声号叫！怒不可遏的班主任，举着一只胳膊，伸出一条腿，一脚把我踹出两米开外。

我说："是徐晓楠告的状！"

女人问："你怎么知道？"

我说："我就是知道。她每天上课时，都会朝我微笑，可从那之后，很少了。"

我说："北方的冬天，寒云遮天蔽日。"

徐晓楠就是那个留着刘胡兰式短发的女孩子，名字念得快一点会念成"悬"，反正我总叫她"悬"，然后我会飞快地转过头，目视远方，看天上的飞碟，或者旅行的蚂蚁。

就这样，我叫了她五年的"悬"，她从未发现，我喊她名字的时候会不自觉地红脸。

徐晓楠的成绩很好，长期稳居全校前三。

她喜欢天上半明半暗的云，喜欢纱织和花仙子，喜欢加了莲子的红豆粥，喜欢在歌词手抄本里写"让青春吹动了你的长发，让它牵引你的梦"。

她喜欢午后三点半的下课铃，喜欢山口百惠和迈克尔·乔丹，喜欢军鼓队里密集的鼓点，喜欢看手中的五星红旗，迎风飘扬。

她最喜欢看我抽风似的在操场上练"天马流星拳"。

徐晓楠的成绩很好，只有奥数考不过我。有一次，我俩代表全校参加新华区的奥数比赛，她考了第七，我考了第三，我们错过了学校体育考试。返校后补考，她四百米跑得比我还快，我们班男生全笑抽了。

四年级，我立志德、智、体全面发展，参加了学校足球队的少年班。

五年级，命题作文课，以"我的理想"为题。

徐晓楠拿到题目便奋笔疾书，我开始不三不四地找身边的同学扯淡。课间，我偷偷地看了徐晓楠的作文。

那一次作文课，老师念了两篇优秀作文，一篇是徐晓楠的《我的理想是做警察》，另一篇是我的《长大后我要做警察局长》。念完后，老师让同学们发言，徐晓楠突然失声痛哭，哇哇地哭，跟丢了十块钱似的，哇哇地哭，一点也不像人民警察。

五年级下学期。

我成绩下降得厉害。

我开始在日记里写徐晓楠的名字，写得飞快，字迹凌乱，仿佛我在微风里，一遍遍地喊她："悬"。

班主任频频来家访，让我爸我妈好好管住我，多谈心，多敲打，多教育！

班主任其实已经从师专毕业了五年，却还是单身。

"这事儿挺急迫的，"我跟我妈说，"我们班主任想让你帮忙给介绍个对象。"

我妈古道热肠，风行雷厉，四天后就给我们班主任物色了一个。

那姑娘，鬈发头，大嗓门，穿着布拉吉，热爱托尔斯泰和陀思妥耶夫斯基，能讲一口流利的俄语。

不知道班主任是否在热恋，总之，他没有再来家访。

有一天，我看见班主任骑自行车带着"鬈发头"迎风摇摆。我疾步跑上去，以极为平静的口气说："老师，其实我什么也没看见。"

我边跑边解释，班主任没搭理我，也没有再腾出一只脚把我踹出两米开外。

第二天上课，班主任找我谈心，他说，你不许告诉任何人！我在仅有两个男生的教师宿舍里，指天为誓：此事自生自灭，就此打住，否则来世转猪，永世不得出栏。

出了宿舍，我正撞上徐晓楠，我冒死把这个秘密分享给她，其实，我只是想告诉她，我是多么希望坐在自行车后座的是她，蹬车轮的是我。

徐晓楠不以为然，她觉得我要变成猪这事是完全的扯淡。

阳光下，她远远地笑起来，箍着门牙的钢丝套，银光闪闪，亮得我都看不到她横逸的幼鳍。

六年级，我的红领巾迎风飘扬。

市少年杯足球赛，决赛，十二码点球，我主罚。

看台上坐着很多老师和同学，我看不到银光闪闪，我找不到徐晓楠。我向观众席发送巨大的笑脸，我要把这个点球献给徐晓楠，我要给她看我所有的日记，我要给她表演我的天马流星拳。

女人说："手靠得都累了，换个姿势吧。"

我直了直背，松开右手，又点上一支烟。太阳已经爬起来，阳光涂抹在窗帘上，像擦上百雀羚雪花膏似的，香香的。

上初中以后我们全家都搬走了。

我没有徐晓楠的消息。

她也同样不会有我的。

七年后，在一本作文书上，我读到一篇署名徐晓楠的文章。她描写了一场全场对攻的足球赛。赛末时，有人犯规，主队衡量再三，由队长主罚点球，十二码，他一球定乾坤。

她写道："人生就像一场全场对攻的足球赛，无时无刻不在和命运赛跑。当你站在罚球线上时，千万不能犹豫，不能左顾右盼。十二码是衡量人生勇气的距离。"

她写得很对，但她显然忽略了比赛的实事，从此我再也不想联系她。

过了七年，我在同学的婚礼上遇到了徐晓楠。

她留着铅直的长发，没有了银光闪闪的钢丝牙套，笑起来软软的，像一块高粱饴糖。

如果那天她是伴娘，也许我会鼓起勇气主动找她搭讪，可惜那天结婚的是我们班的男同学，作为伴郎，我拼命替新郎挡酒，飞快地撂倒自己，甚至没有和徐晓楠说过一句话。

又过了七年，我在小学毕业的一次聚会上遇到徐晓楠。

她穿着一件硫酸铜一样淡蓝色的毛衣，安宁得仿佛亚龙湾。

我虽然还单着，可我不确定，她儿子是否已经上了小学，她女儿可以弹奏几首李斯特。

但我很快相信，她低头发短信是在向她的老公汇报没有喝酒或者几点到家。

那晚气氛很好，二十年没见面，班主任还能叫出大部分同学的名字。

我问老师："为什么选我做班长？"

班主任说："你个头高，屁股大，醒目！"

全场笑瘫。

忘了谁叫了徐晓楠一声女神，男生们又摩拳擦掌起来。我正想着解围，徐晓楠却说："你们男生，谁被老班揍过的，赶快敬老班一杯酒呀！"

不用说，我喝得最多。

可是那晚我话很少，像一个荒芜的秋天，颗粒无收。

男同学纷纷忙着向班主任敬酒，我百无聊赖，开始一个个记录通讯录上的电话号码。

同学和老师拉着手一遍遍地唱《光阴的故事》，晚宴在将近十二点才结束。我看见徐晓楠一个人在等出租车。

下着雪，马路上行人不多。

我和徐晓楠隔街相望，雪片很大，像把人沐在银河里，很快就沾满了头顶和睫毛。我在想，人生真是太漫长，如果我现在过去牵住徐晓楠的手，由此向东走下去，三条街之后，我便和她白头偕老，此生无憾。

可我终究没动，定在原地，远远地，仿佛一个等待被主罚的点球。

女人动了动身子，催促说："然后呢？"

我说："你是急着走吗？"

女人开始穿衣服，她直起身，背过手来，轻巧地给文胸系上扣子，轻巧得好像给一段葱白扎上了蝴蝶结。

我没能忍住，凑过去在她背上重重地吻了一下。

女人转过脸问："还疼吗？"

我说："还行，昨晚你用啃甘蔗的节奏，把我的右肩咬成了一个烂桃。"

女人说："然后呢？这个故事是怎样结束的？"

我说："然后徐晓楠搭上一辆出租车。我想跑上去给司机些零钱，汽车嗖的一下开走了，我甚至都没记下车牌号。"

我沿着雪野一直向家里走去，微信的朋友圈里，陆续有同学来报平安到家。后来，我看到徐晓楠写的。

她连续发了三条：

她说，我好想你！

她说，我到家了。

最后一条，她说：二十年啦，当初老老实实的兄弟如今成了大混混，花心的姐妹做了全职妈妈，沉默的同桌当上了心理辅导老师，干瘦的小弟做了商界的大亨，最坏最痞的那一个呀，活成了一个哑巴。

我在雪地里发足狂奔，像主罚点球一样奔跑，我在黑夜里号叫，歇斯底里地高唱："让青春吹动了你的长发，让它牵引你的梦……"

最后，我瘫倒在雪地上，我掏出手机打给徐晓楠，我说："喂，你还单着吗？"

女人咯咯地笑着说："好吧，好吧，我感动了！"

我说："感动了可以不收钱吗？"

女人瞪大眼睛说："我们很熟吗？"

她很轻地关上了房门，像把我珍藏在一个盒子里似的。

"我走了，真的要走啦！"

　　我慢慢地穿好衣服，走向窗前。
　　我收到一条女人的微信，她说："冰箱里有红豆粥，热着吃啊。"

　　每个人都会站在人生的罚球线上，或许那是十二码，或者更多，又
或许考验勇气的距离是多少并不重要，勇气才重要。
　　窗外天光已经大亮，白茫茫大地真干净。

下辈子，
请做我的床单

七月，毕业季拍马杀到，有人一起失恋，也有人抱定决心要闪电般告别处男！

~~~~

1

并不是所有的理工男都有男神范儿！

比如说：石斑——一个十足的肥佬，矬，邋遢，高度近视，笑如面瘫。

当然石斑也并不是浑身缺点，不然我也不能和他做好兄弟这么些年。

优点有三，简要说来——

第一个优点叫成绩拔尖。

虽逃课、蠢睡、打游戏，也不能动摇其全系学霸排行榜前三甲的位置。

当然我也没少借着石斑的小纸条沾光，虽逃课、蠢睡、打游戏，就是不挂科。

第二个优点叫听人劝，吃饱饭。

石斑是个善良纯真的胖子，凡事都要我这个好兄弟做主。

比如：熄灯后我约石斑翻墙去"搞串啤"，石斑坐定后，一定让我先吃饱喝美。

等到石斑实在忍不住，拿起一条秋刀鱼想吃时，我循例会说："石斑，你要少吃，吃夜宵最容易发胖。刚刚翻墙时，我听见了裤子开裂的声音！"

石斑强咽下口水，快步起身买单，循例会说："嗯，险些犯错误了！"

第三个优点叫"黄品源"。

这里我详细解释一下。

石斑是典型技术宅男，由于长期在寝室潜水，大批量青春消耗在十五英寸的MacBook Pro（苹果的一款笔记本电脑）前，最擅长一边下载小电影，一边分类汇总，笔录详尽地为日后检索备案。

比如舍长问："上围34D，腰围二十五英寸[1]，臀围三十六英寸，身高一米六的天蝎座女优是？"

"高树玛利亚！"石斑平静地给出答案。

比如腊肠说："33C的松岛枫最大的爱好是开车吧？"

石斑慢悠悠地说："其实，松岛枫真正的上围是33D，爱好是开车，但强项是竞走，不谢！"

而当龙猫对石斑海量的知识储备以及闪电般的检索速度惊为天人的

1　英美制长度单位，1英寸等于1英尺的1/12（1英尺约合0.3048米）。

时候，他只是淡淡地从心底发出一声"呵呵"，气定神闲又怅然若失地说道：

"可惜我只停留在理论高度，以江湖的角度看待成人世界，我这个黄品源，其实只是一个王语嫣。"

2

大二的游泳课上，石斑告诉我，其实他一直有暗恋多年的女神！

那女孩是自动化五班的肥皂姐，和石斑是高中同学，短发，套钢丝牙套，拥有一身和石斑一样灵动细滑又弹性十足的白肉。

当时肥皂姐从三米板上一跃而下，溅起了半池子的水花和男同学。

只有石斑石化了一样定在水中，在肥皂姐转身游摆的华丽背影后，笑成了一朵天真无邪又傲然盛放的太阳花。

"她的泳姿太漂亮啦！"石斑说，"我从来没想到一个胖子可以在水中游出这样优雅的泳姿！"

石斑告诉我这个消息时，我和他正挤在学校浴室的花洒下。

我说："同学，你肥皂掉啦！"

石斑弯腰去捡，我趁机向花洒里挤进一步，冲掉了眼角上的沐浴液。

彼时，石斑已把肥皂握在了手中，钻木取火一般，在掌心里百转千回地搓揉着。

"做梦都想在有生之年娶到肥皂姐这样的女孩啊！"石斑说着，将大把的肥皂沫擦在身子上，白色的皂花，瞬间沾满了他丰腴的身体，石斑哼起了小曲，像一坨快乐的棉花糖。

3

整个大三石斑都泡在水池子里和泳裤相依为命。

"想到有一天要在肥皂姐面前一展身手，受再大的苦也值得！"石斑指天为誓。

那次测试自由泳，石斑和肥皂姐挤在一个泳道上做热身。

可想而知，泳道的浮标在经受了强大的挤压后最终反弹回来，石斑被穿着浮标的细绳缠住了腿，一连呛了几口水，要不是肥皂姐眼疾手快，拼尽全力长久地拖住他，那条和石斑相依为命一年的泳裤，可能将成为石斑撒手人寰时唯一的陪葬。

此后石斑心灰意冷地仰面躺在寝室的床头，淡淡叹出一口气说："再没脸站在肥皂姐面前！"

4

转眼就到了大四，临近毕业，大伙都忙着劳燕分飞的时候，石斑将硬盘里所有的松岛枫和高树玛利亚都进行了格式化，然后满腔悲愤地说："今夜，我要告别处男！"

我问："你打算找谁？"

石斑说："我只爱我的肥皂姐！她救过我，人命债，我人肉偿！"

石斑拉着我的袖子说："走！兄弟，陪我！"

我大惊失色："干甚？去哪儿？"

石斑大喝一声："先买点酒喝去！"

我说："好，等下买三瓶250ml的红星二锅头，兄弟出钱。"

石斑说："你直接弄死我吧！"

我说："那买一瓶威龙94，你出钱。"

石斑说："好！"转而问宿舍的兄弟们，"有套吗？"

彼时正值分手高峰期，宿舍内兄弟们纷纷拿出积压在箱子底的存货。

宿舍舍长说："给你冈本吧，水蜜桃味带暗纹。"

腊肠说："请用我的杜老师，超薄透气，蜜柚香型。"

龙猫说："我这儿还有JEX，双重润滑，青瓜口味。"

石斑转而问我："你也贡献点啥吧？"

我说："我来点精神层面的吧。帮你写封迷倒肥皂姐的小情书吧，你要什么口味的？"

石斑说："淡淡装×，淡淡愁。最好低调内敛型的。"

我在纸上写：

> 我不做你头顶的蔚蓝，只想做清风吹拂耳畔。
>
> 我不做你张扬的风帆，只想做溪流歌唱陪伴。
>
> 我只愿爱得坦白而平淡，下辈子，请让我做你的床单！

5

据说临近毕业，同学们的心情都异常焦灼，不是干柴烈火，就是擦枪走火！

总之石斑那晚的表白很顺利，两人喝掉半瓶威龙94，就决定去学校附近的如家，体验如家一般的温存。

上床前，肥皂姐不胜娇羞。

石斑壮着酒胆对肥皂姐说："这些年，我心中只有你，虽阅片无数，却守身如玉！"

肥皂姐不胜娇羞地低下了头。

石斑掏出小情书念道：

> 我不做你头顶的蔚蓝，只想做清风吹拂耳畔。
>
> 我不做你张扬的风帆，只想做溪流歌唱陪伴。
>
> 我只愿爱得坦白而平淡，下辈子，请让我做你的床单！

肥皂姐不胜娇羞地解开了上衣的纽扣。

石斑从包里翻出早已准备好的安全套说："你选一个吧，是水蜜桃味的冈本、青瓜香型的JEX，还是超薄超透气的杜老师？"

肥皂姐登时大怒，一巴掌扇在石斑脸上说："你这个惯犯！"

石斑霎时不知所措，战战兢兢地说："下辈子，请让我做你的床单！"

"滚！"肥皂姐摔门而出。

好可惜，差一点就成了滚床单！

6

毕业后，我等不学无术的同学，纷纷跌入滚滚红尘。

石斑则继续留守象牙塔，开始他硕士阶段的学霸生涯。

两年后，石斑硕士毕业，迅速与肥皂姐大婚。哈哈，你没看错，的确是石斑与肥皂姐大婚。

我问石斑："大学毕业那晚，你告别处男了吗？"

石斑淡定地说："从技术层面上讲没有。"

我问："那从精神层面呢？"

石斑说："那晚我追肥皂姐出门去道歉。肥皂姐却说我根本就是个老色狼。我说，我的确是初犯，而且还未遂。可肥皂姐说她不相信我的话。肥皂姐拿起剩下的半瓶红酒，一口气喝了下去，她说她彻底错看我了！"

"然后呢？"我问。

石斑说："然后肥皂姐过了一会儿就迷迷糊糊地睡着了。可惜我拖不动她，手机又落在了酒店里，又怕她着凉，于是我躺在地上，让她睡在了我身上。那次之后，从精神层面上讲，我俩就真的好啦！"

婚礼中，司仪让石斑说说是如何征服女神的，石斑登时愣住，菜墩般直戳在舞台上。

这时，肥皂姐抢下话筒，轻轻地说道："我不需要你做我头顶的蔚蓝，也不需要你做我张扬的风帆。要是有缘，今生，你就做我的床单！"

台下哄笑成一片。

我漾出眼泪暗骂："浑蛋！这他妈谁写的诗，怎么这么好？"

一次飞翔

~~~~

李浩是我见过的所有"路怒症"患者中最狂躁的人。

通常情况下，我开车看到有人加塞、随意变道或者逆向超车时，会在心里暗骂对方一句，再不然摇下车窗，大嗓门问候一下他的老娘。李浩则不然，眼里容不得丁点沙子，"路怒症"成了他藏在脑垂体里的一颗拉了弦儿的手榴弹，谁一碰，他马上就抽筋反射，炸得牛×且灿烂。

有一回在北三环上堵车，前面有辆车借非机动车道超车，正在伺机加塞。李浩一把拉开车门对我说："苏秦，到前面红绿灯接我。我要去教育一下那个加塞的人！"

说罢，他跳下车，头也不回地朝前面的车子疯奔过去，如同詹姆斯·邦德执行任务一般潇洒帅气，勒布朗·詹姆斯三步上篮一般彪悍淋漓。我把车子开到前面的路口等他，左寻右找不见人影，又向前开了两个红绿灯，才看见李浩坐在马路牙子上，一边擦汗，一边大口地喘着粗气。

我问他："什么情况？"

李浩说："我跑过去，拍拍车门，司机按下车窗问我有何贵干，我说，小样儿，你丫注意点，别老插队，忒危险！"

我问："那人怎么说？"

李浩说："那人没搭理我，我继续教育他。我说，你丫穿戴这么整齐，是不是急着去奔丧啊？"

我暗自捏了一把冷汗。

李浩继续说："那人还不理我，丫居然按上了车窗，还对我竖中指！"

我问："你后来怎么着？"

李浩拍拍胸脯说："他不听我教育，我就一个飞脚踹了他车左边的反光镜！"

说罢，李浩哈哈大笑起来。末了又补充一句："为一个反光镜，丫居然追我跑了三条街，真是又傻又抠门！"

当然李浩的狂躁不是天生的，与其说是"路怒症"，倒不如说是一次事故的"后遗症"！

说来话长，那会儿是大四刚毕业。我跟李浩、唐薇三个人的乐队还没解散。

因为要赶着参加九月份北京地区"冰力先锋"的摇滚大赛，我和李浩毕业后一直晃荡着没找工作，租住在朝阳北路上一间6平方米的地下室里。唐薇进了一家广告公司，做策划，平时就住在她小姑家里。只要有时间，我们三个人就凑在一起排练。

那会儿主要的收入来源就是到后海公园边上的一家"蓝莲花"酒吧去驻场，钱不多，基本就是"饿不死，也吃不好"的水平。每次发了钱，李浩都张罗着下馆子去海撮一顿。到了吃饭的时候，他便拼命地给唐薇夹菜。鬼都能看出来，李浩喜欢唐薇。

著名的朋克乐队"绿日"一直是我们的偶像，所以给乐队起名的时候，我一口咬定要用"绿灯"这个名。我说："你俩整天黏黏糊糊，搞得我跟一个'发光发亮又发骚'的大灯泡似的，咱就选这个名，真实、接地气！"

李浩反问："绿灯会不会太粗俗了，一点也不酷炫，一点也不摇滚！"

唐薇则笑嘻嘻地说："绿灯可以，有向偶像致敬的意思，而且很温暖。"

李浩马上觍着个热脸凑过来，憨憨地附和了一句："小薇说绿灯好，就用绿灯吧！"

我戳着李浩的脑门骂他："好个屁！"

唐薇公司的副总也是个朋克迷，一来二去就跟我们混在了一起。他有辆别克君威，平时帮我们运运乐器也挺方便。后来，我发现他和唐薇有点暧昧的苗头，于是提醒李浩："那小子有钱又有心，你得多长点心眼。"

李浩自信满满地跟我吹牛："唐薇早晚都是我老李家的人。眼下，先把比赛弄好再说！"

由于决赛必须演奏一首原创歌曲，李浩那阵子花了很大的精力在创作上。唐薇却因为工作忙，时常错过彩排。李浩后来就写了首歌叫《飞翔》，是献给唐薇的一首情歌：

> 我追逐着山谷和心间的回声，用寂寞的镰刀收割空旷的灵魂。
> 天空从未留下过飞翔的影子，但我们曾是一群傲然的鸟人！

我对李浩说："你这歌颂爱情的歌词可有点二啊！"

李浩说："苏秦，你丫不懂，这是泰戈尔关于爱情与飞翔的名句。"

可我一直很纳闷，什么时候泰戈尔也关注过恋爱中的鸟人？

临近比赛，有一天，李浩带唐薇公司的副总去拉乐器，那天李浩有点心血来潮，自己做司机，让副总坐在副驾驶位置上。结果路上有车子逆向超车，加塞时，李浩避让不及，撞到旁边一个行人。

更二的是，李浩为了彩排，居然没有停车，拉着乐器一路飙回排练房。谁知道，那天马路上有人报警，警察很快就找到了我们。警察以交通肇事逃逸为由，要把李浩带回看守所拘留。

唐薇当时一脸惊恐地挡在李浩前面。那个副总也热心地走过来，拍拍李浩肩膀说："兄弟你别担心，我会替你好好赔付那个伤者和家属，你很快就能出来！"

谁知道李浩跳起来，抽了那副总一记耳光，骂骂咧咧地叫了一句："谁稀罕你的臭钱！"

然后他恶狠狠地瞪了我和唐薇一眼，晃晃悠悠地随警察跳上了车子。

李浩让我去拘留所时为他带几个皮筋，我问他做什么。

他说："用猴皮筋绑在凳子腿上当琴弦练，我怕出来后，手生，影响了比赛的效果。"

我说："比赛不算什么，你回来跟唐薇好好解释一下，别让她误会你揍她领导的事。"

李浩说："我跟唐薇完了，最后就送她一场漂亮的比赛做纪念吧！"

那时离"冰力先锋"的决赛还不到十天，李浩在看守所里蹲了七天，出来后，甚至都没再找唐薇彩排过。

可是比赛那天李浩把那首《飞翔》发挥得非常好，舞台上他变得张扬、暴戾，沙哑的声线中充斥着挣扎与绝望。唱到最后一个高潮，他在舞台中央，忽然剥光了上衣，一把将贝斯琴颈抡到半空，然后径直砸下来，如此反复三次，直到把他那柄心爱的贝斯砸得稀烂。

此时舞台的气氛飙到了极点，很多观众起立致敬，掌声爆棚。我诧异至极，却看见唐薇和李浩的眼中都滚着晶莹的泪花。

那一刻，我恍惚预感到李浩和唐薇的爱情走到了尽头。

无论如何，我们超常发挥，取得了总决赛第四名的好成绩。虽然没有捧杯，但有唱片公司现场收了我们这首歌的版权，我们未来将有幸在唱片上听到自己的作品。

那晚本来约好三人一起去酒吧庆祝，可是唐薇却说她临时有事，要先走一步。

后来，我又打电话给唐薇，却是那个副总接的。他说，他和唐薇在她姑姑家里吃饭，今晚不会再过来找我们了。

李浩说："苏秦，算了，我和唐薇早没戏了。"

我反问："你怎么知道？你为什么不尝试一下……"

李浩抢着说："那个副总说，他们要领证了。我也尝试了，抽了丫一巴掌，真痛快！哈哈哈！"

我说："那咱们绿灯乐队这就样解散了？"

李浩又大笑："什么他妈的绿灯乐队，当初就不该叫这个烂名，一个当上了电灯泡，一个戴上了绿帽子，简直是一对傻子，哈哈哈！"

那晚我和李浩喝得烂醉。被初秋的凉风一吹，半夜吐得稀里哗啦的。迷蒙中，李浩问我："苏秦，你有什么打算？"

我说："我要去南方找我女朋友。你应该再找唐薇谈谈。"

李浩说："别给我再提那个见钱眼开，朝三暮四的小贱人！苏秦，你当我是兄弟不？"

我说："是兄弟，最好的兄弟！"

李浩说："是兄弟，你把唐薇那小贱人的手机号删了，你明天就走，滚去南方，滚到天涯海角，换了新号码，绝对不能再联系唐薇！"

我说："行，我答应你。"

李浩说："苏秦，你走了，我也滚。"

那是李浩上次在北京留给我的最后印象。夜色里他的眼睛布满血丝，眼神凌厉得吓人，幽幽地唱着："天空从未留下过飞翔的影子，但我们曾是一群傲然的鸟人！"

唱罢，李浩一把将自己的手机投进了什刹海，湖面上瞬间传出"咕嘟"一声，仿佛一尾硕大无边的鱼跃起，一口吞掉了这个寂寞的晚上。

这之后，我去了宁波，李浩出国待了两年。"路怒症"就变成他开车撞人的后遗症，他成了这个事件的终身受害者。两年后，我去北京出差，正赶上李浩回国。我们的车堵在北三环上，他就急不可耐地去教育了前面那个加塞的傻帽。

　　我和李浩在北京待了四天，每晚都去后海边上的"蓝莲花"酒吧喝酒，兴致好的时候，还会上台唱几句。

　　第四天晚上，李浩终于忍不住问我："你是否还和唐薇保持着联系？"

　　我说："上回我们喝得迷迷糊糊的，你把我手机里的号码都删光啦。后来我去了宁波，新号码一换，就再没唐薇的消息了。你想找她，我帮你问问其他同学吧。"

　　李浩说："算了，你走了，我也要出去了！"

　　此时，舞台上音乐响起，传来一个悦耳又散漫的声音：

　　"她剪了新头发，房间也换了号码……"

　　我拍拍李浩说："哥们儿，我没错乱吧，你看那不是唐薇吗？"

　　李浩揉揉眼睛说："没错，怎么老大嫁作商人妇了，还隔江犹唱后庭花呢？"

　　我说："你丫嘴别那么损行吗？我去叫她过来。"

　　李浩恶狠狠地瞪了我一眼，潜台词仿佛是："你要是敢上去，今后就不再是我兄弟！"

　　于是，我抄起一盘瓜子，慢悠悠地顾自嗑起来。

　　李浩随即又恶狠狠地瞪了我一眼，大声地说："你丫要是上去就快点行吗？人家这就要唱完了好吗？"

　　我把唐薇领到李浩面前的时候，瞬间就找到了当年做"大灯泡"的感觉。

俩人都哭了，哭得我恨不得跪在地上，拉一曲荡气回肠的《二泉映月》，这样才能配得上彼时悲凉的气氛。

唐薇问李浩："为什么不辞而别？"

李浩反问唐薇："为什么移情别恋？"

唐薇说："你不要听别人胡说，我没有和那个副总怎么样。一开始我是觉得他人不错，踏实、热心还很仗义。"

李浩反问："后来，你不是和他登记了吗？"

唐薇说："没有！我后来发现他是个很虚伪的人，而且，酗酒很厉害！常常醉酒驾车，最后还是因为这个进去了！"

"哼！"李浩终于冷笑了一声。

唐薇反问道："我问你，李浩！当年最后一次彩排的那天，是不是我们副总开着车子，他那天酒驾肇事，怕坐牢，没停车，让你顶包的！"

李浩说："你们副总终于良心发现告诉你了？"

唐薇说："你为什么要答应替他顶罪？"

李浩说："因为你们副总说，你今后在单位很有前途，他希望我能帮他一个忙，也帮你一个忙。因为他说，你很爱他，已经决定去领证了！"

唐薇说："为什么不来找我说清楚？"

李浩说："你为什么不来拘留所看我？"

唐薇说："你进去的时候，我被派到外地出差了几天。李浩，你这笨蛋！"

李浩和唐薇在酒吧抱头痛哭，时隔两年，我们又仿佛回到了人生的起点，乐队还是那个乐队，蓝莲花还是蓝莲花，我依然是那个闪闪发光的灯泡侠！

　　李浩和唐薇结婚的时候，我驾驶着主婚车。有人在高架上加塞，我正迟疑着，李浩一把脱掉礼服上衣，打开车门对我和唐薇吼道："到下一个红绿灯等我！我要去教育一下前面那辆车！"说罢，他翘着性感的小屁股，一溜烟地跑走了。

　　我担心他在新婚大喜的日子跟人家大打出手，于是跳下车去找他，却看见李浩攥着拳头，垂着脑袋走回来，脸上甩着两行老泪，一副被人揍扁的尿样。

　　我问："怎么了？"

　　李浩说："那人按下车窗，车里的音响开得很大，我听见有个声音在CD里抽疯一般地喊着'我追逐着山谷和心间的回声，用寂寞的镰刀收割空旷的灵魂……'兄弟，那是我们的歌！"

　　向死而生的人生，谁不是在逆风飞扬？寂寞追逐的路上，总有镰刀会收割空旷的灵魂。

　　唐薇曾经说过，虽然当时没有任何音信，可是她坚信着，只要她在蓝莲花等下去，就一定能把李浩等回来。是的，她成功了，她听到了山谷和心间的回应。

　　傲然飞翔在天空，也许会折羽，也许无痕迹，但我们不辞做鸟人！

夏天与尘埃

有很长一段时间，我每晚都会梦到自己驾着一艘小渔船，孤身出海打鱼的情景：瓦蓝色的天空，罩住瓦蓝色的海水，时空凝结成一块硕大无边的硫酸铜晶体，把我和一叶小舢板衔在中间。忽然，海天摇晃起来，晶体开裂了，我从小舢板上跌了下来，跌出梦境，跌入一片蓝色的深渊。

1

我的家乡在宁波的石浦港。那年我十九岁，高考发挥得很差，家里没钱供我继续复读。阿问是我的同学，那年高考虽然他发挥得很正常，可是依然连个三流的专科也读不了，阿问的姑丈在石浦世家饭店里收银，便介绍他到饭店做收酒瓶子的小工，阿问觉得这活儿无聊又辛苦，于是改推荐了我去，自己到码头上找了一份捕鱼水手的工作。

江南的夏天，夹在梅季没完没了的雨水里，起初气温涨涨停停，忽然有一天雨霁云开，夏天就像浇上浓汤的照烧牛排一样，冒着"嗞嗞"的热气被端上桌来。

只有夏夜才是美丽的，我有时会跑去海边去找阿问。我们并排躺在一叶小舢板里，漂在海面上，海风轻悠，吹在身上，像面人师傅灵巧的手，一遍遍捏揉着人身上的痒痒肉。

阿问有天问我说："苏秦，你看这满天的星子像什么？"

我说："像什么？像一个寂寞的人，躺在地上，射在天上。"

我起身坐在船板上，远处村落的灯光，海面上星星点点的渔火，浮动在漫无边际的夜色里，尘埃一般。

2

石浦世家饭店的老板姓谭，人称"谭一刀"，是甬帮菜（即宁波菜）谭家名厨第三代传人。那时候石浦世家的生意并不太好，谭一刀时常亲自下厨，也带徒授课。

这份工作我做得很上心。每晚十一点半，饭店打烊，便是我最忙碌的时刻。我会把所有的易拉罐、饮料瓶、啤酒瓶打包摞在三轮车的车斗里。

我每晚一点钟左右睡下，第二天五点趁着大太阳还没蹿上天，骑两个半小时的三轮车把这些瓶子拉到丹城镇里的垃圾场卖掉换钱。

日子起初并不顺利，我不太爱讲话，又刚刚走出学校，皮肤不像其他的破烂仔一样黝黑发亮。收酒瓶老板看我少不经事，便对我压低价钱收货。

比如啤酒瓶，收别人一毛五，收我就要一毛三。

我却从未和老板争执过价钱。啤酒瓶在地上码好后，请老板过来数，他看我码得齐整，便象征性地点一下排数，做乘法，就结账算钱。

有很长一段时间，我只在第一排和最后一排里放十个瓶子，中间排只放九个，因此虽然被压价，我却总能多卖出十几块钱来。

有一次赚得多了点，我甚至买了一个西瓜送给老板。

那天，他忽然良心发现，居然开始一毛五一个收我的啤酒瓶。

我也迅速地原谅了他，从那天开始，每次少摆酒瓶子，我都会真心忏悔一番。

3

我的命运在几个月后发生了转机，那时已经在夏天的尾巴上。气温开始回落，饭店打烊也早。有天我在后院点瓶子的时候，遇到了经常给饭店送菜的眼镜阿武。

眼镜阿武高度近视，眼镜片有啤酒瓶底子那么厚。那天他杀气腾腾地冲进后厨，操了一把杀鸡刀，直奔谭一刀的办公小屋。我觉得事情不妙，抄起了两个啤酒瓶也跟了进去。

眼镜阿武拿刀子威胁谭一刀把前几个季度欠的菜钱马上结清。

按说这不算什么过分的要求，可那段时间饭店生意不好，谭一刀也欠下不止一个供货商的货款。

那天谭一刀被逼躲在办公室的一角，眼镜阿武右手握着杀鸡刀在办公室里叫嚣："要不你还钱，要不我弄死你，要不你捅死我！"

谭一刀说："饭店有饭店的规矩，我不能因为你坏了规矩。"

眼镜阿武听得眼冒血丝，登时就要杀过去。

我把啤酒瓶摆在地上，冲过去两手死命握住阿武的右手，阿武使劲挣扎了几下，脸上的眼镜不知怎的飞到了地上，杀鸡刀很快被我解了下来。

据说那晚后谭一刀还是把欠账还给了阿武。阿武拿到钱后，坐在地上哇哇地哭了，说是这次欠了赌债，以后再不敢来闹事了。

第二天晚上，阿问的姑丈来找我说："今后不用收酒瓶了，谭老板让你到后厨去帮忙。"

4

到后厨帮忙后，我索性住在了饭店的仓库里，我改叫谭一刀师父，而不像从前那样叫他谭老板。

我来石浦世家第三年夏天的一天，师父打烊之后来找我，他让我做一碗咸菜黄鱼面。

我以为他半夜要考我的厨艺，特意拿出自己深藏在冰柜里的一条野生黄鱼给烧了。

那鱼是阿问出海捕鱼时偶然抓到的，因为肉质特别好，我就私藏下来，想着有一天师父考我手艺时，一展身手。

黄鱼面烧好后，我端给师父。师父面带愠色地说："你把面拿到后院给谭婧吃去，她赌气饿了一天了，你替我多劝劝她。"

谭婧是师父的独女，从小被视为掌上明珠，师父万事宠着她，我很难想象师父到底因为什么事情和谭婧赌气。

5

门没锁，我轻轻推开走进去。

"滚！"屋里飞来一只凉拖——说实话，要不是心疼弄翻我手里的野生黄鱼面，凭我敏捷的身手，一定可以轻易避开这等下作的暗器。

"啊哦！"那鞋子正中我的左侧面颊，在幽暗中发出"啪"的一声，仿佛有人为这一击即中的"十环"鼓掌喝彩。

"Sorry啊！"谭婧马上跑过来，关切地说，"我还以为是老谭！"

"老谭没有，老坛酸菜面倒有一碗！"我双手把面向上托举。

"是我爸让你烧的？我不饿，我不吃！"

"你试试看啊，跟师父的手法很不一样的。"

"嗯，果然！老爸烧的火候太过，总是没把黄鱼肉细嫩的口感烧出来！"

"到底为啥跟师父生这么大气啊？"

"要是再有个荷包蛋就好了！"

"后厨有，你等着——"

"别忘了带点酱油啊。"

6

吃完面，谭婧提出要出去走走，我从后厨的冰柜里偷出一瓶干白葡萄酒，又跑去找阿问借了小舢板。子夜之后的海风，清凉得厉害，拂过周身，让人有一种想尿裤子的冲动。

我和谭婧划着小舢板向海中央驶去。

谭婧幽幽地说："我今年高考考得特别烂，我爸说既然大学没考上，不如早点嫁人好啦！"

我问："你自己怎么想？"

谭婧说："嫁人也要嫁自己喜欢的，嫁走马塘那边的陈胖子，我才不愿意。"

我从前听人家讲过，走马塘那边的陈家，是指谭一刀的师兄陈亨云家，陈胖子自然是陈亨云的独子。据说甬帮菜第三代传人间曾经有过一场厨神大赛，谭一刀虽然是谭家嫡传，却输给自己的师兄陈亨云。谭一刀想让谭婧嫁给陈胖子，无非也是想保住谭家在甬帮菜中独树一帜的地位。

这件事上，我特别能体会师父的苦衷，本想劝劝谭婧不如先和陈胖子处处感情，结果话到嘴边却变成了："我帮你补习，准备明年的高考怎么样？"

谭婧忽闪着大眼睛说："你，行吗？"

我说："不如我们先试试看！"

很久之后，我一直回想着那天夜里我是从哪里得来的勇气，一口应允下来帮谭婧复习功课。我记得在饮下半杯干白之后，谭婧从小舢板上站了起来，漫天的星光，头纱一样笼在她的长发上，像有人在黑暗的深处燃起的礼花，火光扎在夜空的帷幕上，也扎在我丝绒一般的心房中。

7

宁波菜又叫"甬帮菜"，主要是烹制海鲜，鲜咸合一，以蒸、烤、炖等技法为主，讲究鲜嫩软滑、原汁原味，色泽清寡。像腐皮包黄鱼、苔菜小方烤、雪菜炒鲜笋、三抱咸鲞鱼等都是宁波菜里的传统名吃。

据说，之前渔民在海上捕鱼，漂泊多日，捕上来的鱼，多以海水蒸煮，不加多余的佐料调味，一样鲜美爽口，让人唇齿留香，回味悠长。

就这样，我白天跟着师父在后厨学习刀工、配菜以及鱼鲞制法。晚上歇工，便到后院陪谭婧温书，补习功课。

有天谭婧跟我说："小叔，没想到你功课那么好，在这里学厨子很委屈吧。"

我说："人各有志，学好烧菜也很好啊。对了，我只比你大两岁，你叫我哥吧。我在兄弟里排行老五，你就叫我五哥好了。"

谭婧笑笑，将过额前的长发，古灵精怪地说："嗯！五哥，是午夜歌神的意思吗？"

"是，不过是午夜唱歌瘟神的意思。你要不要听？我这就来一段！"

"那算啦，我怕听完夜里会做噩梦！"

我操着一口熟练的TVB腔说："饿不饿，我给你煮碗面？"

"嗯好！我要黄鱼面加两个荷包蛋，还有，酱油别忘了来一碟！"

如此过了大半年，谭婧胖了一大圈，我除了刀工、配菜、腌晒鱼鲞的本事见长，最大的进步就是能够闭着眼睛烧出一碗鲜香四溢的雪菜黄鱼面。

又过了半年，谭婧如愿考上了宁波的大学，我则顺利地由帮厨的小工做到了灶头。日子变得顺畅起来，阿问也买了自己的船，偶尔拉着观光客去近海捕鱼，挣点零花钱。

谭婧临走前，用鲨鱼牙为我磨出一串棱角狰狞的项链。

谭婧说："小五哥，送给你，这串项链样子虽然奇怪，可是挂在包上能辟邪，挂在房上能避雷，挂在床头能避孕……"

我说："我没女朋友，不用急着避孕啦！"

谭婧转而笑笑说："小五哥，愿意等我大学毕业吗？"

我苦笑了一下，没有应答。能看到她在自己的辅导下考上大学，我觉得人生已经无憾了。至于其他的，我不敢想，也从未想过。

那天我破天荒地为谭婧唱了首歌。谭婧怪我说，我原来一直在骗她，其实我唱得还不赖。说完她毫无征兆地亲了一下我左侧的脸颊。

"以后就叫我阿婧吧！"谭婧笑笑，用圆润的酒窝总结陈词。

那年夏天，我终于体会到一种快乐，一种比卖啤酒瓶多赚出十几块钱还要快乐的快乐！

8

不知道是不是我的错觉，师父在教我时格外用心，我从灶头做到主厨，也只用了三年多的时间。

阿婧毕业的那年夏天，宁波市在石浦渔人码头组织了首届甬帮菜大赛，我想我一展身手的机会终于到来了。

有天夜里眼镜阿武送完菜，很奇怪地来我房间找我抽烟。他说："苏秦，昨晚我听说，师父想介绍你到宁波的酒店里做工。我想，你要是去了宁波，能不能帮我介绍点送菜的业务？"

我大惊，问道："你听谁说的？"

阿武说："是结账的时候，听见你师娘跟你师父说的！你小子是不是勾引东家大小姐了？"

我问阿武："师父他老人家怎么说？"

阿武说："你师父自然希望自己的宝贝女儿嫁个更好的人家了。"

没过几日，师父果然找我谈换工作的事。

我说："谭家对我有恩，这些年，我吃住全在谭家，无论如何，我想陪师父打完这场厨艺大赛，算我尽一点心意！"

"好！苏秦，其实你对我老谭也有恩啊！"谭一刀双手抱拳，刹那间，很多往事浮上心来，我眼圈一红，急忙走上前，抱住师父。

9

经过一轮初试，师父和走马塘的陈亨云，一起进入复赛阶段。

半决赛的菜题是"旧菜新烧"。

陈亨云参赛菜品为"螺王献宝"。取料是重一斤以上的大海螺，以海螺壳为容器，取全螺肉为主食，以精致刀工将螺肉切成薄厚相等的细片。施芝士酱打底，二层敷黄米、蒜蓉，顶层填冬笋、咸菜、淡奶油，明火煨熟。这螺王献宝，三层三味，入口盈鲜，回味悠长。

师父则做了一道拿手的"甬派文武鲳"，取东海鲜鲳鱼为主料，余姚雪里蕻为辅料，配以香葱、白蒜、姜片、砂糖、黄酒、精盐、酱油等上锅清蒸、煎炸。难点在刀工和火候，亮点为一鱼两吃，甜咸各异，甜处嫩滑，咸处酥脆。

两菜皆为旧菜新烧，亮点突出，自然双双杀入决赛。

决赛在三天之后进行，决赛的题目是一道传统的宁波菜——"雪菜大黄鱼汤"。

我看到这个题目时和阿婧相视一笑。

阿婧说："五哥，你练了一年的雪菜黄鱼面，现在这个选题简直是为你量身打造的。"

我说："好啊，最后一战，我一定做好师父的帮手。"

师父点点头，也默默地笑了。

告别了师父和阿婧，我匆匆忙忙赶去阿问的码头。

那场决战，谭家最终战胜了陈家，师父也取得了首届甬帮菜大师的荣誉称号，那个横亘在师父心头多年的阴霾，终于烟消云散。

师兄弟们在自家酒店里开宴庆祝，而我在颁奖后，选择了一个人悄然离开。

10

阿婧后来告诉我，我离开石浦赶赴宁波的那天，她去阿问的码头找过我。

阿问跟她说，我是向他借了船，独自出海三天捕到一条野生大黄鱼才赶回来的。

有很长一段时间，我每晚都会梦到自己驾着一艘小渔船，孤身出海打鱼的情景：瓦蓝色的天空，罩住瓦蓝色的海水，时空凝结成一块硕大无边的硫酸铜晶体，把我和一叶小舢板衔在中间。忽然，海天摇晃起来，晶体开裂了，我从小舢板上跌了下来，跌出梦境，跌入一片蓝色的深渊。

归途中，我遇到一阵小风暴，差点为此丢掉了性命，是风暴平息之后，夜晚升起的金星为我指明了方向。

我想起许多年前的夏天，我曾和阿问并排仰躺在小舢板里，那时感觉夏天很长，青春很长，仿佛永远不会老去，而现在，那些悠长之夏，只仿佛是记忆里闪着星光浮游的尘埃。

又过了很长一段时间，夜晚醒来后，我不再惶恐。我会牵住身边姑娘的手放在心口，而她总是睁开惺忪的睡眼，叫我喊她，阿婧！

当我们要谈什么时，
我们谈爱情吧

~~~~~

　　大飞是我见过的最纠结的男人。大部分的时候，他是刀子嘴，豆腐心，或者刀子心，豆腐嘴，有严重的心口不一、自相矛盾倾向。譬如他决定要做A事，嘴上却偏念着B事的好，然后一边数落着A事的种种弊病，一边一丝不苟地把A事办得圆满妥帖，总之一句话：他活得有点"声东击西"。

　　大飞在国际妇女节那天出生，按照星座学的划分，二月十九日至三月二十日出生的人属双鱼座，大飞是标准"鱼脑"。我有次没忍住好奇，偷偷窥视了他的星盘。他出生的那一刻，水星在水瓶座的二十一度，太阳落在了双鱼座的十七度，火星落在了二十二度，而上升星座是双子座，当然这些技术指标都不重要，重要的是他的星盘暗示出他天生就是一个矛盾体，是带着强烈精神错乱与人格分裂的矛盾体。

那年夏天热得出奇，白云退尽的天空，蓝得让人瞠目结舌。太阳就像是一个海盗头子的眼睛——因为另外一只的缺失，残存的这一只瞪得丧心病狂，夏天长得仿佛万寿无疆。有一天，大飞告诉我要有女宾住进来，今后在家里行走江湖，再不能像丐帮污衣派那样衣不蔽体了。他说，他领导的一个远房表妹要来宁波打工，暂时要和我们租住一段时间，等她找到了房子，就搬出去，或者她根本待不久，没准儿夏天过去就回宜宾老家去了。我问大飞，为什么他领导放心自己表妹跟大老爷们儿混住在一起？大飞说："我也想不通，大概看我是个好人吧！"

大飞领导的表妹叫景小姐，她到来前夕，大飞领导申请外派去了东北的分公司，大飞被推到代理副职的位子上。我祝贺他时，他却说，这是领导要给他戴高帽子，他无德无能，配不上这个帽子。他一边不停地骂着脏话，一边抄起扫帚把家里彻彻底底地打扫了个干净。

景小姐搬来的那天下了很大的雨，这场暴雨来得很急，花生米大小的雨点如霰弹枪一样打在窗户与房顶上，景小姐进门时已经被浇得浑身湿透，硕大的旅行包挂在背后，像一只夜行的蜗牛。更确切地说，像一只中弹受伤的蜗牛。大飞拿出早已准备好的脸盆、牙膏、牙刷送给了景小姐，便像受惊的兔子一样折回房间，从此除了喝水、撒尿，绝少推门出去。

晚上雨止，大飞躺在床上碾床单，他问我："是不是该问景小姐要点房租？"

我说："这是领导的亲戚，你搞错没，何况人家还给你升了职！"

大飞说："这一码归一码。"

然后翻身好似睡下，半晌无语，冷不丁地又冒出一句："该死！忘了买毛巾啦！"

景小姐搬来的头一个星期几乎天天躲在卧室，深居简出。偶尔飘出来，面色苍白地和大飞打一声招呼，又飘回屋里，像一只摇摆的灵魂。半月之后，景小姐的面庞渐渐回了血色，眉目清秀起来，仿佛春水初生，春林初盛，生动得让人禁不住又爱又怜。景小姐每天很早起床，把家里收拾得干净利落，然后素面朝天地赶着早高峰滚滚的人流出外谋职。景小姐是学音乐的，面试了几家琴行教员的位子，一一未果。景小姐心灰意冷，春水春林又萧条成秋风秋雨。

某天大飞忍不住问景小姐要来生日，他替她看了星盘。素雅的景小姐是处女座的，两天之后正好有新月，木星又要穿越她的事业宫。大飞果断让景小姐在新月的当日许了愿，大飞说，明天就是你马到功成的日子，出门尽量少见人，尤其不能见同星座的，打辆车直接去面试，这事铁定能成！景小姐照做了，一出门当街就拦了一辆的士，拉开车门，信誓旦旦地问司机："师傅，是处女座的吗？"师傅一听，立马笑得岔过气去，他行车多年，遇过各色客人，但从来没见过客人一上车就问处女能不能坐车的。景小姐回过神来，也爽快地笑起来。由于那天面试前心情大好，后面的事情，顺利得出奇，景小姐因此得到了一份琴行执教的短期工。大飞也很得意，他人就是这样，有时候神神道道的。

景小姐的工作是按小时收费的，为了能多挣点钱，她不得不每天早

出晚归的。大飞一改往日夜猫子的习性，天一黑透，就要躺下睡觉。可
是，通常的情况是躺下却又睡不着，辗转反侧地把小床板折磨得跟拉小
提琴似的。

　　我问他："为啥睡不着？"

　　他说："担心景小姐。"

　　我说："那怎么不去接她？"

　　他说："非亲非故的，太殷勤了不合适。"

　　直到景小姐上楼，高跟鞋在楼梯走廊里敲出一串响亮的音符，大飞
才抽出颈下的枕头，压在头上，没心没肺地睡去。

　　有天早上景小姐没有按时起床，我提示他要不要进去问问情况。
大飞一边嘴死硬地说关他什么事，一边悄悄把手放在景小姐的卧室门
上。原来前一天晚上公司聚餐，景小姐吃坏了肚子，一夜跑了四趟
厕所。景小姐说休息半天就好，不碍事，让大飞只管上班去。大飞也
没多说，上班途中又发了"鬼使神差"的癔症，跑到药店，买了止泻
药。景小姐服药后，又休息个把小时，终于有了胃口和气力。大飞问
她想吃点什么，景小姐不好意思地说想吃棒约翰的青椒熏肉比萨。大
飞嘴上应了声好的，屁股却未动。过了会儿，他折回自己的房间假装
去找钱包。

　　我问他："是不是怕麻烦，怕花钱。"

　　大飞说："不是，是担心她刚拉了肚子又吃刺激性强、不好消化的
东西，对身体不好。"

　　我说："你干吗不直说？"

　　大飞说："怪不好意思的，怕姑娘小瞧我。"说完，大飞抄起钱

包，大步流星地跑到菜市上买了一盒鸡蛋和两个西红柿。

大飞本想告诉景小姐说，棒约翰的熏肉比萨卖完了，可是他觉得这样说很扯淡，于是说了实情。我知道对于他这么一个纠结的男人，告诉一个女孩子他的真心感受是多么不容易。景小姐喝完西红柿鸡蛋挂面汤后顿时来了精神，眉飞色舞地一抹嘴说："太，太，太，太好吃了，你怎么做的？荷包蛋很嫩，面汤又出奇地香！"大飞只是很冷淡地说了一声："鸡蛋可能打晚了，所以不是很熟。葱花炝锅时，油温高一点就会比较香。"他说话的语气极为稀松平常，好像对景小姐的赞扬根本不感冒，又好像对景小姐敲诈了他两个荷包蛋的事情耿耿于怀。当然，他没说实情，那天他是用香油炝的锅，还倒了半瓶子！

吃完面，大飞和景小姐交谈起来，聊着聊着就聊到了景小姐的身世上来。景小姐也不避讳，她说，她其实并不是大飞领导的远房表妹，表妹只是个通俗意义上的代号，它可以是邻居、朋友或者小三。景小姐不幸属于最后者。本来两个人有协议在先，只相爱，不干涉彼此的生活。可是，前段时间景小姐不小心怀了大飞领导的孩子，大飞领导先是让她堕了胎，然后跟她和平分手，老死不相往来。景小姐一时没想开，割腕自杀了，当然，景小姐很快被大飞领导发现，不然上面我啰啰唆唆扯的大篇就全是鬼话了。听到此时，大飞恨得咬牙切齿，巴不得抽他领导俩嘴巴子，可是，从他嘴里冒出来的话居然是一句："谁都不容易啊！"

晚上失眠时，大飞反反复复地唠叨："我就说吧，好事没那么容易临头的，原来我以为是给我戴一顶高帽子，谁知道是一顶绿帽子，一顶高绿帽子，一顶绿高帽子，一顶……"

我问大飞："是不是对景小姐有点意思？"

大飞说："别胡说，非亲非故的，扯那玩意儿干啥？"第二天早
上，大飞的眼圈黑黑的。

我问他："昨晚恒生指数多少啊？"

他说："可恶！数了五位数的绵羊。"

景小姐后来说，她起先的想法很幼稚，就想找个有钱的、帅的、有
情调的男朋友，现在看来，那些东西都靠不住，还是找个踏实点的一板
一眼地过日子比较靠谱。大飞问她接下来有什么打算，她说，接下来，
就是挣足了机票钱和房租，早一点返回宜宾老家，宁波已经没什么值得
留恋的人了。我巴望着大飞此时能像一个大爷们儿似的拍拍胸脯说，
缘分一场，房租我不要的！谁知道丫竟然觍着脸说，房租不要紧，慢
慢来！

两个月之后，宁波的夏日依旧彪悍，热风热浪似乎没有收敛丁点
的气焰。景小姐终于攒足了回乡的银子。她给了大飞三千块钱，告诉
他一部分作为房租，剩下的一部分请大飞帮她订一张回宜宾的机票。
大飞厚颜无耻地接过钱，却只字不提房租免单的事情，恨得我咬牙
切齿。

大飞查了航班信息，宁波飞宜宾需要到昆明中转，航程要三个多小
时，大飞想也没想就给景小姐订了商务舱，结账时他发现三千块还不
够，自己又贴了一百多块进去。

我问大飞："肉疼吗？"

大飞说："要不先别出票了，直接机场换牌吧，省得景小姐看见
肉疼。"

　　景小姐离开前请客吃饭，地点是奉化江边的烧烤摊，大飞选的，他说，多少有点灰飞烟灭的感觉。已经是九月下旬，暑气渐消，江风仿佛擦了清凉油般让人清醒。景小姐喝了点酒，面色绯红，美得胜过唐伯虎笔下的桃花。我琢磨着要引导大飞和景小姐谈论一点关于爱情的话题。这时有两个卖唱的小哥来到桌边插科打诨。一个小哥怀抱吉他，另一个小哥手执歌簿。

　　一个小哥问："帅哥，给这位美女点首歌吧！只要十块钱一首！"

　　景小姐问："能不能借用一下你们的吉他，姐姐来唱首歌，一样付你十块！"

　　景小姐接过小哥的吉他，即兴弹唱了一首《相见不如怀念》，这是大飞最喜欢的一首歌——让我澄清一下——这当然是大飞今后最喜欢的一首歌，当时他并不知道这歌是什么名字，他在右手拍桌子打节拍的同时，左手熟练地用智能机问了"度娘"。"度娘"告诉他，那句"谁说我俩还要相见，相见不如怀念"，正是景小姐想跟他说的心里话，歌的原唱叫龙飘飘，从此他们两个人也要飘呀飘呀飘……

　　我拼了老命地跟大飞使眼色，我其实想跟他说，这么美的妹子你还不收吗？你再不收，妹子明天一大早就飞了。原指望着大飞能在景小姐唱完后，卖力地鼓鼓掌，讲讲甜言蜜语，或者顺势摘一把"红似火"的江花，殷勤地献上去，或者更man（指有男人味）一点，直接上去把景小姐亲了。没准就一吻定情了。谁知道，这个大飞，在景小姐深情一曲之后，淡定地对卖唱的小哥说了一句："五块行吗？就只用了你的琴呀！"

　　景小姐付了十元，尴尬地走向柜台去结饭钱。旋即又折回来问大飞："你什么时候买了单啊？说好我请你的啊！"

大飞依然淡定，悠悠地说："明天是你的生日，算我给你庆生吧。你的歌我收了，我一辈子记着它！"

整个晚上，我想，大飞总算说了句人话！

一向失眠的大飞那晚居然被酒精撂倒了，阳光刺进眼睛时，大飞发现，景小姐已经打车去了机场。景小姐在大飞的房门口贴了条子。贴条子的事如来佛祖和警察叔叔都干过。警察叔叔通常的意思是，你站错了位儿，麻烦你找个时间过来交点银子。佛祖的意思是，甭折腾啦，就搁这儿等有缘人吧！景小姐的纸条显然更接近佛祖的。

纸条上说："大飞哥，我先走了！谢谢你一直以来的关心和照顾，你是个好人，一定有好的缘分等着你！谢谢你，再见喽。"末了，又补充了一句，"今年夏天其实挺短的。"

大飞问我："啥意思？"

我说："要不去追吧？"

大飞说："非亲非故的，有必要吗？"

我说："你丫还是不是个男人？"

于是大飞扯开嗓门对司机说："师傅，麻烦你，以最快的速度往机场开，闯了红灯都算我的！"大飞说这话时，眼睛直勾勾地瞪着远方，里面全是坚毅。

我望向窗外，白云退尽的天空，仿佛是脱光衣服的阿凡达，蓝得一览无余。至于这个故事的结局，大飞能不能赶上景小姐的飞机——这并不重要。重要的是，对大飞这样纠结错乱的男人而言，能够大胆地直面爱情，是多么不容易。我摇下车窗，大声唱道："妹妹你大胆地往前走呀，往前走，莫回呀头……"大飞将景小姐的封条抛向空中，甩开五百年的沉闷似的，说道："我最好的缘分到了，飞吧！"

　　对了，顺便交代一句，我就是那条叫作"大飞"的"鱼腩"！

亲爱的，

　　　有没有人对你说晚安

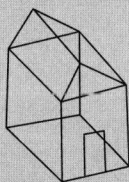

晚　安，　我　亲　爱　的　人

你脚踩的地狱只是天堂的倒影，
我唇角的故事终将是时间的灰烬

~~~~~

　　浩子大学时跟我一个班，在院篮球队里是我的替补。他身体素质很好，人生得又高又帅，可惜就是太懒，球技稀烂，如逢重要比赛，一定全场坐板凳。他每每赖着队长要上场冲杀一阵，放他上去就是一阵胡搞，要么乱放"三不沾"的三分球，要么抢篮板崴肿了自己的脚脖子。

　　这还不算，浩子成绩很差，基本属于旷课专业户，倒是谈恋爱、打架、组建网游战队啥的样样精通。

　　有一天，浩子鬼鬼祟祟地跟我讲："班长，现在我混成咱学校老大了啊，你要是有人要砍，吱声啊！"

　　我说："暂时还没有，先谢了啊！"

　　浩子伸出手指戳了我一下，说道："不客气，自己人，吱声啊，一定吱声！"

　　浩子的命运从大四时发生了急转，整个人就跟打了鸡血似的往前冲。先是球技精进，发奋图强地锻炼身体，紧接着，全年旷课，到社会上组建了一个模特演艺队，自己做经纪人，全国走穴赚银子。

　　那个时候，浩子经常在半夜三更给我打电话，内容循环往复，大体可以分成三类：

　　其一是，班长，你猜我今天赚了几万？

　　其二是，班长，我昨天被追着揍，你猜我被几个人砍？

　　其三是，班长，学校点名你可一定要帮我顶住！

　　我通常的回答是，你要平安地回来。你现在的点名可是全勤的，要是回不来，我估计要被学校砍了。还有，尽量早一点，我快顶不住了。

　　我苦苦地顶了一年，毕业前浩子因为自控（自动控制）成绩不及格的事被学校翻了出来，自控老师硬生生地要把他按住留级。

　　浩子收到消息，杀气腾腾地赶到学校找自控老师拼命。自控老师曾在日本留学，不但治学严谨，生活、衣着也极像日本青年。大学期间，她好像整天穿着丝袜短裙，就算飘雪的冬日，也不忘展示一双不穿裤子的美腿。

　　浩子说："我他妈找'布川裤子'拼啦！"

　　我说："你淡定点，'布川'其实人不坏，就是在日本多年，人也变得有点一根筋，你跟她好好谈谈，兴许还有戏，千万别动手。"

　　我说，记住，绝招是装孙子。

　　浩子去找"布川"理论，我等损友守在办公室门口窃听。

　　浩子苦口婆心、声泪俱下地讲了半天，最后"布川"轻声地问了一句："假如我放你毕业，你有什么人生理想？"

　　浩子说："我的人生理想就是毕业三年挣足一百万。"

　　"哈哈哈……"办公室里，"布川"发出地动山摇的笑声，她让浩子赶快滚蛋，她说："一个'连自己干什么吃的都不知道的人'，到社会上能有什么用。你——留级留定了！"

　　这之后，我们毕业，浩子留守，杳无消息。

　　又过了一年，浩子打电话说，他毕业去新疆打CUBA了，赚了几双好球鞋。

　　又过了一年，浩子打电话说，原来大学的球队有人结婚，问我要不要一起随份子。

　　我说，随吧！你告诉我账号，我打钱给你。浩子说，那点小钱，你甭管了。

　　又过了两年，浩子打电话说，班长，我随份子的钱，你能不能赶快打给我？

　　我说，行啊！你在哪儿呢？急吗？

　　浩子说，急，我在等着赶飞机，你丫快点，饿死我啦！

　　此后又过了好几年，我一直没有浩子的消息，直到去年，他来杭州出差，特意租了辆车开到宁波来看我。

　　浩子好像变了，眼神里不再有戾气，裹在金丝镜框里的大眼睛，跟住上豪宅似的，有股雍容的优雅。

　　我说："你这几年跑哪儿去了？"

　　他说："我去了哈萨克斯坦。"

　　我说："去干什么啊？"

　　他说："我毕业进了一家管道公司，然后搞工程施工，其实我挺能吃苦的，后来就出国搞建设了。"

我说："好啊！我正计划搞毕业十年同学会，你到时一定要来呀！"

浩子说："行啊！同学会我个人要捐点钱出来。不过，要是布川裤子来，我就不去了。"

我问："为啥？"

浩子说："布川看不上我，认为我不知道自己干啥吃的，我怕她再看见我，对她的人生打击太大。"

我说："布川不是特鄙视你的理想吗？你实现了吗？"

浩子说："'理想'？"他熟练地推了推金丝眼镜，军统特务一般，一本正经地说，"三年一百万那个吗？已经超额完成了。"

我说："对了，你在国外待得好好的，干吗要回来？"

浩子说："我妈走了，你知道吗？"

我一时语塞，定在原地。

浩子说："我妈得的是癌症。其实我出国拼命挣钱，是给我妈挣医药费的。我赶着回国，是因为我知道挣再多的钱也没用了，我要陪我妈走完人生最后一程。"

　　浩子开始慢悠悠地跟我讲如何在人生的最后岁月里陪伴母亲。这完全不是他一贯在我脑海中的印象，他很淡定，仿佛在诉说别人的故事。他很冷静，抽丝剥茧不带一丝火气地告诉我：他如何烧菜做饭，一勺一勺喂母亲吃；他如何洗衣拖地，一点一点地给母亲擦洗身体。他如何自学按摩，让母亲舒服一点，又如何在母亲小睡的间隙，疯疯癫癫地冲回家看望父亲。

因为是癌症晚期，医院不建议进行手术切除。

父亲很漠然，很犹豫。父亲跟他说，做不做手术的事情，由你来定，我已经无法承受了。

浩子听完父亲的话，把自己关在卫生间里，指着镜子中的自己一遍一遍地骂，我为什么这么蠢？为什么下不了决心？日子为什么会这么难？

然后他用头撞墙，抽自己大嘴巴。

然后，他推开窗户，瞪着楼底，掂量着是不是要一把结束这苦难的日子。

然后的然后，他在卫生间清洗了哭红的眼睛，换成一张笑盈盈的脸，上了发条似的继续烧菜做饭，继续洗衣擦地。

"最后，还是瘦成了一把干柴。"浩子说，"妈妈走得很安静。"

"追悼会的那一天，想不到医院来了很多人。病友、护士，还有特意请假赶来的主治医生，他们说，没见过我这么孝顺的男人，他们越说，我哭得越厉害。我哭得丧心病狂，很多人都拉不住，索性跟我一起哭起来。"浩子说。

我和浩子坐在江东区新河路上的一家咖啡馆里，午夜一点半，咖啡馆准备歇业打烊。灯光幽暗而昏黄，远远地，服务员开始收拾擦地，我们两个忽然抱头痛哭。

宁波的秋夜很安详，江风穿过法桐的叶子，哗啦啦的，像要揉碎这个晚上。

浩子说："别哭了，咱俩加起来快有三米八了吧？"

我说："是啊，咱们两个大老爷们儿，别再把人家吓着。"

　　我们从咖啡馆走出来，沿着江边溜达，我问："接下来，你有什么打算？"

　　浩子说："接下来，我要找个好姑娘结婚。我的条件不高，就是有一样，要容得下我爸。结婚以后我要我爸跟我们一块儿住。"

　　浩子终于搭乘一辆出租车，消失在秋夜的尽头。临走时，他问："你还记得毕业前，咱们打全校'三人制'（篮球）的时候，被三个两米多的大个儿打得像狗一样吗？"

　　我说："记得，你不是扔进了人生第一个三分球，然后咱们压哨逆转了吗？"

　　浩子说："是啊！扔之前，我就傻乎乎地想，快点结束吧！"

　　我曾经看到过一句诗："你脚踩的地狱只是天堂的倒影，我唇角的故事终将是时间的灰烬。"浩子的生活正好印证了前一句，而我迫不及待地想把这些记录下来。我想，等到时间化为灰烬，还会有人们在唇角挂记着这些故事。

我所说的拼命，只是不顾一切地活着

八月，台风"海葵"在宁波登陆，我被困在栎社机场的候机厅，已经过了十一点钟，延误的航班却还是没有丝毫消息。我在手机通讯录里不断地翻看着宋玉的名字，仿佛手指轻点一下，就能联通到他的世界。

机场外，风很大，大雨瓢泼而下，而我始终没有拨出号码。

1

我和宋玉是发小，五岁那年，我和他在家属院后的货仓里玩火时，点燃了一张大油毡。不知怎的油毡燃烧时滴下的沥青溅到了我的棉裤上，新棉裤迅疾燃烧起来，我蜷着身子疼得在地上嗷嗷直叫。宋玉见状，慌忙一把一把地抓起沙子盖在我的腿上——没有用，他又使出吃奶的劲头拼命在上面吐口水，可惜仍无济于事。

火势加大，我疼得哇哇大哭，宋玉褪下他的裤子，一泡尿撒在上面，浇灭了大部分的火苗。眼看着剩下的火苗死灰复燃，宋玉光着屁股就抱着我的大腿打起滚来，最终熄灭了所有的火苗。

事后，宋玉被他娘吊着打了半天。而我因为伤口发炎，躺在医院里好吃好喝地住了一个星期。

我的左腿上至今还有一条八寸长的"火疤瘌"，宋玉说，那是我们伟大友谊的见证。

当时我感动得要命，因为是宋玉的果断与勇敢保住了我的大腿。

我说："宋玉，你是我的救命恩人。你想要什么，我都买给你！"

宋玉爬在我的身边，嘿嘿一笑说："不用了，你先欠着，我想到了你再还。"

说完话，他得意地翻身坐起，谁知屁股一挨床，就"哇"的一声，蹿出去老高，像一支燃烧的钻天猴儿炮仗。

2

到了小学我们被分到了同一个班。

我因为成绩还不错，是老师眼里的好学生。

宋玉则是调皮捣蛋的孩子王，因为"大腿事件"要知恩图报，我时常把作业和小纸条及时地传给宋玉。

五年级，文艺会演，宋玉找我一起演舞台剧。

宋玉说："大闹天宫里缺一个重要角色，你演不演？"

我问："是孙悟空吗？"

宋玉说："那是我的角儿！"

我问："是天兵天将吗？"

宋玉说："比这个待遇要好一点！"

我问："那是？"

宋玉说："是玉皇大帝，你考虑一下！"

我说："玉皇大帝就算了，整个大闹天宫里一直都被揍得很惨，有损我的好孩子形象。"

宋玉说："我会尽量减少你的戏份，蒋一燕会演王母娘娘，你再考虑一下。"

蒋一燕是我们全校闻名的学霸，不但成绩好，人也生得十分清秀，而且画画还非常棒。那个年龄段，但凡三观正常、身体苗壮成长的男生，都争着和蒋一燕做朋友，借她做的作业，收藏她的画，陪她一起大扫除。

于是我不假思索地就答应了下来。

宋玉也最终兑现了承诺，整个《大闹天空》被他改得面目全非，主要戏份就是王母娘娘和孙悟空在蟠桃园斗法。

而我唯一的一句台词，就是钻在课桌底下，歇斯底里地喊了一句：

"快去请如来佛祖！"

3

六年级时，蒋一燕参加了学校的绘画兴趣班，放学比普通同学晚一小时。因为在"大闹天宫"里结下"仙缘"，我和宋玉主动担任护花使者，时常陪伴"王母娘娘"圣驾左右。

一路上，我们三个说说笑笑，从马路边的白杨树上摘知了壳，在月季花苗圃里抓西瓜虫，一遍遍清点落在电线上的小麻雀。日子过得简单美好，天空一般了无褶皱，流云一般长生不老。

毕业前的那年夏天，我们仨路过一个叫九道弯的胡同。

胡同的转角里，突然蹿出一个高中生模样的小混混拦路打劫。因为宋玉他爸是市里的领导，家境很好，这个土豪上来就掏出二十块钱稳住了局面。

那个打劫的小混混，本来拿了钱乐呵呵要离开。瞥了蒋一燕一眼，忽然转过头来。

"小姑娘，长得挺漂亮啊！"混混一脸坏笑，说着向蒋一燕伸出一只手来。

宋玉一个箭步挡在前面："拿了钱还不走？"

那小混混发出一声古怪的冷笑，一脚踹在宋玉的肚子上。

"你妈！多管闲事是吧？"

宋玉捂着肚子倒在地上，使劲跟我使眼色，让我拉着蒋一燕快跑。

我当时完全傻掉，直到混混再伸手去摸蒋一燕时，我才把自己的脸蛋凑了过去。

"你也找死是吗？"混混果断地给了我左脸一记耳光。

我不知从哪里来的勇气，不但戳在原地一动不动，而且用眼神示意那个混混，你可以在我右脸上再来一下，可是休想跨过去。

"傻×！"那混混心领神会，迅速满足了我的美好愿望！

可我还没动，又转过另外一侧脸颊对着他。

混混对我的抗打击能力感到很意外，正在考虑调用他长腿的远程攻击模式时，捂着肚子的宋玉发疯似的冲过来，赶在混混抬腿之前，抱住了他，一口咬在他大腿根的内侧。那混混痛得号叫了一声，跳出去半米开外。

"你妈！一个傻子，一个疯子，一对傻×！"混混骂骂咧咧着一步一瘸地走开了。

宋玉从地上缓缓地爬起来，蒋一燕走过来，伸手碰触着我发烫的脸颊问我：

"疼不疼？"

宋玉抢过来说："哎呀，我的肚子疼死了！"

　　我尴尬地笑笑说："我没事，左右各一下，正好平衡了。"

　　后来三个人一路上没再多说话。蒋一燕吓坏了，眼里一直噙着泪水。

　　我忽然觉得，眼泪才是检验美女的唯一标准。

　　燕子此时的样子美极了，比起平时清秀素雅的模样，更像一株挂着露水的粉荷。夕阳把她的影子拉得好长，我很想掬一捧她的眼泪，收集起那晚红色的霞光，就在那个黄昏，我人生中第一次体会到了心中的痒痒，就像我热辣的双颊一样，不可抑制，酥麻发烫。

4

　　很久以后，宋玉问起我，为什么那天蒋一燕会先跑来问我疼不疼。

　　"明明是我伤得更重一点！"宋玉说。

　　"我离她近一点啊，可能是近水楼台先得月吧？！"

　　"你是不是喜欢她？"

　　"我没有！"

　　"那我就放心了。"宋玉如释重负地说。

　　我转而问他："要是她喜欢我呢？"

　　宋玉说："要是那样，我就不追了。"

　　我说："世界那么大，又不是只有我们两个是男人！"

　　宋玉说："不管是谁，敢追我兄弟的女人，我就找砖头拍死他！"

　　我笑笑说："你这个疯子！"

　　宋玉说："你这个傻子！"

　　"一对傻×！哈哈哈哈！"我们两个抱在了一起。

时间飞快，转眼就上完了初中，临近毕业，学校要从我和蒋一燕中找一个人作为优秀毕业生代表上台发言。

"无上的荣誉啊！你就让给燕子吧。"宋玉忽然跟我说。

"那是当然，好男不跟女斗！"

"别和我争燕子好吗？我知道你也喜欢她，兄弟，其他的我都可以给你，命也可以！"宋玉忽然郑重地抓住我的肩膀。

"看在你当年为了保住我的大腿，屁股被揍成烂桃的分儿上！"我忍不住哈哈大笑起来。

"哈哈哈！"我铆足了劲头笑着，生怕宋玉听出我的尴尬，直到笑得喘不上气来。

离校之前，蒋一燕代表全校学生上台致辞，特别提到与我和宋玉两个最佳损友的伟大友谊。台下宋玉暗地为我竖起了大拇指，冲我傻傻笑着。

我指指自己的屁股，伸出中指和他遥相呼应。

作为毕业礼物，蒋一燕送给我和宋玉一人一幅水彩画。

我的那幅上，画着九道弯胡同附近的白杨树和五色的月季花，蓝天下，飞翔着一只轻盈的燕子。

宋玉问我："她给你画了几只燕子？"

我说："一只啊。"

"给我画了两只，这是不是比翼双飞的意思？"宋玉喜笑颜开。

"嗯！那恭喜你啦，哈哈哈！"

这次我笑得很开心，真的，仿佛在沉闷的大天里戳开一个豁亮的口子。

5

初中毕业后，我转学去了邻市的重点中学，蒋一燕继续留在本地，而宋玉因为没考上高中，被他爸安排进了南京空军地勤的汽车连。

我第一次感受到了好爸爸的伟大力量。

这期间，只要宋玉回来，一定安排我和蒋一燕一起出去海撮一顿。那时他已经攒下不少钱，每次都从南京带回各种鸭子身上的零件以及香辣可口的麻辣小龙虾。

我们的伟大友谊顺利升级换代，从有难同当，到有福共享。

我没想过太多，也没想过将来，只觉得日子好像是放了葱姜蒜花椒大料以及王守义十三香的小龙虾一样，美味得不真实。可惜好时光总是溜得很快，转眼，就是各奔前程地匆匆散场。

好在我和蒋一燕都考进了北京城的大学。到了周末晃晃悠悠地坐上十几站地铁，就能匆匆见上一面。

宋玉让我指天为誓，并约法三章：

第一，不能爱上蒋一燕；

第二，不能让蒋一燕爱上我；

第三，要时常出没在蒋一燕的周围，不能让其他男人有机可乘。

宋玉问："有难度吗？"

我说："So young（太年轻）！So simple（太简单）！So naive（太幼稚）！"

"说人话！"

"小意思，我这就去告诉蒋一燕，我其实是个gay！"

"你小子，虽然人尿一点，可脑瓜是真好用！"

6

刚到北京的时候，我有意回避和蒋一燕见面。

如是几次，有天我在学校食堂捡到了一本*Out Serve*杂志，正好那周又约了蒋一燕来我的学校玩。我便用几件脏衣服卷着一坨手纸和那本杂志压在枕头下面。

蒋一燕到学校的时候，我推说在学生会有事，让她先去宿舍等我。

半小时后，我风尘仆仆地跑回宿舍，看见蒋一燕坐在我的床边上，用手机上网玩。宿舍的衣架上，我的衣服已被她洗干净，正滴滴答答地淌着水滴。

在心里，我迅速为自己默默地点了个赞，并顺道抽了自己两个耳光。

那天我送蒋一燕回学校，一路走了七站地铁的马路，说了几辈子没说完的话，却丝毫没有疲倦的感觉。

轧马路的长短是检验真爱的唯一标准。我深谙此道，可是我有承诺在先，所以当蒋一燕装作无意问起我有没有在追求女孩子时，我含含糊糊地回答她："其实，我更喜欢男人多一点！"

蒋一燕起初一阵坏笑，前思后想，联系了我的回避、手纸和*Out Serve*杂志的一连串线索之后，恍然大悟地说道："妈呀！原来你和宋玉是一对，我当了好几年的灯泡，我竟然不知道！"

他娘的，太意外了！这完全不是我想让她得出的推论。

事到如此，我不得不说："宋玉不是gay，起码我知道他爱的不是我，而是你！"

蒋一燕眨着细长的眼睛笑起来，她说："信息量好大，我的CPU不够用，你让我缓一缓！"

说罢，她的双颊红热。我忽然想起多年前，那片红霞满天飞的天空，她用眼泪把我铸成琥珀，自此我的灵魂一直凝在那个百转千回的黄昏。

7

虽然我不能确定蒋一燕从此便会相信我是gay的谎言，但我的态度起码表明：我真的对她不感冒。在我心里，她和宋玉已然成了比翼齐飞的一对。

我陆续买了几套运动装，颜色很齐整，都是深深浅浅的紫色。

每次我去见蒋一燕，或者她过来，我都精心把自己装扮成一个长条茄子。我们沿着地铁线步行，一路迎来送往，谈人生，谈艺术，唯独不谈感情。

轧马路的长短是检验真爱的唯一标准，没有比这个更扯淡的了！

后来，宋玉和蒋一燕顺理成章地走到了一起，宋玉退伍后被他爸运作进了市政府，蒋一燕被准公公安排进了市文化馆。

毕业后，我背起行囊，跋山涉水，远走他乡。在上海一家代理进口变频器的公司里，我找到一份安装调试的工作。

宋玉和蒋一燕大婚，宋玉一天打十八个电话让我回去做伴郎，我推说买不到火车票，在电话里和宋玉大吵。

宋玉说："你他妈要是把我当兄弟，把燕子当妹子，你就给我滚回来！"

我说："买不到火车票，我可能会迟到一天或两天。"

宋玉说："买不到火车票，你就坐飞机。再不行，你打辆车回来，我给你报销。"

我大吼："谁要你报销，有钱就了不起吗？"

最后，我还是赶回去了！

婚礼正进行得如火如荼，新娘踮起脚尖，正准备接受新郎的香吻。我出现了，不合时宜地捧着一大束紫罗兰出现了。

宋玉看到我，撇下闭着眼睛的燕子，径直从礼台上冲下来。

他一把抱住我，把我箍得要死。我说："你这个疯子！"

宋玉说："你这个傻×！"

我的眼泪瞬时飙了出来。我已经两年没见过他俩了，要不是顾及宋叔叔的面子，我和宋玉一定在台下互扇耳光来表达敬意！

宋玉在我的脖子上狠狠地亲了一口，我噙着眼泪给蒋一燕献花，故作镇定地说："你老公亲我那是他的问题，不代表我爱着他哟！"

蒋一燕只是淡淡地说："来了就好，来了就好！"

隔天后宋玉和燕子送我返回上海，在车站，宋玉偷偷问我："为什么手上那么多疤痕？"

我说是试验失误的时候，电流击穿烫的。"公司是计件的，我多调试几台，就多赚一点！"

宋玉问："你要不要这么拼命啊？"

我不知哪儿来的火气，反诘说："我和你不一样，除了性命，其他没的和人拼。我所说的拼命，只是不顾一切地活着！"

宋玉郑重说："你回来吧！我和我老爸谈过了，他可以把你安排进质检局。"

我说："我拼得很好，很开心，犯不上什么事都去请如来佛祖。"

"你有种！"宋玉一拳砸在我的左肩，恶狠狠地说。

8

在上海的生活并不容易，物价高，房价高，一个月根本攒不下什么钱。后来我辗转来到了宁波，做着一份登高作业的弱电调控工作。

一年后，我认识了一个武汉女孩，她叫吴晓芸，我们的感情发展得很顺利，又过了大半年，我带吴晓芸返回老家成亲。

宋玉开着他的新路虎来给我做婚车，蒋一燕抛下吃奶的孩子，亲手来给吴晓芸画婚妆。

新婚的那天夜里，吴晓芸忽然很警觉地问我，蒋一燕是不是从前喜欢过我。

女人的直觉有时敏感得吓人，我问吴晓芸，怎么判断的。

吴晓芸说："挑头花的时候，我想选粉的，她却说你一直都中意紫色，这么细节的问题都记在心里，你们一定有鬼。"

我笑笑说："那只是一个操蛋的误会。燕子初中毕业时送我和宋玉每人一幅水彩，那时候人家俩就决定比翼双飞，而让我自立门户，独上青天啦。"

在宁波，我时常爬上高耸的塔机操纵设备。象山港跨海大桥建造那会儿，我每天要徒手爬上二百四十米高的主桥墩塔吊，补贴很高，日子逐渐过得殷实起来。

我时常望着空旷辽远的海面思念故乡，想起宋玉和燕子，想起九道弯的白杨树和西瓜虫。

两年后，大桥造好，我联系了同学才知道，宋玉他家出事了。

他爸因为经济问题被批捕，牵连出宋玉就业的违纪问题。家里为了减轻量刑拼命往外掏钱，宋玉也已经离职半年了。

我见到宋玉的时候，他正在卡车货场准备装货跑长途，人黑瘦，脸上透着一股倔强的精气。

我说："有我能帮上忙的，一定告诉我！"

宋玉说："没什么，能扛得住！"

我说："别那么拼命，身体最重要！"

宋玉冷笑一声："拿命去拼，是因为没别的可拼，这不是你说的吗？谁不是不顾一切地活着！"

我茫然无措，只好选择默默离开。其实我很想对他说："你也有种，一定要好好活着！"

9

人生就是这样，苦难就像九道弯的胡同里随时跳出来的小混混一样，有时一个耳光接着一个耳光地抽你，有时忽然一脚把你踹在地上。

八月，台风"海葵"在宁波登陆，我被困在栎社机场的候机厅，已经过了十一点钟，延误的航班却还是没有丝毫消息。我在手机通讯录里不断地翻看着宋玉的名字，仿佛手指轻点一下，就能联通到他的世界。

就在几个小时前，我接到了燕子的电话。她告诉我宋玉出事了。

机场外，风很大，大雨瓢泼而下，而我始终没有拨出号码。

　　我赶回老家时，宋玉已经被安排下葬。人生匆匆，我竟赶不上见他最后一面。

　　据说那段日子，宋玉为了多赚点钱，经常连夜赶路。出事的那一天，他的车子坏在了高速公路上，虽然他支起了三脚架，可惜那晚的视野太过模糊。后面的卡车发现路障时已经来不及反应，直接将他撞在前面卡车的翻斗上。

　　亲朋散尽，在宋玉老家的最后一个下午，我和蒋一燕一起整理着他的遗物。

　　我在书架上发现了一幅被压得很平整的水彩画。

　　画上有高大的白杨树和五色的月季花，蓝天下，并排飞翔着三只小燕子，手拉手一般，围成一个半圆。

　　吴晓芸在傍晚打来电话问我几时可以回去。

　　蒋一燕倚在窗边，淡淡地说："回吧，我会坚强的。"

　　我恍然想起来，在多年前的那个黄昏，在那个被拉长的美丽的背影后，蒋一燕忽然在家门前转过身来，她破涕而笑，用婉转的声音说道："我很好，谢谢你们！"

　　九道弯的胡同虽然很长，而我们终究能走出来。

做一个有故事而不
世故的人

~~~~~~

这辈子我敬服的人很多，先贤大哲，美人枭雄，可就身边的亲朋而言，让我真心钦佩的却是我的小舅。

我小舅只比我大十来岁。那会儿我七八岁，正处在讨人嫌的少儿生长期，顽劣异常，全家人都拿不住我，我唯独就怕小舅的一声吆喝！我小舅那时十七八岁，正处在青春叛逆期，常常被人叫去打群架。虽然他嘴里的故事一直都是自己如何威猛，以一当十地打得别人满地找牙，可大多时候，我看到的他，都是被揍得稀软像食堂里红烧茄子的模样。

印象深刻的一次，有回半夜小舅跑到我家来找我娘要钱，灰头土脸，顶着一脑袋"红包"，开口就是："姐姐，我把人家开瓢了，要赔医药费，能给凑五十块钱不？"

那会儿的小舅，烫一个黑色大丽花式的鬈发头，穿着水洗布的喇叭裤，每每被人揍回来，就靠在小院的影壁墙角，把烟屁股嘬得"嗞嗞"作响。他闷声不响地戳在那里，没人搭理他，他也不搭理人。直到看我经过，他冷不丁地冲过来，一把举起我，扔到半空，再接住，旋即又抛上去，身姿峻拔好似做广播体操，大嘴咧着，就像奔驰在希望的原野上。

又过了几年，小舅恋爱了。那姑娘生得像钟楚红一般好看，小舅每天乐得心花怒放，渐渐少了去凑份子砍人的兴趣。"钟楚红"起初对小舅并不感冒，小舅不急不躁，每天骑着大摩托带"钟楚红"到各地兜风或赶场子跳迪斯科。也许是日久生情，"钟楚红"后来说，那种黑色大波浪式的鬈发，在摩托车后座上看起来，就像康河里招摇的水草，像挥起的衣袖，像一团就要下雨的云彩。

终于挨到了谈婚论嫁的日子，"钟楚红"瞒着小舅到街边找算命先生卜了一卦。算命先生说，你这未来的夫婿生性狂莽，将来一定是进监狱的材料。"钟楚红"含泪奔离，找小舅来分手。小舅淡定异常，问明是哪里的算命先生后，冷笑三声，说："这货我听说过，分明就是要骗你钱财，不信你明天再去找他问问！"

当天下午，小舅找了兄弟，把那算命先生一顿恶揍，揍到"夕阳西下"，揍得那厮"断肠人在天涯"！"钟楚红"隔天去找算命先生理论，果然印证了那货就是"骗钱走人"的料。婚礼如期进行，"智勇双全"的小舅也终于成就了属于自己的"小桥流水人家"。

到了20世纪90年代初期，小舅从国营企业离职，学人家下海经商。由于小舅做生意好结交朋友，没有商人的精明算计，几年下来，生意经营惨淡，只赔不赚。他又没什么学历和技术，只能从最基本的练摊开始。"钟楚红"陆续生下我的表妹和表弟，养孩子又要用钱，小舅心急之下，看到合适的生意，只要觉得有油水，就要插上一脚。

据我不完全统计，小舅那会儿卖过牛仔裤、中老年服饰和各色小饰品，倒腾过化妆品，开过洗车行，挖过砂石料，烤过羊肉串，卖过冰啤酒，拍过婚庆录像，整过台球厅，教过霹雳舞，办过小卖部，当过小导游，走过三关六码头，会过狐朋和狗友……

因为胆大和勤奋，陆陆续续地，小舅总算赚到了点钱。人开始在生意上变得精明起来，可是对家人和朋友却极为慷慨，每年都给小字辈们很多的压岁钱。

我考上大学那会儿，临行前，小舅特意赶来塞给我一把钱，他说："需要花钱就找你小舅要。一定要好好学习，别学小舅没文化，一辈子就只能捣腾小本生意。"但凡我寒暑假回家，小舅就一定让"钟楚红"舅妈拉着我去买衣服，耐克和阿迪达斯在那时候还很时髦，舅妈不惜砸重金把我包装成一个运动土豪。

小舅说："泡姑娘，总得有身好行头！"

可是我知道，小舅那会儿其实并不富裕，自己的日子过得紧巴，但是只要亲朋好友一张口，他立马第一时间捧着滚热的钞票出现。

跃入二十一世纪，做小本生意的小舅，遇到他生命里的贵人。

据说那人是某个炼油公司的老板，几经周折才打听到小舅。

老板说："你还记得我不？一九八几年，我那会儿落难，你借给我一百块钱。"

小舅说："没事，没事，我早不记得啦！"

老板说："现在兄弟我混好啦，想请你好好喝一顿啊！"

小舅说："没事，没事，不喝啦，我老早戒酒了。"

老板说："这么多年，你从未想过找我讨过一分债啊！"

小舅说："没事，没事，小意思啦。"

老板说："哎呀，你这人，说好我请你的，啥时候你抢着把账先结啦？"

小舅说："没事，没事，你远道是客，我该尽尽地主之谊啦！"

几经试探后，老板发现原来小舅就是那种大大咧咧、迷迷瞪瞪又忠肝义胆，江湖上失传已久的大好人，当下决定拉小舅进自己的生意圈。

就这样，小舅因为十几年前无意做了一件好事而得到贵人的提携，从此在生意上平步青云，在天津的港口，很快拥有了自己的炼油公司。

发达后的小舅，自己在花钱上却没有大手大脚。舅妈说："你小舅就是个老财迷，挣来的钱巴不得码平了，睡在上面打滚才踏实。一条裤子，非得穿破了口子才舍得买新的。去海南度假嫌机票太贵，非得挤三十多个小时的火车赶过去。自己开了好几年的二手'伊兰特'，还是最近才换成了奥迪。"

那一回，小舅开他的新奥迪，拉我去兜风。路上，土豪小舅像个小孩子一样止不住地向我显摆：

"怎么样？推背力不错吧！"

"怎么样，借你去耍耍，约姑娘没辆好车可不行！"

可是，小舅对自己的家人却又是异常大方。小字辈结婚，他动辄就是送房、送车；朋友落难，他不惜重金扶持。家庭聚餐，他一定像飞毛腿般第一个跑去掏钱包；长辈住院，他又悄悄交好所有的医药费。

这几年，全家和乐，小舅在背后出钱出力，招呼各家，团结老幼，功不可没。不管自己如何有钱，在兄长、姐姐那儿，依然是一副谦恭小弟的模样，从来没有财大气粗式的顾盼自雄。在小辈面前，他也不会指指点点，充当人生导师，反倒是因少说空话、多干实事的身教成了我们眼中最好的榜样。

在生意场上摸爬滚打多年，小舅日渐成熟稳健。而他对朋友，对家人，对生活的那份纯真心思，却没有因岁月和生活的磨砺而有丝毫改变。他正是一个有故事而不世故的人。

大宗师说："抱朴守拙，涉世之道。"

　　一个有修养的人，不讲究做事的圆滑，而是要保持朴实、豁达的个性；深谙世事却不世故，才是最善良的成熟。历经苍凉却不失纯真，才是最智慧的练达。

从灵魂鼓手到末班情人

~~~~~

多年以后，我用这样的词汇来定义我的可爱三哥（大学寝室的三哥）——上进而颓废，温柔而暴烈，正直而淫贱。

三哥姓马，名字里有个华字，人长得清秀俊朗。外人叫他小马哥或者华仔！可在我们宿舍里，兄弟们一律贱称他"马子"。三哥生性温良，人又细皮嫩肉，长期遭到宿舍里豺狼虎豹的轮番蹂躏。"马子"被蹂躏后，也不翻脸，依旧嘻嘻哈哈，仰面长舒着气，好像在回味刚才的"快感"。因此，在宿舍里，"马子"既是贱称也是爱称！三哥成名后，有好多女生找他签名，打听到我们宿舍，问曰：马那个什么华？马德华好像？是住这里吧！众人一瞪眼道："马德华没有，猪八戒倒是有几个！"

马子"电院第一帅哥"的诨号是很有来头的！新生报到的第一天，马子穿着个破背心在宿舍里洗衣服，门口来了个卖杂货的晃荡了半天，就是不进来。后来这人进来，就蹲在马子身边不住地夸赞：这小伙子长得真俊，我这一楼看下来就你长得最帅了！这细白嫩肉的，刚刚我还以为是个姑娘呢，一直都没敢进来！那时的三哥天然帅气，一头月半弯的秀发，笑起来如明月出天山。

卖杂货的老板蹲在马子身旁端详了半天，赞不绝口地啧啧称奇。临走时，赠马子一句"第一帅哥"的称号，并友情赞助晾衣架一打！从此马子的诨号在学院传开，还有衣架做证，谁不服——走，拉出去晾晾！

可是，马子的绝代风华却是"妙不可言"的，说白了就是只能看不能开口！马子他父母当年都是军医大的高才生，这厮一开口，必然把各种生殖器官挂在嘴上，一下就暴露出了医学世家的身份。

所谓自作孽不可活，马子虽有那倾城倾国的貌，却终是被揉被虐的身。刚进宿舍那会儿，马子号称有"洁癖"，不齿与我等孟浪肮脏之徒为伍。可惜，他床铺正对大门，风水上犯了"冲煞"的大忌。宿舍里来了客人都要到他这里小坐片刻，有时大家踢球回来，带着一身臭汗，也要来这里喘息喘息，践踏践踏。要么就是谁喝醉了，被同学拖死猪一般地拽回来，扔在马子的床上，嘴里还流出玉白口水和销魂的白沫，在三哥洁白的枕巾上留下同样清白无瑕的青春印记。

马子的洁癖被大家蹂躏殆尽，后来他竟产生了条件反射，直至患上"斯德哥尔摩症候群"。冬天里，宿舍来了客人，马子便从被窝里探出头来说："来，侃会儿，侃会儿！"客人走时忘记关门，马子只得忍着寒冷爬起来，光裸着跳下床，砰的一声关上门，附带一句——他妈的！到了后来，马子晚上连说梦话都是："走的时候关门！妈的！"

马子皮肤白皙光滑，兄弟几个都喜欢搂着他睡觉。三哥敬畏着我一对举世无双的香港脚，宁死不屈地不上我的床。他每次上其他兄弟床，都打着"卖笑不卖身"的旗号，临走时也都不忘随手顺点零食，再骂一句："这狗年月！混口饭吃真他娘不容易！"

　　大一下半学期，马子忽然迷上了"摇滚"，师从科大著名的"红限"乐队。每天中午我们睡觉的时候，马子便抱着吉他，在他床上兴致勃勃地来上一段——"一曲肝肠断，三弦魂魄还"——弹不了几下，不是被宿舍的老六按到床上蹂躏一番，就是被我们骂得狗血淋头，有多远滚多远。后来马子便搬个马扎，抱着吉他到楼道里练习，我们宿舍里有个破饭盆，马子练琴的时候便把饭盆摆在前面！偶尔谁上个厕所，会顺手丢些硬币或手纸进去，大大振奋了马子的操练精神。

　　吉他练了一段时间，马子忽然发现自己还有打鼓的天分，便拜倒在"科大第一鼓手"崔鹏门下，并且弄回一对鼓槌，天天在宿舍里敲打饭盆。马子学习热情十分高涨，宿舍的饭盆不久便被敲打得遍体鳞伤。

　　一段时间后，马子便十分自信地号称，其打鼓的技术已达到一人之下万人之上的水准！于是，把自己手机的待机画面由原来的"鼓手"，改为"科大第二鼓手"。

　　大二结束前，马子兴高采烈地归来，高声说道："我马某人正式宣布，我今后就是科大第一鼓手了！"我等拍案惊奇，以为三哥果然是学鼓奇才，进步神速，没承想马子仰天大笑："崔鹏终于毕业了！"

　　崔鹏他们走后，马子他们乐队继承了革命遗志，号称"小红限"，正式扫荡科大乐坛。马子他们乐队排练得十分卖力，在郊外租用了一间民房，把成卷的卫生纸糊在墙上。每日早出晚归，披星戴月，颇有操守。不管多晚回来，这厮必然是兴奋异常，非要把哥儿几个全折腾起来，听他白话，白话完了，便到处觅食。那时候，我们宿舍里二哥与老七一直有剪不断理还乱的"隐秘感情"，身边常备着些零食来卿卿我我，马子便拽着老二的被子耍无赖："二哥，赏口饭吃吧！"老二悠哉悠哉掏出一包方便面放在枕头上，一手撩开被子，露出性感的毛腿，说道："上来，给爷伺候爽了！"

老二泡完马子，马子便泡起老二的面，就着老大剩下的小炒，边吃边白话。这厮生活上乱七八糟，学习上也没啥心思，不过管理起乐队来还真很有一套。加上他演奏的技艺精湛，人又帅得掉渣，不久便被推举为"灵魂鼓手"，在"小红限"里号称"红爹"。

灵魂鼓手有一个青梅竹马的女友在我们同城一所大学里。两人从小建立的感情相当深厚。那时的马子，天真又快活，对感情专一，对事业专注，一马当先，龙马精神，春风得意马蹄疾。可惜，天有不测风云，美人喜怒无常，有一日竟绝情地与马子分手。

"小马，你太天真了！我们分手吧！我到社会上闯荡一番，如果我没有新的感情，你还是我的爱情末班车！"

那晚马子被乐队的人抬了回来，醉得不省人事，我等把他剥得精光，卷上被子，马革裹尸一般，丢在床上。马子醒来后，一阵狂吐，悲痛欲绝，从此一蹶不振。抽烟、酗酒甚至一度滥情，学习更是一落千丈。

最后还是他的音乐拯救了他，马子把所有的精力都转移到乐队上来，蓄了长发，将"小红限"改名为"末班车"，以纪念这段初恋，不断鞭策自己。

马子他们在郊外民房里开始了魔鬼训练，终日逃课，也很少回宿舍睡觉。

"末班车"乐队后来享誉科大，灵魂鼓手红遍科大乐坛。他们还在"冰力先锋"大赛上得了奖，毕业前在全市高校疯狂地演出。马子每次巡演都邀我们兄弟前去助阵，并把我们安排在前排最好的位置上。演奏《圣斗士星矢》的时候，马子会客串一把主音吉他，跟他们乐队的几个哥们儿平行地站成一排，和着狂躁的音乐，疯狂地抽动他的扫把头。

他在台上甩扫把的时候，我总是怀疑他把电琴的电源线拔出来，插在自己身上了。看到他在台上触电般抽着羊角疯，我真有种冲上去踹他一脚来拯救他灵魂的冲动。马子十分自恋，演出结束后，回到宿舍总是要追问上几句：我今天蹦得还帅吧！众家兄弟异口同声吼道：帅个屁！唯有老二走上前，轻抚着马子的肩膀，伸出招牌V型手，阴阳怪气地说道："哎呀妈呀！你真二！"

马子成名后，从来不在宿舍里耍大牌，他还是那个单纯、快乐，无忧无虑的马子——"末班车，黑夜的爬行的公交，只要有钱，人人都可以上。"

其实，在马子发迹前，我已经是成名的楼道歌手了。同层的兄弟奉我为"歌神"，就是"唱歌瘟神"的意思。在众人的鄙夷里，马子"独树一帜"地挺我。我俩有时在宿舍里一上一下地排练BEYOND乐队的《真的爱你》和《光辉岁月》，往往我唱上几句，就跟不上节奏，马子总是鼓励我说，前几句还不错，再来，再来。每每这时候，天空黯淡下来，梧桐树上的蝉鸣渐息，马子眼神明澈，音符一样流淌成一眼灵动的泉。

那时马子总想和我合作一把，我来作词，他来谱曲，可惜时光匆匆，一晃到了毕业，也没有找到真正合作的机会。此后多年，我在不同

的舞台演唱，每次唱到"自信可改变未来，问谁又能做到"时，脑海中
便会浮现出三哥那明澈无瑕的眼神，他的笑容很干净，就像他纯净无瑕
的琴声，在风中，在耳畔，在寝室的四壁回荡着少年心事。

在马子的影响下，我陆续听了一些西方的摇滚乐，了解了一些朋克
文化，到现在"枪花"和"涅槃"都还是我的最爱，估计是要被"毒
害"终身了。

想来我和马子的友谊，也是从相互毒害开始的。每次打完篮球，我
都用"恶臭香港脚"来毒害他，他便用"靡靡之音"来迫害我，我们从
相互排斥，相互抵触，到相互接纳，相互体谅，通过先毒带动后毒，先
靡带动后靡，最终达到和谐相处，公同进步。三哥有句说给宿舍兄弟的
至理名言，让我终生感激不尽："咱们七个每周轮流给五哥打洗脚水
吧，我他妈实在受不了啦！"

大四毕业前，三哥跟我说，现在晚上睡觉听不到你打呼噜我还真睡
不踏实了！又补充说道："被你们糟蹋了四年，我相信，毕业以后到哪
儿我都能活出个人样来！"

做毕业设计的时候，三哥因为排练和演出耽误学习太多，做起来实
在吃力。全宿舍的兄弟都免费帮他，分文不取，也不要他卖身卖笑，共
同帮助三哥顺利完成了大学学业。

我最佩服三哥的地方就是他的单纯快乐和执着精神，他通过不断追
求和不懈努力，把自己的爱好升级为一种事业，并成功管理自己的事
业，锻炼了能力，提高了素质。毕业前，三哥很喜欢找我谈论人生，我
隐隐觉得，当初那个"到处乱睡"的灵魂鼓手，终于成功完成了向末班

情人的华丽蜕变，失恋让男人更加成熟——三哥绝对是个好例子！

今天，为三哥独撰逸事，是因为我觉得，他代表着一种优秀的大学生活，尤其是在科大这样的草根大学里自强自励，更加难能可贵。当大学日渐成为一种没有理想，没有追求的"由你玩四年"的精神废都时，三哥用他生命里的质朴乐章，为他人生中最美的四年，弹奏了一曲恢宏的灵魂华章！

即便风雨婆娑，心中
有伞，有虹，有港湾

~~~~~~

我在落雨的清晨开车送七妹上班。

七妹忽然问我："老六要生日了，你记得吗？你看过九妹在微信上给老六写的生日祝福吗？"

我说："还没来得及，你念给我听听。"

"写在老公三十二岁生日之际，"七妹缓缓地念起来，"人世间总是有一些很奇妙的事发生，没有缘由，不可抑制。比如新生命的降生，比如茫茫人海中的邂逅，比如众里寻他千百度的蓦然回首。在不自知的时候，两个人的轨迹渐行渐近，交会，融合。生命中有了彼此，相偎相依……"

雨渐渐地大起来，车窗上的雨刷抖动得厉害，像一根不安的神经。

我和六弟岩仔、九妹小丹是大学同级同学院的同学。

大二时，我从校报记者团回院学生会担任副主席，九妹在学生会任女生部的副部长。

那年我们学校组织了一次健美操比赛。九妹因为有小提琴的文艺幼功，人又生得面容清秀、身条挺拔，很自然地进了健美操队。入队后她积极组织训练，是全队最认真最刻苦的楷模，比赛中带领队员一路所向披靡，勇夺桂冠，在学院名声大噪。

那时的学生会主席私下跟我说："这姑娘是可用之才，将来你做了主席，一定用她做副手。"

我说："肥水不流外人田啦，这么好的姑娘，我当然要收了。"

一晃就到了大三，学生会洗牌换届，小丹顺利做上主管文艺部、女生部的副主席。岩仔在此时由办公室主任被擢升为学生会秘书长。

那年暑假，我们学生会去赵县贫困地区支教，一场瓢泼大雨把我们的青春浇得稀烂。夜里，我们围坐在一团篝火前唱歌取暖，可能是小丹的歌声太过绚烂，也可能是那场突如其来的大雨太过烂漫，那天夜里，岩仔失眠了，用一张胡子拉碴的脸，在我的枕上辗转厮磨。

岩仔说："五哥，我有喜欢的姑娘了！"

我说："快睡吧，明天就回学校了，你别到处留情啦！"

岩仔说："五哥，不是这村的。是咱学生会里的姑娘。"

我说："谁？"

岩仔说："是小丹！可是我不敢表白。"

我说："哥帮你去说呀！快睡吧，哥最喜欢干这种'帮人追姑娘'的好差事啦！"

　　我六弟岩仔在沧州市河间县生长和发育。河间自古多风流名士，清代大学士纪晓岚和大宦官三德子都来自这片热土。

　　岩仔十八岁考上科大测控专业，生得英姿俊朗，虚心涵泳如韩愈散文，宁静持重似晏殊小词，更兼一双销魂杏核眼，顾盼神飞，最精致的是一对高翘浓密睫毛，如上弦朗月，迷杀万千女生。我和岩仔为给学生会做账去学校超市消费，一群售货员小妹呼啦一下子围上来，"岩仔，岩仔"叫得人心中一阵酥麻，霎时瘫软。

　　岩仔也不多言语，在账单上把大名一挥而就，抬脚就走。到了月结的时候，岩仔提着学生会的"饷银"，一一把账目结清，校核仔细，绝无烂账。偶尔他也和小妹们逗上几句，打情骂俏，搞得满堂欢笑。

　　我说："岩仔，你不是挺能哄姑娘开心的吗？咋在小丹这事上就尿包了呢？"

　　岩仔面上绯红，轻声回道："因为是真爱！"

　　好吧，为了真爱，为了吹出去的牛皮，我决定替岩仔潇洒走一回。

　　那一夜，月色撩人，我找到小丹，一腔壮怀激烈，说道："那谁！——岩仔让我跟你捎个话，他说你是他的真爱！"

　　小丹听罢，面色煞白跟明月出天山似的，她说："你让他死了这个心吧！"然后，倏然消失在迷蒙的月色中，跟在苍茫云海间似的。

　　我冲向在学生会里焦灼等待的岩仔，哐的一声撞在教室的玻璃门上（全透明玻璃，月亮忒好，误以为是教室大门开着）。我一头栽倒在地上。可巧，岩仔听到后赶来，扶起在地上狰狞欲死的我说："咋样啊？兄弟！"

　　我说："人家让你死心吧！"

岩仔粲然一笑，说道："这个我已经猜到了，我是问你撞得还好吗？"

我说："撞得还好，就是牛皮吹得太大了。"

《孙子兵法·九地》中讲，置之死地而后生。这事放在谈恋爱上，绝对是条妙计。

岩仔被拒后，不温不火，开始了软磨硬泡死缠烂打的持久战。

每晚六点，赶在晚自习之前，岩仔必是拎着一套鸡蛋灌饼和一袋热牛奶（当时，很有可能是三鹿啊！）满世界地找小丹加餐。小丹起初婉拒，后来全盘接招，一一给宿舍的姐妹们拿去happy。

每晚十一点，寝室熄灯之后，岩仔必定到宿舍找我唠嗑：

"五哥，你帮帮兄弟呗！吹出去的牛皮，欠下来的债，你帮帮兄弟呗！"

要不就是：

"五哥，我睡不着，你帮我分析分析，再聊会儿好不好？"

再有就是：

"老五！今天小丹冲我笑了一下，你说我他妈是不是还有戏啊？"

小丹来自城市，出生于文艺家庭。岩仔虽是一个农村帅哥，无奈一口驴肉火烧味的乡音，屌丝气息浓郁。

我约小丹长谈，到底是为啥子，岩仔真心不错啊？！

小丹说："他人好我承认，但是，就是没有feel（感觉）！"

可是不管小丹的态度如何，岩仔就是铁了心地追求，还煞费心机地暗中出任护花使者，为小丹的单身生活保驾护航。

譬如说，听说某个小男生对小丹有点想法，他就主动约人家谈判。

他会事先告诉我谈判时间、地点。等到他苦口婆心诉完衷肠时，我会准时"路过"。此时岩仔勃然而怒，揪住对方衣领子，拿出吃奶的劲头要跟人家拼命。

我当然会横在中间，阻止一场性命相搏的情战，然后事情大都烟消云散，小丹又会变成岩仔唯一的"稀饭"［稀饭近乎广东人（珠三角例外）吃的粥，近年内地网络上"稀饭"两字的曝光率很高，网民取其谐音"喜欢"，"稀饭"是表达"喜欢"的意思，潮人已习惯采用］。

还有一次，让我甚为痛心疾首。

当时是为了筹备送老生晚会，小丹跟我们电院的男神合唱一首情歌。小丹是做什么事都很认真的好姑娘，因为首次和男神合作，所以排练得格外用心。

正式演出之前，岩仔灰头土脸地来找我。

"五哥，你是不是我兄弟？"

"是啊！"

"是兄弟你就把那个情歌对唱的节目给我撤下，我真受不了他们在台上那个劲头！"

"那是逢场作戏！"

"做戏也不行！是兄弟，你就看着办！"岩仔终于砸下狠话。

我斟酌再三，最后，把男神和小丹叫到办公室，一边义正词严地通知他们节目因为主题不和谐被拿下了，一边在心里一遍遍大嘴巴抽自己。

小丹白了我一眼，便冲出办公室，躲在一旁的岩仔兴奋地用举着鸡蛋灌饼的大手为我竖起大拇哥。

我向他点头示意，黄昏里，黯然跷出中指为他送行！

蹇驴一鸣，荒鸡三号，如是两年，我彻底黔驴技穷了，还是没帮助岩仔追上小丹。

岩仔不死心，虽然学业自此一落千丈（之前是同系里成绩最好的），英语四级考了五回。第四回，居然是因为打车去给小丹买可口的冰糖葫芦给耽搁了。岩仔不服输，依然每天在黄昏里买套鸡蛋灌饼、买袋牛奶满世界地找小丹加餐，搞得小丹宿舍的姑娘们到毕业前都胖了一圈。

大四下学期，我也失恋了，人生陷入一片混沌。熄灯后，岩仔常和我一起去操场散步，谈姑娘、谈渺茫的前程，各种扯淡。我将独自到异乡谋生，岩仔则会进入部队成为一名军官。

月朗星稀的晚上，我们高声合唱："当你在穿山越岭的另一边，我在孤独的路上没有尽头……"

依大乘佛法的教义，人生禅悟应是从渐修到顿悟，再从顿悟到圆修。

小丹对岩仔真情的领悟，似乎也是从渐修到顿悟，再从顿悟到圆修的过程。那时临近毕业，大家忙着各奔前程，小丹却出人意料地在岩仔身上找到了feel，毅然决定要和岩仔长相厮守。

他们终于牵手走过食堂与校舍，并肩坐在碧绿草坪的石阶上。

他们终于在东风中谈笑，讲起劈柴、喂马和面朝大海的故事。

他们也终于随同无数学生情侣，在毕业的大潮中，江湖两端，鸿雁长飞光不度。

岩仔毕业后就钻了山沟，小丹在城市里有一份不错的工作。

这是一场从一开始就被祝福，而最终却不被看好的爱情。

所有人，所有同学，觉得像小丹这样的文艺青年挨不住孤独与寂寞，可是她坚持了下来。几年后，小丹和岩仔结婚，我作为介绍人，也作为岩仔的伴郎，在他们的婚礼上喜极而泣，张狂牛饮。

几年后，小丹生下了小小丹。

岩仔一直在部队钻山沟，位置越升越高，却鲜有时间照顾家庭和孩子。

深山里常会照耀一轮相思的明月，就在那些不眠的晚上，岩仔一次次地拨通我的电话。

他说："五哥，我对不起小丹，我没有好好照顾她。"

我在心中暗骂，当初要知道你铁了心地去部队，真不该怂恿小丹嫁给你。

可是话到嘴边，我又改口劝岩仔说："你好好干，争取早日升官，让她随军。"

我说："你好好干，小丹能理解你的。"

有时岩仔喝大了，依旧打电话给我，他的声音是呜咽的，情绪是低沉的，絮絮叨叨地跟我重复着："五哥，我他妈的真是对不起小丹！"

偶尔我也会和小丹打个电话，她还是那个善解人意的九妹，轻声的抱怨里充满了对新生活的期待，我知道她是不想兄弟们挂念。她总说："一个人带孩子确实不容易，不过分开久了，我也习惯了。老六能说句宽心话，我也是知足的！"

忽然，我想起我和岩仔在月夜里唱起的那首歌：
"当你在穿山越岭的另一边，我在孤独的路上没有尽头……"
一时间酸楚填满我的喉咙，口中竟然发不出声来。

我减缓车速，让七妹继续把小丹的话念下去：
"人世间总是有一些很无奈的事发生，饱含酸涩，让人无能为力。比如分离，比如思念。在指尖流逝的岁月中，细数如丝惦念。片刻执手，却是午夜梦回的空空枕畔。蹉跎间，红颜渐老，青葱韶华洒满来路。感谢上苍，在三十二年前的今天有了你。感谢你，在十二年前的今天等我。有心，有灵犀；有爱，有包涵。即使时光如梭，即便风雨婆娑，心中有伞，有虹，有港湾。"

我忽然觉得，这些年我想错了一些事情，爱情不是占有，不是长相厮守，甚至不是朝朝暮暮。我一直认为当年我极力撮合他们在一起，是犯下一个极大的错误。而在那一刻，我心中掠过一道长长的释然。
小丹说得很对：有心，有灵犀；有爱，有包涵。即使时光如梭，即便风雨婆娑，心中有伞，有虹，有港湾。

　　车窗外，雨还哗哗地下着，像一场旷日持久、穿山越岭的告白：

　　老六，生日快乐！

岁月如刀，
此间年少

~~~~~

十年之前，我对宁波的印象仅停留在每日中央一套天气预报之后，那串随屏幕滚动的一行小字。临近大学毕业，我的初恋劝我和她一起回家乡发展，隔着千山万水，我的初恋在电话的另一端说："宁波市中心有两条江交汇，融为一条新江，三江合流，气势奔涌。"

我初恋讲话的语气一贯气定神闲，借着电波，我迅速脑补了一个两江静流，融汇而下的画面，宁波城安详地将三江水包裹在里面，没有一丝的渗漏，像一张巨大而严实的卫生巾。

1

站台上，我爸把我强塞进人肉罐头一般的车厢。我妈哭哭啼啼，认准我孤身南下，一定凶多吉少。我爸说："这小子从小就会装傻充愣，滚远一点，活得一定差不了。"

我在早春的一场雨后到达宁波，我的初恋因为临时有事，耽误了到站接我的时间。我用全国通用的IP电话卡，在公用电话亭排队给家里报了平安，然后开始漫无目的地溜达。

长春路上的香樟树，葱翠而挺拔，盛放的广玉兰，挺着肥大的花冠，仿佛大白萝卜雕刻出来的一样水灵，馋得我直想掰下来，猛嚼几片。空气温和而湿润，像目光交会时某个暧昧的眼神，像埋在馨香长发里的一声喘息，像我的初恋远远地笑起来，在和风中娇艳欲滴。

我一共面试了三家单位，一家外企，一家民企，最后是一家政府检验研究机构。面试完，我在大楼外的太阳地儿里晒暖，首轮面试我的大眼睛姐姐追出楼外。大眼睛姐姐说："别拿错主意，大领导从来没在面试现场决定要谁的，你是第一个，快签吧。"

我当时说了一句很不识抬举的话。我说："你普通话说得真好，你是宁波人吗？"

大眼睛姐姐忽闪着大眼睛笑了起来，她的脑门豁亮，阳光下闪烁着熠熠金光，和两侧肩章上的光芒相映生辉，神圣如妈祖，和蔼如以马内利大修女，有一种让人难以拒绝的亲和力。

我在街边的转角处给了坐在地上的乞丐八个一角硬币，这是我平生第一次大手笔的布施。乞丐懒洋洋地抬起头——虬髯褴褛若铁拐李，目光如炬让人想起第欧根尼（古希腊哲学家），他冲我摆摆手，暗示我可能遮挡住了他的阳光，于是我很知趣地快马加鞭地滚蛋了。

我的初恋在一个月后打电话通知我分手，这之前，三年多的时间里，我和她从未正式吵过一次架。她认为在宁波人生地疏、举目无亲的我一定会快马加鞭地滚蛋走人，可惜她错了。我爹说过，一个善于装傻充愣的人，一定是一个生命力异常顽强的人，然也！

2

宁波城历史悠久，早在七千多年前，茹毛饮血的河姆渡人就在此地繁衍生息。到了洪武十四年，明开国大帝朱元璋取"海定则波宁"之意，将明州府改称宁波府。不过，历史悠久也与我无关，我那时已陷入深深的孤独感之中，如丧偶之鹣鲽，苍凉终日。

我拜了最好的师父为师。我师父是院里有名的学霸，他来我院之前
曾经做过期货、炒过楼花（期房转让），当过程序员，最终在三十几岁
的时候，毅然决然地成为受聘于政府的"科学家"。那时院里实行每月
大考制度，我师父上班不久，居然每次考试都能拿冠军。

我的师父智商超绝，气度凛然，他自恃清高，认为技术独步全院，
却很少开口提点我这个小徒。他的思路跳跃性极大，跟我这个丁点宁波
话不懂的外地人聊天，完全是驴唇不对马嘴的节奏。

只是有一次，在一家酒店里，喝了点酒之后，我无意中说起，我初
恋的老家就在这条街上。他的眼睛在那一刻竟绽放出让人迷离的神采。
我师父幽幽地说："其实，我的初恋也在这条街上！"

我师父1990年参加的高考，临考前一天，因为吃了太多的杨梅，闹
起肚子来。整夜拉稀还不算，在首场数学的考场上，肚肠可劲儿地翻江
倒海。他用了半个多小时思考世界，思考生命。

"考，还是不考？"

最终，那句"活人不能让一泡稀屎憋死"的至理名言在他身上大放
异彩，他不但憋得稳健，而且考得精彩。我师父以高分考入重庆大学机
械专业，他原本可以选择离家更近一点的浙大，可是他放弃了。

"为了她才选择去了重大，到那儿才发现，原来学校里遍地都是
美女！"

讲完此句，师父的眼睛里精光四溢，他开始悠悠然地抽烟，仿佛重
温了当年美女如云的惊艳。这一刻星辰暗淡，烟尘里，我为我孤陋寡闻
的俗鄙低头买单。

"为了她，放弃了所有女同学！"

师父的声音变得伤感起来，他继续说道："为了她，放弃了读研，

自学了经济学，做了操盘手……可惜，还是没走到一起！"

他的声音低沉，像马头琴一般带着支离的感伤。那一刻，我们目光交会，擦出惺惺相惜的微光，两个loser（失败者），一对情殇，遗世独立，相顾神伤。

3

我的七妹在叫我老公之前，一直称我五哥。

你一定猜到了，我们在一个非政府非营利性非独立法人的民间机构中共事，这种机构的成立形式非常简单，老百姓叫"拜把子"。

一切不以谈恋爱为目的拜把子都是耍流氓！

可是我们那会儿却很纯洁，真的，我们这个机构组织建制庞大，绝不仅仅以谈恋爱、处对象为目的，真的，你从七妹、五哥的称呼上就能略窥一二。

拜把子的时候我上大三，七妹上大二，我是院学生会的副主席，管生活部、外联部和体育部。我七妹是体育部部长，管四十个男干事。

我七妹是我见过的女体育生里长得第二好看的。七妹是国家二级运动员，长期保持各项女子校纪录，长期惩治各路痞子小流氓，长期稳坐女子五项全能冠军。

七妹在我和初恋分手第三百天的夜里发来短信："五哥，你活得咋样啊？"

由于长期打压各路痞子小流氓，我七妹一开腔问候，也带着一点道上混的调调。我说："还好！"

我七妹继续说道："我真担心你这种生活完全不能自理的人，在外地一个人怎么能活下来。"

"还好吧。"

"要不我毕业后过去照顾你的生活吧！"

当时我从热被窝里诈尸一般地跳蹿出来，像炸春卷时从油锅里迸射出来的韭菜。

我回复："你来吧，要是咱俩能谈恋爱，我就跟你结婚生孩子！"

我早说过，一切不以谈恋爱为目的拜把子都是耍流氓！那一刻，我忽然有了上道儿的感觉。

4

时光飞转，我已经能听懂八成的宁波话。

单位看好我的语言天分，让我做技术会议的书记员。我似乎已经融入了这个大家庭，参加了宁波市局的篮球赛，还得了冠军。

七妹搭乘一列开往春天的火车到达宁波。

那一天，我穿了一件一个月都没洗的工作服，有点民国风，有点"咱们工人有力量"的气质。其实我是想暗示七妹：你来得正好，我就是那个生活完全不能自理的男人。

几天后，我带七妹到一家"金华骨头煲"啃大棒子骨，七妹边啃边聊，从容有致：

"这玩意儿，真他妈好吃！上个月情人节，有个小哥跟我表白，捧了一大束玫瑰花带我去喝咖啡。"

"你答应人家了吗？"

"我这人，嘴馋，耳根子软，要是他请我啃这个，我一定答应他了！"

我倒吸一口凉气，身子不禁软了半截，忙追问道："还有啥我不知道的？你过来，咱们兄弟几个有啥交代的不？"

七妹腾出舌头，摸摸嘴巴说道："大家劝我甭来啦，他们说老五疯了，一个人浪在外面不回来，让他自生自灭算啦！"

我继续倒吸一口凉气，全身一阵酥麻，忙说："快吃吧，别说了，多吃点，趁热吃！"

5

宁波城纬度适中，属亚热带季风气候，四季分明，春秋妩媚，夏闷热，冬湿寒。

那是一个苦寒湿冷的冬天，我们的出租屋被盗了。

小贼偷走了单位新配发的电脑和我送给七妹的一条钻石项链。家被翻得凌乱不堪，衣服床单被扔得满地都是，在派出所做完笔录，我们像无家可归的孩子，在西北风里溜达，没有月，星子低垂，夜空寒凉，仿佛是生了关节炎的巨人，凝滞着深邃而巨大的疼痛。

七妹说："我想哭。"

我说："不哭，有哥在。"

七妹说："有哥在，还想哭。"

我说："不如我们结婚吧？"

七妹说："结吧！"

于是我们在弄堂口的一家照相馆里照了一张结婚证照片。第二天双双从单位请了假，花九块钱领了两个红本本。当时没想过婚房、车子或者嫁妆什么的，各人找各人老妈，用IP卡简单汇报了登记情况。

七妹说："可惜项链被盗了。"

我说："定情信物这种玩意儿，唯有失去，方能永恒！"

过后，我们三姐说："你这话简直亮瞎眼，是个妞，都能动心啊！"

总之那晚我们十指紧扣，在夜空巨人关节炎的寒凉中，迈步回家，持证上岗。

6

大约看了一年的房子才出手去买，这期间我师父陪着我们，每周末风雨无阻地到市区各地看房。

七妹常说："你永远不能忘记，在这个陌生的城市里，有个冒着瓢泼大雨陪你看房的人。"

当然，还不止这些。我师父瞒着我师娘，腾出私房钱替我垫了点首付，才让我们在这个城市里有了安身立命的小窝。（PS：我师父是在外面吃顿饭能接我师娘十个电话的人。）

七妹在一家作风严谨的日企工作。

该公司提倡效率，连吃饭上厕所都要小跑前进。七妹发挥了她国家二级运动员的特长，把在吃饭、跑厕所上节约的时间都用在了工作上。最终，她成了全宁波唯一一个公司级先进员工，发小红本的那一天，她正累得坐在医院里打吊瓶——北京总部说让她传一张玉照通报表扬，我拿起手机说："要不你躺下，来张超现实主义的！"

七妹病了，不明原因地腹痛高烧。

我在医院无助地枯坐。师兄赶过来，托人在宁波最好的医院安排了床位，并帮忙办好了转院手续，然后带我去就近的永和点了一份最贵的炒饭。

我问师兄："你怎么知道我媳妇生病了？"

师兄说："你没来上班，我问领导你去干什么了，才知道你在医院里。以后这种事，别瞒着，不要一个人扛！"

我忽然发现我已经很久没吃饭了，我大口地吃起来，那份炒饭并不好吃，咸咸的，有种眼泪的味道。

间歇地发了几个月的烧，查不出原因的宁波医院已经不再收治了。经月的折腾，让我也发起高烧来。国庆长假，不敢回家，不敢跟父母讲实情，我和七妹并肩平躺在床上，那是世界末日一般的主旋律。

我说："家里有最后两片安乃近，咱们一人一片，明天天亮如果能醒来，我们一起飞北京。"

北京协和医院的专家，认真复查了七妹的病例，给出了乐观性的论断，医生说："大病都排除了。你很可能是一种神经负压引起的病症。也就是说，你的病是由你内心承受的巨大压力引起的，不要对自己要求太高，放轻松，慢慢会好起来的。"

在北京，闻讯而来的把兄弟开心地为我们接风洗尘。听到了权威的医嘱，见到了阔别已久的兄弟，我心花怒放，一瓶一斤装52度的红星二锅头，一会儿工夫就被我喝光了。我和四哥抢着去买单，四哥把我拖出饭店，我清楚地记得他最后说给我的话："老五，你振作点！你不是一个人在战斗。"

7

不知不觉，我从一名普通的检验员成为一名双证的检验师。从一名毛手毛脚的新人，成为一名省级的青年岗位能手。

我会经常出入船厂检测一些大型的起重机械，听到钣金工段把硕大的铁板敲得铿锵作响，仿佛受刑一般哭号；看到被火花切割的钢铁船身犹如被割破喉咙的老鸡一样，鲜血四溅，我会有一种怦然心动的感觉。我觉得，这一刻我的生命离海很近，离天很近，离生命的本源很近。

偶尔，我会抽支烟，站在塔机塔帽的顶上，沐着海风，看香烟极速地燃烧，想象着一辈子可能就像这支香烟一样转眼就灰飞烟灭了。

偶尔，我还会写些诗，佶屈聱牙，意象混沌。

偶尔，还会酗些酒。既然抱定决心不和这个世界的事死磕，那么花色更迭的大酒，就成了对抗苦痛的最好解药。

说到大酒的花色，其实也是乏善可陈，无非是红、白、啤、黄、米的排列组合，看心情、看状态、看宾客心情随机筛选。

道场转战，无非在酒店、饭店、夜宵摊。七八个纯或伪纯的爷们儿，几十个瓶子，叮当写意地胡乱堆着，几十个盘子堆砌，骨、刺、皮、壳，胡乱放着；三五成群地捉对吞吐，打火，点燃，吸气，冒烟，口口相传，胡乱臭着。时有再转战，操熟烂的歌词，抱萍水相逢的姑娘，硬撑着肛裂的表情和礼数周详地迎送。酒醒后抱憾，不过尔尔。

年纪大些，酒量退化些。胆魄愈萎缩，心神愈迷乱。年轻时，大学光景，七八扎啤酒下肚，扶着墙滚回宿舍，脱部分的鞋袜后爬到上铺。大脑迅速注销、关机、抛弃身体，一夜无梦地睡到大天亮。

而现在，大酒、小酒之后，迷迷瞪瞪地睡下。半夜里，丑时，毫无征兆地醒来，大脑刷机般清醒，胃囊格式化一般清净，梦境逐渐清晰，兴奋得蛆虫吃了屎一般，抓狂起来。或贞洁或邪恶的欲望，各种念头，各种小九九，织就一张硕大的锦帛，各种幻象，各种狰狞，各种美色，天网恢恢，疏而不漏。

极古怪的是有次住在北仑港一家荒郊野外的酒店里，梦将醒时，听到有人高喊"六祖慧能！六祖慧能！"忽然醒过来，房间里一切太平，同事高歌猛进的鼾声，百邪不侵。于是打开手机，打开"度娘"，查禅宗慧能，看六祖的真身像——仿佛梦里见过一般，于是学禅宗，丑时、寅时、卯时，大天亮时才迷乱地睡去。此后，很长的一段时间，丑时酒醒，无眠，学禅宗、各色诗句、各色辞、各色自以为精妙的断章，从大脑的回路里喷如泉涌。

8

后来，七妹换了工作，身体果然康健，日子过得还算闲散。

我仍坚守在自己的岗位上，每天处理一些看似关乎国计民生的大事，每天重复一些鸡毛蒜皮的破事，坚持码字，偶尔酗酒，间或抽烟，浮皮潦草地活着。

宁波城已不如十年前洁净，尾气簇拥着雾霾，工地聚集着扬沙，城市上空像一张青春不再的面庞，雀斑、白斑、黄褐斑、老年斑在此生根发芽，蓬勃壮大。

人们不再像从前那样简单快乐，不再喜欢当面交流，反而更加钟情于微博、微信和数字化的朋友圈。

十年间想通了很多事情，会在心中素心默诵对《无常经》的讲解：

　　有三种法，于诸世间，是"不可爱"，是"不光泽"，是"不可念"，是"不称意"。何者为三，谓"老、病、死"。

十年间放下了些许俗念，好似《圣经·传道书》所唱：

　　凡事都有定期，天下万务都有定时。生有时，死有时；栽种有时，拔出所栽种的也有时；杀戮有时，医治有时；拆毁有时，建造有时；哭有时，笑有时……静默有时，言语有时；喜爱有时，恨恶有时……

十年间学会了丁点的达观，尽如明代的陈继儒在《小窗幽记》中所悟：

　　天薄我福，吾厚吾德以迎之；天劳我形，吾逸吾心以补之；天厄我遇，吾亨吾道以通之。

　　十年之前，通宵喝酒，通宵K歌，照样坐怀不乱；十年之后，四两红二，一箱哈啤，不禁高潮迭起，傻笑狂颠。

　　十年之前，单手劈扣，挂在篮筐上做引体向上；十年之后，高高跃起，篮脖子轻轻划过我中指的指尖。

　　十年之前，用尿柱敲出一串华丽的音符，一会儿尿成一字，一会儿尿成人字；十年之后，低头看时只有肥大的肚腩，听小河哗哗淌水，直到尿湿了左右的脚面。

十年之间，执着的不再执着，般若的不再般若。

十年之间，低俗的依然低俗，浑蛋的依然浑蛋。

9

我爸说，装傻充愣的人，生命力顽强。

我觉得他说得不好，死乞白赖活着的人，才顽强。

四月中的一天，我在一座孤岛上检验。

前夜和几个船老大饮了酒，头微微有些发痛。天色微亮时，我只身开车离去。

因为急着赶回单位，车子在熟睡的山道上盘旋飞驰。海已经醒了，远远地搅着苍黄的细浪。油菜花在山坳里开得正艳，太阳从青云的开裂中绽出光芒，如千万把刀剑，直破云霄。那一刻，天地流金，光芒万丈。

我减慢车速，最终停了下来。反胃感已经消失，头脑彻底清醒过来，刹那间，我觉这十年并没白活，胸中涌出一句：岁月如刀，此间年少。

图书在版编目（CIP）数据

晚安，我亲爱的人 / 午歌著 . -- 长沙：湖南文艺出版社，2020.8

ISBN 978-7-5404-9715-6

Ⅰ.①晚… Ⅱ.①午… Ⅲ.①短篇小说—小说集—中国—当代 Ⅳ.① I247.7

中国版本图书馆 CIP 数据核字（2020）第 112893 号

上架建议：畅销·青春文学

WAN'AN，WO QINAI DE REN
晚安，我亲爱的人

作　　者：午　歌
出 版 人：曾赛丰
责任编辑：丁丽丹
监　　制：韩　寒
策　　划：柳　飞　于向勇
出版统筹：陈艺端　亦　枝　王远哲
营　　销：秦　声　王　凤
装　　帧：利　锐
插　　图：视觉中国
内文排版：麦莫瑞
出　　版：湖南文艺出版社
　　　　　（长沙市雨花区东二环一段 508 号　邮编：410014）
网　　址：www.hnwy.net
印　　刷：三河市天润建兴印务有限公司
经　　销：新华书店
开　　本：875mm×1270mm　1/32
字　　数：222 千字
印　　张：9.5
插　　页：8
版　　次：2020 年 8 月第 1 版
印　　次：2020 年 8 月第 1 次印刷
书　　号：ISBN 978-7-5404-9715-6
定　　价：48.00 元

若有质量问题，请致电质量监督电话：010-59096394
团购电话：010-59320018